LE SECRET

DE

LADY AUDLEY

2

ROMANS DE M. E. BRADDON

TRADUITS PAR

CHARLES BERNARD DEROSNE

ET EN VENTE CHEZ LES MÊMES ÉDITEURS

(à 1 franc le volume)

Le Capitaine du Vautour. — 1 volume
L'intendant Ralph. — 1 volume.
Lady Lisle. — 1 volume.
La Trace du Serpent. — 2 volumes.
Le Secret de Lady Audley. — 2 volumes.
Aurora Floyd. — 2 volumes.
Le Triomphe d'Éleanor. — 2 volumes.
Le Testament de John Marchmont. — 2 **volumes.**
Rupert Sodwin. — 2 volumes.
Henry Dembar. — 2 volumes.
La Femme du Docteur. — 2 volumes.
Le Brosseur du Lieutenant. — 2 volumes.
Le locataire de sir Gaspard. — 2 volumes.
L'Allée des Dames. — 2 volumes.

COULOMMIERS. — Typographie A. MOUSSIN.

M. E. BRADDON

LE SECRET

DE

LADY AUDLEY

TRADUIT DE L'ANGLAIS

PAR

Mᵐᵉ CHARLES BERNARD-DEROSNE

AVEC L'AUTORISATION DE L'AUTEUR

NOUVELLE ÉDITION REVUE ET CORRIGÉE

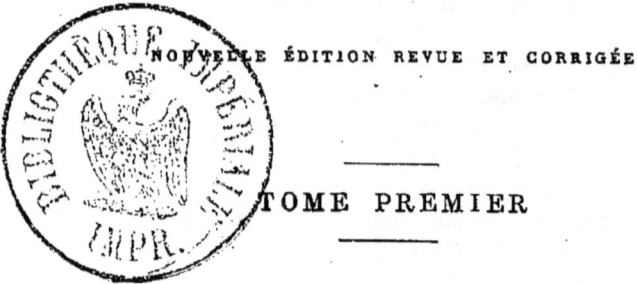

TOME PREMIER

PARIS

LIBRAIRIE DE L. HACHETTE ET Cⁱᵉ

BOULEVARD SAINT-GERMAIN, Nᵒ 77

1869

LE SECRET

DE

LADY AUDLEY

CHAPITRE I

Lucy.

C'était par une avenue de tilleuls, bordée de prairies, qu'on arrivait dans la partie reculée d'un basfond planté d'arbres séculaires et couvert de luxuriants pâturages. Sur la hauteur, les troupeaux de bœufs semblaient vous regarder passer avec curiosité, s'étonnant peut-être de votre présence en cet endroit dénué de tout chemin, à moins que vous n'eussiez besoin d'aller au château.

A l'extrémité de l'avenue, s'élevait un vieil arceau surmonté d'un campanile muni d'une lourde horloge détraquée, dont l'unique aiguille sautait brusquement d'une heure à l'autre, sans parcourir les divisions intermédiaires. Passé ce portique, on entrait dans les jardins du château d'Audley.

Devant vous s'étendait une pelouse unie, parsemée de massifs de rhododendrons, qui poussaient en cet endroit plus magnifiques qu'en tout autre lieu du comté. A droite se trouvaient le potager, le vivier, et un verger entouré par un fossé sans eau et un mur en ruine, plus épais qu'élevé, et entièrement couvert de traînées de lierre, d'orpin à fleurs jaunes, et de mousse noirâtre. A gauche, une large allée sablée qui, il y avait des années, lorsque la résidence était un couvent, avait servi de promenade à de paisibles nonnes ; un mur garni d'espaliers et ombragé d'un côté par de gros chênes qui masquaient le fond du paysage, et enveloppaient les bâtiments et les jardins de leurs épais ombrages.

Le manoir faisait face à l'arceau et occupait les trois côtés d'un quadrilatère ; c'était une vieille construction, irrégulière et sans la moindre symétrie. Les fenêtres étaient inégales : les unes avec de lourds meneaux en pierre enrichis de vitraux coloriés ou de frêles châssis qui remuaient avec fracas à la moindre brise, d'autres plus modernes semblaient avoir été construites de la veille. De grandes cheminées surgissaient çà et là sur la crête du toit, si ruinées par le temps et l'usage, qu'elles eussent paru prêtes à crouler si elles n'avaient été soutenues par l'enchevêtrement du lierre qui envahissait le mur et la toiture même, et venait les enlacer. Dans un coin d'une tourelle située dans un angle du bâtiment, une porte étroite avait l'air de se dérober à l'œil des curieux, comme désireuse de garder un secret, — une magnifique porte pourtant, — une porte de vieux chêne parsemée de gros clous de fer à tête carrée, et tellement épaisse que le marteau, en retombant sur elle, lui faisait rendre un bruit sourd, et que les visiteurs agitaient une sonnette perdue dans les feuilles de lierre, de crainte que le bruit du marteau ne pût jamais se faire entendre dans l'intérieur de la demeure.

C'était une vieille résidence qui ravissait tous ceux qui la visitaient, leur inspirant l'impatient désir de se retirer du monde, et l'idée de venir se fixer là pour toujours, regarder dans les eaux fraîches de l'étang et compter les bulles produites à la surface de l'eau par les carpes et les gardons. Le calme semblait avoir choisi ce lieu pour asile, étendant sa main assoupissante sur les fleurs et les arbres, sur les eaux et les paisibles allées, sur les coins obscurs des vieux appartements à l'ancienne mode, les profondes embrasures ménagées derrière les vitraux peints, les prairies basses et les superbes avenues, — et même sur le puits à l'eau stagnante, frais et abrité selon l'usage d'autrefois et caché dans un bosquet derrière les jardins avec sa poulie paresseuse qui n'avait jamais tourné et sa corde pourrie qui avait laissé tomber dans l'eau le seau qu'elle ne pouvait plus retenir.

Au dedans comme au dehors, c'était une habitation magnifique, — une habitation dans laquelle on|n'aurait pu se hasarder seul sans s'égarer; une habitation où aucune pièce ne faisait suite à une autre, chacune débouchant dans une chambre adjacente qui aboutissait à une chambre au milieu de la maison, où un escalier étroit et contourné conduisait à une porte qui menait dans une partie du bâtiment dont on se croyait très-éloigné; une habitation dont le plan n'avait jamais été tracé par la main d'un architecte, mais était l'œuvre de ce vieil et excellent constructeur, — le Temps, — qui, ajoutant une chambre aujourd'hui, en démolissant une demain, renversant une cheminée contemporaine des Plantagenets, en élevant une dans le style des Tudors; ici jetant bas un pan de mur saxon; là érigeant un arceau dans le style normand, perçant une rangée de hautes fenêtres du règne de la reine Anne, et construisant une salle à manger de la bonne époque de Georges Ier de Hanovre à la place du réfectoire qui existait depuis la conquête, avait fini, dans l'espace de onze siècles, par produire une demeure telle qu'il eût été impossible d'en trouver une pareille dans

tout le comté d'Essex. Dans une semblable maison, il
existait naturellement des chambres secrètes, dont
l'une avait été découverte par la petite-fille du propriétaire actuel, sir Michaël Audley. Un jour qu'elle jouait
dans la chambre des enfants, le parquet avait ré-
sonné sous ses pieds, et l'attention ayant été éveillée
par ce bruit, on avait enlevé une partie du plancher,
et on avait découvert une échelle conduisant à une
cachette entre le parquet de la chambre des enfants
et le plafond de la pièce inférieure, — une cachette
tellement étroite que, pour s'y tenir, il fallait ramper
sur les mains et les genoux et se coucher tout de son
long, et cependant assez grande pour contenir un
coffre de vieux chêne sculpté, à demi rempli de vêtements ayant appartenu à un prêtre qui s'était probablement caché en cet endroit dans ces jours malheureux où il y avait danger de mort pour qui donnait
asile à un prêtre catholique romain, ou pour qui faisait dire la messe dans sa maison.

Le large fossé extérieur était sec et couvert d'herbes ;
les arbres du verger, chargés de fruits, balançaient
au-dessus leurs branches noueuses et éparses, qui
formaient des dessins fantastiques sur la verdure des
talus. Le vivier, comme nous l'avons dit, était dans
l'intérieur ce cette clôture : — c'était une nappe d'eau
qui s'étendait dans toute la longueur du jardin et bor-
dait une avenue appelée l'allée des Tilleuls ; une
avenue si protégée du soleil et du ciel, rendue si impénétrable à l'œil par la voûte épaisse formée par
les arbres, qu'elle semblait un lieu propice pour des
conciliabules secrets ou pour des entrevues dérobées ;
un lieu fait pour tramer un complot en toute sécurité,
ou pour prononcer des serments d'amour ; et pourtant il était à peine à vingt pas du château.

Cette sombre voûte de verdure était terminée par le
bosquet où se trouvait le vieux puits dont nous avons

parlé, à demi enseveli sous les branches entrelacées et les hautes herbes. Il devait avoir rendu de grands services autrefois, sans nul doute, et les nonnes y avaient peut-être puisé de l'eau fraîche avec leurs belles mains; maintenant il était abandonné, et nul ne savait au château d'Audley si la source en était tarie ou non. Malgré la solitude et le mystère de cette avenue de tilleuls, je ne pense pas qu'elle ait jamais été le théâtre d'événements romanesques. Souvent, à la fraîcheur du soir, sir Michaël Audley y fumait son cigare en se promenant en long et en large, son chien derrière ses talons, et sa jeune et jolie femme gazouillant à côté de lui. Mais au bout de dix minutes le baronnet et sa compagne se lassaient du frissonnement des tilleuls, du calme de l'eau cachée sous les larges feuilles des nénufars, et de la longue perspective de verdure avec le puits en ruine au bout; alors ils retournaient à leur salon blanc où milady jouait les rêveuses mélodies de Beethoven et de Mendelsshon jusqu'à ce que son mari s'endormît dans son fauteuil.

Sir Michaël Audley était âgé de cinquante-six ans, et il avait épousé une seconde femme trois mois après le cinquante-cinquième anniversaire de sa naissance. C'était un homme gros, grand et robuste; il avait une voix basse et sonore, de beaux yeux noirs et une barbe blanche, — une barbe blanche qui lui donnait un air vénérable bien contre son gré, car il était aussi vif qu'un jeune homme et un des plus intrépides cavaliers du pays. Pendant sept années il était resté veuf avec une fille unique, Alicia Audley, âgée alors de dix-huit ans, et nullement satisfaite de voir venir une belle-mère s'installer au château; car miss Alicia avait été suprême maîtresse dans la maison de son père depuis sa plus tendre enfance, elle avait tenu les clefs, elle les avait fait sonner dans la poche de son tablier de soie, elle les avait perdues dans le bosquet, elle les avait

laissées tomber dans le vivier, et avait causé à leur
sujet toute espèce de tracas du jour où elle était entrée dans sa treizième année, et s'était, en conséquence
de tout cela, illusionnée au point de se croire sincère-
ment, pendant tout cet espace de temps, l'ordonna-
trice de la maison.

Mais aujourd'hui, le règne de miss Alicia était passé,
et lorsqu'elle demandait la moindre chose à la gouvernante, celle-ci lui répondait qu'elle en parlerait à milady, qu'elle consulterait milady, et que, si milady le
voulait, elle le lui donnerait volontiers. Aussi, la fille
du baronnet, qui montait parfaitement à cheval et
avait un joli talent de peintre, passait-elle la plus
grande partie de ses journées hors de la maison, chevauchant dans les sentiers verts bordés de haies, faisant des croquis des enfants des chaumières, des
garçons de charrue, des troupeaux, et de tout être
vivant qui se trouvait sur son passage. Elle se refusa
avec une détermination obstinée à se lier intimement
avec la jeune femme du baronnet ; et, tout aimable
qu'était celle-ci, il lui fut complétement impossible de
surmonter les préventions et l'éloignement d'Alicia,
ou de convaincre la jeune fille dépouillée de ses pri-
viléges qu'elle ne lui avait pas fait un tort cruel en
épousant sir Michaël Audley.

Lady Audley, à la vérité, en devenant la femme de
sir Michaël, avait fait un de ces mariages de nature à
attirer sur une femme l'envie et la haine de toutes les
autres femmes. Elle était venue dans le pays en qualité
d'institutrice dans la famille d'un chirurgien qui vivait
dans un village voisin du château d'Audley. On ne savait sur elle qu'une chose, c'est qu'elle avait répondu
à un avis inséré dans le journal le *Times* par M. Dawson, le chirurgien, et qu'elle avait renvoyé, pour les
renseignements, à la directrice d'une institution de
Brompton où elle avait été précédemment sous-maî-

tresse; mais ceux-ci avaient été si satisfaisants qu'on avait cru inutile d'en prendre d'autres, et que miss Lucy Graham avait été agréée par le chirurgien comme institutrice de ses filles. Les qualités, si brillantes et si nombreuses, faisaient paraître étrange qu'elle eût répondu à un avertissement offrant une rémunération aussi médiocre que celle proposée par M. Dawson; mais miss Graham semblait parfaitement satisfaite de sa position, et enseignait aux jeunes filles à jouer les sonates de Beethoven, à copier les dessins d'après nature de Creswick, et traversait le triste village enfoui dans les terres, trois fois le dimanche, pour se rendre à l'humble petite église, aussi contente que si elle n'eût eu de plus haute aspiration dans ce monde que d'agir ainsi le reste de sa vie.

Ceux qui l'observaient s'accordaient à dire que c'était une douce et aimable nature, toujours riante, toujours heureuse, et s'accommodant de tout.

Partout où elle allait, elle semblait apporter avec elle la joie et la lumière. Dans la chaumière du pauvre, son beau visage brillait comme un rayon de soleil. Elle s'asseyait volontiers un quart d'heure pour causer avec une vieille femme, et paraissait aussi heureuse de l'admiration de la mégère édentée que si elle eût écouté les compliments d'un marquis; en se retirant, elle ne laissait rien derrière elle (car son modique salaire ne lui permettait pas le plaisir de la charité), et la vieille femme, néanmoins, ne manquait pas de lui témoigner tout son ravissement pour sa grâce, sa beauté et son affabilité, comme elle ne l'avait jamais fait pour la femme du vicaire qui l'avait presque toujours nourrie et habillée. Miss Lucy Graham, on le voit, était douée de ce magique pouvoir de fascination qui permet à une femme de charmer avec un mot ou d'enivrer avec un sourire. Tout le monde l'aimait, l'admirait, et faisait son éloge. Le garçon qui ouvrait la

barrière sur son passage courait raconter à sa mère
avec quels aimables regards et avec quelle douce voix
elle l'avait remercié pour son petit service. A l'église,
le bedeau qui lui ouvrait le banc du chirurgien, le
vicaire qui voyait ses beaux yeux bleus fixés sur lui
pendant qu'il prêchait son simple sermon, le messager
qui venait quelquefois lui apporter de la station du
chemin de fer une lettre ou un paquet, sans jamais
s'attendre à une gratification, ceux qui l'employaient
ou qui lui rendaient visite, ses élèves, les domestiques,
tous, grands ou petits, unissaient leurs voix pour déclarer que Lucy Graham était la plus charmante fille
qui eût jamais existé.

Ce cri unanime avait-il pénétré jusque dans les appartements silencieux du château d'Audley, ou était-
ce simplement l'effet produit par le charmant visage
se montrant chaque dimanche matin dans le banc du
chirurgien? Toujours es t-il que sir Michaël Audley
éprouva un violent désir de faire plus ample connaissance avec l'institutrice de M. Dawson.

Il n'eut qu'à s'en ouvrir au digne docteur, qui s'empressa d'organiser une petite réunion à laquelle furent
invités le vicaire et sa femme, le baronnet et sa fille.

Cette délicieuse soirée décida du sort de sir Michaël.
La tendre fascination de ces yeux bleus si doux et si
touchants, la gracieuse élégance de ce cou svelte et
de cette tête penchée avec ces splendides boucles de
cheveux au reflet doré, cette charmante voix qui résonnait comme une suave mélodie, la parfaite harmonie qui régnait dans tous ses charmes et donnait un
double attrait aux enchantements de cette femme;
toutes ces séductions enfin le subjuguèrent, il lui fut
aussi impossible d'y résister que de se soustraire à sa
destinée. La destinée! vraiment, cette femme était sa
destinée! Il n'avait jamais aimé auparavant. Qu'avait
été son mariage avec la mère d'Alicia? Une triste af-

faire, une espèce de contrat passé pour conserver dans la famille une propriété qui aurait bien pu en sortir sans cela. Qu'avait été son amour pour sa première femme ? Une pâle, pitoyable et vacillante étincelle, trop minime pour être éteinte, trop faible pour brûler. Mais cette fois c'était l'amour... cette fièvre avec ses désirs impatients, cette vague et misérable incertitude, ces terribles craintes que son âge ne fût un obstacle insurmontable à son bonheur, cette maudite barbe blanche qu'il détestait, cette envie effrénée de redevenir jeune, d'avoir une belle chevelure noire et une taille élancée, comme à vingt ans ; ces nuits sans sommeil et ces jours pleins de tristesse, si rayonnants s'il avait le bonheur d'entrevoir la suave figure derrière les rideaux de croisée lorsqu'il avait dépassé la maison du chirurgien, tous ces symptômes révélaient la vérité, et disaient trop clairement que sir Michaël Audley, à cinquante-cinq ans, était atteint de la terrible fièvre qu'on appelle l'amour.

Je ne pense pas que le baronnet eût compté d'abord sur sa fortune ou sur sa position pour décider le succès de ses recherches amoureuses. S'il eut cette pensée, il dut la repousser avec horreur. Il lui était trop pénible de croire un instant qu'une personne aussi aimable et aussi pure pût se donner en retour d'une riche maison et d'un vieux titre de noblesse. Non ; il espérait qu'ayant eu une existence toute de travail et de dépendance étant très-jeune (nul ne connaissait exactement son âge, et elle paraissait avoir un peu plus de vingt ans), elle n'avait dû avoir aucun attachement; il espérait, se trouvant le premier à s'occuper d'elle, pouvoir, par ses attentions délicates, par une généreuse sollicitude, par un amour qui lui rappellerait le père qu'elle avait perdu, par une protection qui lui deviendrait nécessaire, subjuguer son jeune cœur et obtenir une promesse de sa main, uniquement de son libre et premier amour. Véritable roman d'un jour, qui, malgré tout, semblait être en bonne voie de se réaliser. Lucy Graham ne paraissait en aucune façon dédaigner les attentions du baronnet ; il n'y avait rien cependant dans ses manières des ignobles artifices employés par les femmes qui désirent captiver un homme riche. Elle était si habituée à l'admiration de tous, petits et grands, que la conduite de sir Michaël fit très-peu d'impression sur elle. Au reste, il était resté veuf si longtemps, qu'on avait abandonné l'idée qu'il se remariât jamais. A la fin, cependant, mistress Dawson aborda ce sujet avec l'institutrice. La femme du chirurgien était assise dans la chambre d'étude, occupée à travailler, pendant que Lucy donnait les dernières touches à quelques aquarelles faites par ses élèves.

« Savez-vous, ma chère miss Graham, dit mistress Dawson, que vous devez vous considérer comme une fille très-heureuse? »

L'institutrice releva sa tête penchée sur son ouvrage et regarda avec étonnement sa maîtresse, en rejetant en arrière une ondée de boucles de cheveux, les plus merveilleuses boucles du monde, — soyeuses et légères comme du duvet, flottant sans cesse près de sa figure, et formant une pâle auréole autour de sa tête quand le soleil les éclairait.

« Que dites-vous, ma chère mistress Dawson? demanda-t-elle en trempant son pinceau dans le bleu de mer broyé sur sa palette, et en l'arrangeant avec soin avant de le poser sur la délicate bande de pourpre, qui illuminait l'horizon dans l'aquarelle de son élève.

— Oui, ma chère enfant, je dis qu'il ne dépend que de vous de devenir lady Audley et la maîtresse du château d'Audley. »

Lucy Graham laissa tomber le pinceau sur la peinture, devint écarlate jusqu'à la racine de ses beaux cheveux, puis pâle, encore plus pâle que ne l'avait jamais vue mistress Dawson.

« Ma chère enfant, ne vous troublez pas ainsi, dit doucement la femme du chirurgien, vous savez que personne ne vous oblige à épouser sir Michaël si vous ne voulez pas. Ce serait cependant un magnifique mariage ; il a des revenus considérables, et il est le plus généreux des hommes. Votre position serait élevée, et vous pourriez faire beaucoup de bien ; mais, comme je vous le disais, vous devez être complétement guidée par vos propres sentiments. Je dois seulement ajouter que, dans le cas où ses attentions ne vous seraient pas agréables, il serait réellement peu honorable de votre part de les encourager.

— Ses attentions!...l'encourager!...murmura Lucy, comme désorientée par ces paroles. Je vous en prie..., je vous en prie, mistress Dawson, ne me parlez plus ainsi. Je n'ai aucune idée de tout cela, c'est la dernière chose à laquelle j'aurais pensé. »

Elle appuya ses coudes sur la table, et entrelaçant ses mains sur sa figure, elle sembla réflechir profondément pendant quelques minutes. Elle portait autour du cou un étroit ruban noir qui retenait un médaillon, une croix, ou une miniature peut-être, mais cet objet, quel qu'il fût, restait continuellement caché dans ses vêtements. Une fois ou deux, pendant qu'assise elle réfléchissait en silence, elle retira une de ses mains de devant sa figure, et saisit le ruban avec un mouvement nerveux, le tirant d'un air à demi boudeur, et le tordant en tous sens entre ses doigts.

« Je crois qu'il y a des êtres prédestinés au malheur, mistress Dawson, dit-elle bientôt; ce serait pour moi une trop grande bonne fortune que de devenir lady Audley. »

Elle prononça ces mots avec un tel accent d'amer-

tume, que la femme du chirurgien leva les yeux sur
elle avec surprise.

« Vous, prédestinée au malheur, ma chère enfant ?
s'écria-t-elle, je pense que vous devriez être la dernière personne à parler ainsi, vous, une créature si
gaie, si heureuse, que chacun prend plaisir à vous
voir. Certes, je ne sais trop comment nous ferions si
sir Michaël vous enlevait de chez nous. »

Après cette conversation, elles revinrent souvent
sur le même sujet, et Lucy ne montra aucune émotion
en quelque occasion que l'on discutât l'admiration
du baronnet pour elle. C'était chose tacitement con-
venue dans la famille du médecin, que le jour où sir
Michaël se proposerait, l'institutrice l'accepterait volontiers, et en vérité, les candides Dawson auraient
taxé d'acte de folie le rejet d'une telle offre de la part
d'une fille sans fortune.

Un soir, vers le milieu du mois de juin, sir Michaël
était assis en face de Lucy Graham, devant une croisée du petit salon du chirurgien. La famille étant sortie
de l'appartement par suite d'une circonstance quelconque, il profita de l'occasion pour entamer le sujet
si cher à son cœur. En quelques mots solennels, il fit
l'offre de sa main à l'institutrice. Il y avait quelque
chose de touchant dans la manière et dans le ton à
moitié suppliants avec lesquels il s'adressa à elle ; pou-
vant à peine espérer d'être agréé par cette belle jeune
fille, il la priait de le plutôt repousser, quoique ce refus
dût lui briser le cœur, que d'accepter son offre, si elle
ne devait pas l'aimer.

« Je ne pense pas, Lucy, dit-il avec solennité,
qu'une femme puisse commettre une plus grande
faute que d'épouser un homme qu'elle n'aime pas.....
Vous m'êtes si chère, ma bien-aimée, que, malgré
le profond attachement que j'ai pour vous, et malgré
toute l'amertume que me donne la seule pensée d'un

refus, je ne voudrais pas vous voir commettre une telle faute au prix de toute ma félicité. Si mon bonheur pouvait être accompli par une telle action, ce qui ne pourrait pas arriver, répéta-t-il avec vivacité, le malheur seul serait le résultat d'un mariage inspiré par tous autres motifs que la sincérité et l'amour. »

Lucy Graham ne regardait pas sir Michaël, mais elle avait les yeux fixés au dehors, sur les vapeurs du crépuscule et sur le paysage confus qui s'étendait derrière le petit jardin. Le baronnet essaya d'apercevoir son visage, mais elle ne lui présentait que son profil, et il ne put saisir l'expression de ses yeux; s'il eût pu le faire, il eût remarqué un regard inquiet qui semblait vouloir percer l'obscurité lointaine et distinguer au delà... bien au delà, dans un autre monde.

« Lucy, vous m'entendez?

— Oui, dit-elle gravement, mais non avec froideur, et ne paraissant en aucune façon offensée par ses paroles.

— Et votre réponse? »

Elle ne détourna pas son regard du paysage enveloppé dans les ténèbres, et resta pendant quelques instants complétement silencieuse; tout à coup se tournant vers lui avec une passion soudaine qui illuminait son visage d'une nouvelle et merveilleuse beauté que le baronnet aperçut même dans l'obscurité grandissante, elle tomba à ses pieds.

« Non... Lucy... non... non !... s'écria-t-il vivement; non, pas là... pas là...

— Si... là... là... dit-elle avec une passion étrange qui l'agitait et rendait le son de sa voix aigre et perçant, — non criard, mais d'un éclat surnaturel, là, et pas ailleurs. Que vous êtes bon !... Que vous êtes noble et généreux, mon ami! Certes, il ne manque pas de femmes cent fois supérieures à moi qui pourront vous aimer tendrement, mais vous m'en demandez trop. Vous m'en demandez trop! Songez à ce qu'a été ma vic, songez seulement à cela. Dès ma plus tendre enfance je n'ai vu que pauvreté. Mon père était un gentilhomme, instruit, accompli, généreux, beau, mais pauvre. Ma mère... mais ne parlons pas d'elle. Je n'ai éprouvé que misère, pauvreté, épreuves, vexations, humiliations, privations de toute sorte. Vous ne pouvez savoir , vous qui vivez parmi ceux dont la vie est si douce et si facile, vous ne pouvez pas vous figurer tout ce que nous avons à endurer, nous autres, pauvres êtres. Ne m'en demandez pas trop alors. Je ne puis pas être désintéressée; je ne puis pas fermer les yeux aux avantages d'une telle alliance. Je ne puis pas... je ne puis pas... »

Outre sa surexcitation et l'impétuosité de sa passion, il y avait quelque chose d'indéfinissable dans ses manières qui remplit le baronnet d'une vague frayeur. Elle restait à ses pieds sur le parquet, tapie plutôt qu'agenouillée, ses vêtements blancs et légers collés sur elle, sa blonde chevelure ruisselant sur ses épaules, ses grands yeux bleus brillant dans l'ombre, et ses mains crispées sur le ruban noir qui serrait son cou, comme s'il eut dû l'étrangler.

« Ne m'en demandez pas trop, continua-t-elle de répéter, j'ai été intéressée dès mon enfance.

— Lucy, Lucy, expliquez-vous. Avez-vous de l'éloignement pour moi ?

— De l'éloignement pour vous !... non !... non !...

— Mais alors, il y a quelqu'un que vous aimez ? »

Elle partit d'un éclat de rire à cette question.

« Je n'aime personne dans le monde, » répondit-elle.

Quoique enchanté de cette réponse, le rire étrange de Lucy et ces quelques mots vibrèrent dans le cœur de sir Michaël. Il garda quelques instants le silence, puis il dit avec un certain effort :

« Bien, Lucy, je ne veux pas trop vous demander.

Je suis un vieux fou; mais si vous n'avez pas d'éloignement pour moi, et si vous n'en aimez pas un autre, je ne vois pas de raisons qui nous empêchent d'être heureux. C'est une association, Lucy.

— Oui. »

Le baronnet la souleva dans ses bras, lui donna un baiser sur le front, et puis après lui avoir tranquillement souhaité une bonne nuit, il sortit de la maison et courut droit devant lui.

Il courut droit devant lui, ce vieil enfant, parce qu'une certaine émotion s'emparait violemment de son cœur; ce n'était pas de la joie, ce n'était pas le plaisir du triomphe, mais quelque chose ressemblant presque à du désappointement, une espèce d'aspiration étouffée et déçue qui pesait lourdement sur son cœur, comme si elle avait porté la mort dans son sein. C'était la mort de cet espoir qui venait d'expirer à la voix de Lucy. Tous ses doutes, toutes ses craintes, toutes ses aspirations timides venaient de finir. Il devait se contenter, comme les hommes de son âge, de se marier pour sa fortune et sa position.

Lucy Graham monta lentement l'escalier qui conduisait à sa petite chambre, au faîte de la maison. Elle plaça sur la commode son bougeoir qui répandait une lumière douteuse, et s'assit sur le bord de son lit blanc, calme et blanche comme les rideaux drapés autour d'elle.

« Plus de dépendance, plus d'occupation servile, plus d'humiliations, dit-elle, toute trace de la première existence effacée, tous vestiges indicateurs d'identité ensevelis et oubliés, exepté cela... excepté cela... »

Pendant ce temps, sa main gauche n'avait pas abandonné le ruban noir noué autour de son cou. Elle le retira de son sein en prononçant ces paroles, et fixa l'objet qui y était attaché.

Ce n'était ni un médaillon, ni une miniature, ni une croix : c'était un anneau onveloppé dans un long carré de papier; ce papier, moitié imprimé, moitié écrit, était jauni par le temps et chiffonné par des plis nombreux.

CHAPITRE II

A bord de l'*Argus*

Il lança le bout de son cigare dans l'eau, et, s'accoudant sur le bordage du bâtiment, il contempla les vagues.

« Ah ! qu'elles sont monotones, dit-il, bleues, vertes et opales ; opales, bleues et vertes ; ma foi, elles sont très-belles dans leur genre, mais les voir pendant trois mois, c'est beaucoup trop, surtout.... »

Il n'essaya pas de terminer sa phrase ; sa pensée sembla se perdre au milieu des flots et le transporter à mille lieues ou même plus loin.

« Pauvre chère petite, quelle joie ! murmura-t-il en ouvrant son porte-cigares et en examinant nonchalamment le contenu ; quelle joie et quelle surprise ! Pauvre chère petite ! Après trois ans et demi ; aussi elle sera bien étonnée. »

Celui qui parlait ainsi était un jeune homme d'environ vingt-cinq ans, grand et bien bâti, au visage bronzé par le soleil, aux yeux bruns qui laissaient échapper une tendre expression à travers leurs cils noirs ; une moustache et une barbe épaisses couvraient toute la partie inférieure de son visage. Il portait un

2

large costume gris et un feutre mou négligemment
jeté sur sa chevelure noire. George Talboys — il se
nommait ainsi — était un des passagers de la cabine
d'arrière à bord du vaisseau *l'Argus*, chargé de laine
d'Australie et faisant le trajet de Sydney à Liverpool.

Les passagers de l'arrière de *l'Argus* étaient peu
nombreux. Un vieux négociant en laine, qui, après
avoir fait fortune dans les colonies, retournait dans son
pays natal avec sa femme et ses filles; une gouvernante de trente-cinq ans qui rentrait dans son pays
pour épouser un homme dont elle avait reçu les serments quinze ans auparavant; la fille sentimentale
d'un riche marchand de vin d'Australie qu'on en-
voyait en Angleterre pour y compléter son éducation,
et George Talboys, tels étaient les seuls passagers de
première classe.

Ce George Talboys était la vie et l'âme du bâtiment;
nul ne savait qui il était, ce qu'il était, d'où il venait,
mais chacun l'aimait. A dîner, il occupait le bas de
la table et aidait le capitaine à faire les honneurs du
repas. Il débouchait les bouteilles de champagne, il
portait des santés à tous ceux qui se trouvaient là; il
racontait des histoires bouffonnes, et donnait le signal
du rire avec un si joyeux entrain qu'à moins d'être un
bourru on ne pouvait s'empêcher de l'imiter par pure
sympathie. Il organisait aussi le vingt-et-un et d'autres jeux amusants et faciles qui absorbaient le petit
cercle réuni autour de la lampe de la cabine, au point
qu'un ouragan aurait pu tout bouleverser au-dessus
de leur tête sans que personne s'en aperçût; mais il
avouait franchement qu'il n'entendait rien au whist,
qu'il était incapable de distinguer un cavalier d'une
tour sur un échiquier.

De fait, M. Talboys n'était en aucune façon un personnage lettré. La pâle gouvernante avait essayé de
causer avec lui de la littérature du jour, mais George

s'était contenté de caresser sa barbe et de la regarder d'un air maussade, en proférant de temps en temps des « ah, oui ! » et « certainement.... ah ! »

La jeune fille sentimentale, qui allait en Angleterre pour perfectionner son éducation, avait voulu le tâter sur Shelley et Byron ; mais il lui avait magnifiquement ri à la figure, comme si la poésie était une plaisanterie. Le négociant en laine l'avait sondé sur la politique, mais il ne semblait pas posséder là-dessus des connaissances très-profondes ; aussi avait-on pris le parti de le laisser suivre sa fantaisie : fumer son cigare, causer avec les matelots, flâner sur le pont, regarder dans l'eau, et se rendre agréable à chacun à sa manière. Lorsque *l'Argus* ne fut plus qu'à une distance de quinze jours de l'Angleterre, tout le monde remarqua qu'un changement s'opérait chez George Talboys. Il devint remuant et inquiet ; tantôt si gai que la cabine retentissait de ses éclats de rire ; tantôt morose et pensif. Il finissait par fatiguer les matelots, quoiqu'il fût leur favori, en leur adressant de perpétuelles questions sur le moment probable où l'on toucherait terre. Serait-ce dans dix, onze, douze, ou treize jours ? Le vent était-il favorable ? Combien de nœuds le bâtiment filait-il à l'heure ? Bientôt après il était saisi d'un accès de colère, il courait sur le pont, criant que le vaisseau était une vieille et détestable coquille de noix, que ses propriétaires l'avaient trompé en lui vantant la rapidité de marche de *l'Argus* au lieu de l'avertir que leur bâtiment n'était pas fait pour transporter des passagers, des créatures vivantes et pressées, des êtres ayant cœur et âme, mais seulement pour charger de lourdes balles de laine, qui pouvaient bien pourrir sur mer sans qu'il s'ensuivît grand dommage.

Le soleil disparaissait dans la mer, et George Talboys allumait son cigare dans cette soirée d'août dont nous parlons. Dix jours encore, comme les matelots le lui avaient dit, et dans l'après-midi il pourrait apercevoir les côtes d'Angleterre.

« Je veux aborder par le premier bateau que nous rencontrerons, s'écria-t-il, dans une coquille d'huître au besoin; et, par Jupiter, s'il le faut, je nagerai jusqu'à terre. »

Ses amis de l'arrière-cabine, à l'exception de la pâle gouvernante, riaient de son impatience; elle soupira en observant le jeune homme, qui s'irritait contre la lenteur des heures, repoussait son verre de vin sans y avoir goûté, se remuait impatiemment sur le sofa de la cabine, montait et descendait l'échelle de la dunette, et regardait les vagues.

Comme le disque empourpré du soleil s'éteignait dans l'eau, la gouvernante monta l'escalier de la cabine pour se promener sur le pont, pendant que les passagers restaient à table dans l'entre-pont. Elle s'arrêta lorsqu'elle aperçut George, et, se tenant debout à côté de lui, elle contempla le steintes cramoisies qui s'affaiblissaient à l'occident.

Cette femme, très-tranquille et très-réservée, prenait rarement part aux jeux de l'arrière-cabine; elle ne riait jamais et parlait peu; toutefois George Talboys et elle avaient été bons amis pendant la traversée.

« Mon cigare vous incommoderait-il, miss Morley? dit-il en le retirant de sa bouche.

— Pas le moins du monde; continuez de fumer, je vous en prie. J'étais venue seulement regarder le coucher du soleil. Quelle délicieuse soirée !

— Oui, oui; délicieuse, je l'avoue, répondit-il avec impatience; mais si longtemps encore, si longtemps encore, dix interminables jours et dix mortelles nuits avant de débarquer....

— C'est vrai, soupira miss Morley. Voudriez-vous
que ce temps fût moins long ?

— Si je le voudrais ? s'écria George ; oh ! certes oui.
Et vous, ne le désirez-vous pas ?

— A peine.

— Il n'y a donc personne en Angleterre que vous
aimiez ?... personne qui attende votre arrivée ?...

— J'espère que si, » dit-elle tristement.

Ils gardèrent le silence quelques instants, lui, fumant son cigare avec une impatience furieuse, comme
s'il avait pu hâter la marche du vaisseau par sa conti-
nuelle agitation ; elle, fixant mélancoliquement dans le
ciel obscurci des yeux bleus qui semblaient s'être ternis
sur des livres imprimés en caractères très-fins et sur
de minutieux travaux d'aiguille, des yeux flétris peut-
être par des pleurs secrètement versés dans les mortelles heures des nuits solitaires.

« Voyez! dit George, indiquant subitement le côté
opposé à celui vers lequel miss Morley regardait, voilà
la nouvelle lune. »

Elle leva ses regards sur le pâle croissant, et son
visage était presque aussi pâle et aussi blafard.

« C'est la première fois que nous la voyons ; nous
devons faire un souhait, dit George : je sais ce que je
souhaite.

— Quoi donc ?

— De promptement revoir la patrie.

— Pourvu que nous n'y trouvions aucune déception
à notre arrivée ! répondit la gouvernante avec tristesse.

— Aucune déception !... »

Il tressaillit comme s'il avait été foudroyé, et lui demanda ce qu'elle entendait par déception.

« Je veux dire, répondit-elle en parlant avec rapidité et en agitant ses petites mains, je veux dire qu'à
mesure que ce long voyage tire à sa fin, l'espoir s'affaiblit dans mon cœur; une crainte nouvelle s'empare

de moi, et j'appréhende de ne pas trouver tout au gré de mes désirs. Celui que je viens rejoindre peut avoir changé de sentiments à mon égard, ou bien, après avoir conservé jusqu'à ce moment ceux qu'il nourrissait autrefois, il peut les perdre en un instant à la vue de mon pauvre visage flétri. On me disait jolie fille, monsieur Talboys, lorsque je m'embarquai pour Sydney, il y a quinze ans. Mais le monde peut l'avoir corrompu, l'avoir rendu égoïste et intéressé, et dans ce cas il me fera bon accueil pour ce que je puis avoir économisé pendant ces quinze années. Ne peut-il pas aussi être mort? Je pense à toutes ces choses, monsieur Talboys; je vois passer toutes ces scènes dans mon esprit, et j'en ressens les angoisses vingt fois par jour. Vingt fois par jour! répéta-t-elle; je pourrais dire mille fois par jour. »

George Talboys était resté pétrifié, son cigare à la main, et l'écoutait avec tant d'attention que, comme elle prononçait les derniers mots, ses doigts se relâchèrent et son cigare tomba dans l'eau.

« Je m'étonne, continua-t-elle, s'adressant plutôt à elle-même qu'à lui, et à voix basse, je m'étonne en pensant combien j'étais pleine d'espoir lorsque le vaisseau mit à la voile; je me représentais la joie du retour, les paroles échangées, les exclamations et les regards; mais depuis ce dernier mois de voyage, jour par jour, heure par heure, mon courage s'affaiblit, mes espérances s'évanouissent, et je redoute l'arrivée autant que si je revenais en Angleterre pour assister à des funérailles. »

Le jeune homme changea brusquement d'attitude, et regarda en face sa compagne avec un regard alarmé. Elle vit à la lueur de la lune que ses joues avaient pâli.

« Quelle folie! s'écria-t-il en donnant un coup de poing sur le bordage du vaisseau, quelle folie de me

laisser effrayer par toutes ces histoires !... Pourquoi
venez-vous me dire toutes ces choses?... Pourquoi
bouleverser tous mes sens et me glacer de terreur,
lorsque je suis sur le point de rejoindre la femme que
j'aime, ma femme, dont le cœur est aussi pur que la
lumière du jour, chez laquelle je ne m'attends pas
plus à trouver un changement qu'à voir demain un
autre soleil se lever dans le ciel?

— Votre femme, dit-elle, c'est différent. Vous n'avez
pas de raisons de partager mes craintes. Je viens en
Angleterre retrouver un homme que je devais épouser
il y a quinze ans. Il était trop pauvre alors pour se
marier. Une position de gouvernante m'ayant été of-
ferte dans une riche famille d'Australie, je lui persua-
dai de me laisser accepter cette proposition, afin que,
restant libre et sans aucune charge, il pût faire son
chemin en Angleterre pendant que j'économiserais
quelque argent pour nous aider lorsque nous com-
mencerions à vivre ensemble. Je ne pensais pas être
aussi longtemps absente; mais les choses ont mal
tourné pour lui en Angleterre. Voilà mon histoire, et
vous pouvez comprendre mes appréhensions. Elles ne
peuvent avoir aucune influence sur vous. Mon cas est
un cas exceptionnel.

— Le mien aussi, dit George avec impatience, très-
exceptionnel même, quoique jusqu'à ce moment, je
vous le jure, je n'eusse jamais éprouvé la moindre inquiétude sur le résultat de mon retour. Mais vous avez
raison, je n'ai que faire de vos appréhensions. Vous
avez été absente pendant quinze ans; toutes sortes de
choses peuvent arriver en quinze ans. Quant à moi, il
n'y a maintenant que trois ans et demi ce mois-ci que
j'ai quitté l'Angleterre. Que pourrait-il être arrivé dans
un espace de temps aussi court ? »

Miss Morley regarda Talboys avec un sourire lugubre, sans lui répondre. Cette ardeur fiévreuse, la fran-

chise et l'impatience de cette nature étaient si étranges et si nouvelles pour elle, qu'elle le contemplait
avec un mélange d'étonnement et de compassion.

« Ma jolie petite femme ! mon innocente et bien-
aimée petite femme ! Vous ne savez pas, miss Morley,
dit-il, ayant repris toute son ancienne confiance, vous
ne savez pas que j'ai quitté la pauvre petite pendant
qu'elle était endormie, tenant son enfant dans ses bras,
sans lui laisser rien que quelques lignes à peine lisi-
bles pour lui dire que son fidèle époux l'avait ainsi
abandonnée ?

— Abandonnée !... s'écria la gouvernante.

— Voici. J'étais officier dans un régiment de cavalerie lorsque je vis pour la première fois ma chère petite. Nous tenions garnison dans un triste port de mer
où elle vivait avec son vieux père, un gueux, un officier de marine en demi-solde, un vieux fourbe de profession, aussi pauvre que Job, l'œil toujours à l'affût
d'un coup de fortune. Je vis clair dans ses viles ma-
nœuvres afin d'attraper un de nous pour sa jolie fille ;
je compris les piéges pitoyables et grossiers qu'il ten-
dait pour attirer quelque épais dragon ; je ne me
trompai point à toutes ses aimables invitations dans
un mauvais cabaret du port, à ses beaux discours sur
la noblesse de sa famille, à sa fierté simulée, à ses
faux airs d'indépendance, et aux larmes mensongères
qui coulaient de ses vieux yeux chassieux lorsqu'il
parlait de son unique enfant. C'était un vieil ivrogne,
hypocrite, prêt à vendre ma pauvre petite au plus offrant. Heureusement pour moi, je pus être alors ce
plus fort enchérisseur, car mon père a de la fortune,
miss Morley ; et comme ma chère femme et moi nous
nous étions aimés à première vue, nous nous épou-
sâmes. Mon père cependant n'eut pas plutôt appris
que j'étais marié à une petite miss sans le sou, la fille
d'un vieux lieutenant en demi-solde adonné à la bois-

son, qu'il m'écrivit une lettre furieuse où il me signi-
fiait qu'il ne voulait plus avoir de rapports avec moi,
et qu'à partir du jour de mon mariage la pension
annuelle qu'il m'allouait était suspendue. Il n'y avait
pas moyen de rester dans un régiment comme le mien
sans autre chose que ma paye d'officier pour vivre et
entretenir une jeune femme; aussi vendis-je mon bre-
vet, pensant qu'avant d'en avoir épuisé le prix je
pourrais sûrement me caser quelque part. Je partis
avec ma chérie pour l'Italie, où nous menâmes un
magnifique train de vie aussi longtemps que durè-
rent mes mille livres; mais lorsque notre trésor se
trouva réduit à quelques centaines de livres, nous
retournâmes en Angleterre, et ma chère femme ayant
eu la fantaisie d'être près de son ennuyeux vieillard
de père, nous nous établîmes dans une petite ville
d'eaux où il s'était retiré. A peine eut-il appris que
j'avais encore quelques centaines de livres qu'il nous
témoigna une affection incroyable et insista pour que
nous prissions pension chez lui. Nous y consentîmes,
toujours pour plaire à ma chérie, qui avait en ce moment particulièrement droit à voir satisfaire tous les
caprices et toutes les fantaisies de son cœur innocent.
Nous vécûmes donc avec lui, et, finalement, il nous
dépouilla. Lorsque je parlais de sa conduite à ma petite femme, elle se contentait de hausser les épaules
et de me dire qu'elle aimait mieux ne pas mécontenter
son pauvre papa. Aussi, pauvre papa dépensa-t-il follement en un rien de temps notre petit pécule. Sentant alors la nécessité d'aviser aux moyens de me
procurer des ressources, je partis pour Londres, et
j'essayai de me placer dans un comptoir de négociant, comme commis, caissier, comptable ou quelque
chose de ce genre. Je dois supposer que je portais sur
moi le cachet d'un dragon obtus, car je ne pus trouver
personne qui eût confiance en ma capacité, et je re-

tournai, harassé, découragé, auprès de ma bien-aimée,
que je trouvai en train de nourrir un fils, héritier présomptif de la pauvreté de son père. Pauvre petite, elle
était bien abattue, et lorsque je lui racontai l'insuccès
de mon voyage à Londres, elle fut consternée et éclata
en soupirs et en lamentations, me disant que je n'aurais pas dû l'épouser pour ne lui apporter que pauvreté et misère, et que je lui avais fait un tort cruel
en la prenant pour femme. Par le ciel, miss Morley,
ses pleurs et ses reproches me rendirent presque fou ;
j'entrai dans un accès de fureur contre elle, contre
moi-même, contre son père, contre le monde et tous
ses habitants, et je sortis de la maison en déclarant
que je n'y rentrerais plus. Je marchai dans les rues,
hors de moi, toute la journée, avec la ferme intention
de me jeter à la mer, pour laisser ma pauvre femme
libre de contracter un meilleur mariage. « Si je me
noie, il faudra que son père ait soin d'elle, pensais-je;
ce vieil hypocrite ne pourra lui refuser un asile, mais,
tant que je vis, elle n'a le droit de lui rien réclamer. »
Je gagnai une ancienne jetée en bois avec l'intention
d'y attendre la nuit, et alors de me laisser tomber
doucement de son extrémité dans l'eau. Mais, pendant
que j'étais assis en cet endroit, fumant ma pipe et regardant d'un œil indifférent la mer profonde, deux
hommes survinrent, et l'un d'eux commença à parler
des mines d'or d'Australie et de la grande fortune
qu'on pouvait faire dans ce pays. Il me parut qu'il
était sur le point de s'embarquer dans un ou deux
jours, et qu'il essayait de persuader à son ami de l'accompagner dans son expédition. J'écoutai ces individus pendant plus d'une heure, les suivant de long en
large sur la jetée et ne perdant pas un mot de leur
dialogue. Après cela, je liai moi-même conversation
avec eux, et j'appris qu'il y avait un vaisseau partant
de Liverpool dans trois jours, sur lequel devait s'em-

barquer l'un de ces hommes. Il me donna tous les renseignements que je lui demandai, et me dit, en outre, qu'un gaillard robuste et vigoureux comme moi ne pouvait pas manquer de réussir dans les mines. Cette ouverture fit jaillir en moi une résolution si soudaine que le rouge et la chaleur me montèrent au visage et que l'exaltation agita tous mes membres. A tout événement, ce parti valait mieux que le suicide. En supposant même que je m'éloignasse furtivement de ma bien-aimée, je la laissais en sécurité sous le toit de son père, j'arrivais dans le nouveau monde, j'y faisais ma fortune, et je revenais, au bout d'une année, déposer mes richesses à ses pieds; car, en ce moment, j'étais si confiant, que je comptais faire ma fortune en un an ou à peu près. Je remerciai l'individu pour les informations qu'il m'avait données, et, bien tard dans la soirée, j'allai rôder du côté de mon logis. La température était glaciale, mais j'étais trop surexcité pour sentir le froid, et je marchai à travers les rues paisibles, le visage fouetté par la neige, le cœur plein d'espérance et de désespoir en même temps. Mon beau-père était assis dans la salle à manger et buvait du grog; ma femme, à l'étage supérieur, dormait paisiblement avec son enfant sur son sein. Je m'assis et lui écrivis quelques lignes, dans lesquelles je lui disais que je ne l'avais jamais plus aimée qu'à ce moment où je semblais l'abandonner, que j'allais tenter la fortune dans le nouveau monde, et que, si je réussissais, je lui rapporterais l'aisance et le bonheur; que, si j'échouais, au contraire, elle ne me reverrait jamais. Je divisai le reste de notre argent — un peu plus de quarante livres — en deux parts égales; je lui laissai l'une et je mis l'autre dans ma poche. Je m'agenouillai et je priai pour ma femme et pour mon enfant, la tête appuyée sur la blanche courte-pointe qui les recouvrait. Je n'étais pas habitué à prier, mais Dieu sait avec quel cœur je le fis en ce moment. Je déposai un seul baiser sur son front et sur celui de l'enfant, et je me glissai doucement hors de la chambre. La porte de la salle à manger était ouverte, et le vieillard assoupi sur son journal; il leva la tête en entendant mes pas dans le corridor et me demanda où j'allais. « Fumer dans la rue, » lui répondis-je. Et comme c'était mon habitude, il me crut. Trois nuits après j'étais en mer, voguant vers Melbourne, — en qualité de passager de seconde chambre, avec des outils de mineur pour tout bagage, et environ sept shillings dans ma poche.

— Et vous avez réussi? demanda miss Morley.

— Non pas sans avoir longtemps désespéré du succès ; non pas sans avoir eu longtemps la pauvreté pour compagne. Je me demandai souvent, en jetant un regard sur ma vie passée, si ce dragon brillant, oisif, extravagant, sensuel, habitué à sabler le champagne, était bien le même homme qui, assis sur la terre humide, rongeait une croûte de pain moisi dans les déserts du nouveau monde. Je me cramponnais au souvenir de ma bien-aimée; la confiance que j'avais en son amour et en sa fidélité était comme la clef de voûte qui reliait le présent au passé, — l'unique étoile qui illuminait les épaisses ténèbres de l'avenir. Je vivais familièrement avec des hommes mauvais, dans un centre de désordre, d'ivrognerie et de débauche; mais l'influence purifiante de mon amour me sauva de tous ces dangers. Maigre, décharné, à demi mourant de faim, je me regardai un jour dans un mauvais fragment de miroir, et je fus effrayé de mon propre aspect. Pourtant je travaillais, malgré les désappointements et le désespoir, malgré les rhumatismes, la fièvre et la famine, et à la fin je triomphai. »

Il y avait tant de bravoure, d'énergie, de persévérance, de joyeuse fierté du succès dans le récit des

difficultés qu'il avait surmontées, que la pâle gouvernante ne put s'empêcher, en le contemplant, d'exprimer son admiration.

« Comme vous avez été courageux ! lui dit-elle.

— Courageux ! s'écria-t-il avec un joyeux éclat de
rire ; est-ce que je ne travaillais pas pour ma chérie !
Pendant tous ces cruels temps d'épreuves, sa jolie
main blanche ne me montrait-elle pas le bonheur
dans l'avenir ? Je la voyais sous ma mauvaise tente de
toile, assise à mes côtés avec son enfant dans ses bras,
aussi bien que je l'avais vue dans l'unique et heureuse
année de notre vie conjugale. Enfin, par une triste et
brumeuse matinée, il y a juste trois mois, mouillé jusqu'à la peau par une pluie fine, enfonçant jusqu'au cou
dans la boue et la terre glaise, mourant de faim, affaibli
par la fièvre, engourdi par les rhumatismes, je fis rouler sur le sol, avec ma pioche, une grosse pépite, et
je découvris ainsi un filon d'une certaine importance.
Quinze jours après, j'étais l'homme le plus riche de
toute la petite colonie des environs. Je partis aussitôt
pour Sydney, où je réalisai ma trouvaille, qui valait un
peu plus de vingt mille livre. Immédiatement je m'embarquai sur ce vaisseau pour l'Angleterre, et dans dix
jours.... dans dix jours je reverrais ma bien-aimée.

— Mais pendant tout ce temps, n'avez-vous jamais
écrit à votre femme ?

— Jamais, jusqu'à la semaine qui a précédé le départ de ce bâtiment. Lorsque tout tournait mal, je ne
pouvais pas lui écrire pour lui raconter mes luttes
contre le désespoir et la mort. J'attendais une meilleure
fortune, et lorsqu'elle arriva, je la prévins que je serais
en Angleterre presque aussitôt que ma lettre, et je lui
donnai mon adresse dans une taverne de Londres où
elle pût me faire parvenir une réponse et m'apprendre
où je la trouverais, quoiqu'il soit peu probable qu'elle
ait quitté la maison de son père. »

Après ces mots, George devint rêveur et lança quelques bouffées de fumée tout en réfléchissant. Sa compagne ne troubla pas ses méditations. Le dernier rayon de ce jour d'été venait de s'éteindre, et la pâle lueur de la lune éclairait seule le ciel.

Tout à coup, Talboys lança au loin son cigare, et, se tournant du côté de la gouvernante :

« Miss Morley, s'écria-t-il, si, en arrivant en Angleterre, j'apprends qu'il est survenu quelque accident à ma femme, je tomberai raide mort.

— Mon cher monsieur Talboys, pourquoi penser à ces choses? répondit la gouvernante. Dieu est plein de bonté pour nous, il ne veut pas nous affliger au-delà de nos forces. Je vois peut-être les choses un peu en noir, car la longue monotonie de ma vie m'a laissé trop de temps pour m'appesantir sur mes chagrins.

— Et ma vie, à moi, toute d'activité, de privation, de travail, d'alternatives d'espoir et de désespoir, ne m'a pas laissé le temps de penser aux chances de malheur qui pouvaient arriver à ma chère petite femme. Quel aveugle insouciant j'ai été!.... trois ans et demi ! et pas une ligne, pas un mot d'elle ou d'une créature qui la connût! Que ne peut-il pas être arrivé ! »

L'esprit agité, George commença à parcourir en long et en large le pont solitaire, suivi par la gouvernante qui essayait de le calmer.

« Je vous répète, miss Morley, reprit-il, que, jusqu'à notre conversation de ce soir, je n'avais pas eu l'ombre d'une crainte ; maintenant, je me sens dans le cœur ce malaise, cette terreur accablante dont vous me parliez il y a une heure. Laissez-moi seul, je vous en prie, surmonter à ma manière ces mauvaises dispositions. »

Elle s'éloigna de lui en silence et s'assit sur le bord du vaisseau.

George Talboys marcha pendant quelque temps,

la tête inclinée sur sa poitrine, ne regardant ni d'un côté ni d'un autre; puis, au bout d'un quart d'heure environ, il revint à l'endroit où la gouvernante était assise.

« J'ai prié, dit-il, j'ai prié pour ma chère adorée. »

Il prononça ces mots presque dans un murmure, et, à la lumière de la lune, miss Morley put apercevoir sur son visage une expression de calme ineffable.

CHAPITRE III

Reliques cachées.

Ce même soleil d'août qui avait disparu dans l'immensité de l'Océan éclairait de ses lueurs rougeâtres le large cadran de la vieille horloge sur l'arceau couvert de lierre qui menait dans les jardins du château d'Audley.

Le couchant était d'un cramoisi ardent. Les meneaux des croisées et les treillages étincelants frappés par ces rayons rougeâtres semblaient être en feu ; la lumière affaiblie se jouait dans les feuilles des tilleuls de l'avenue et changeait la surface tranquille du vivier en une plaque de cuivre poli. Dans ces obscurs enfoncements d'églantiers et de broussailles au milieu desquels était caché le vieux puits, la rouge clarté pénétrait par lueurs vacillantes, et les herbes humides, et la poulie de fer rouillée, et la charpente de bois brisée, semblaient tachées de sang.

Le beuglement d'une vache dans les prairies si calmes, le saut d'une truite dans l'étang, les dernières notes d'un oiseau fatigué, le grincement des roues des chariots sur la route éloignée, rompaient de temps en temps le silence du soir et rendaient plus profond le calme qui régnait en ce lieu. Il était presque accablant, ce calme du crépuscule. Ce repos absolu devenait pénible par son intensité, et on éprouvait la même sensation que si un cadavre avait été quelque part, au milieu de cette masse grise de bâtiments recouverts de lierre, tant était funèbre la tranquillité de tout ce qui l'entourait.

Comme l'horloge de l'arceau sonnait huit heures, une porte s'ouvrit doucement derrière la maison, et une jeune fille parut dans les jardins.

Mais la présence même d'un être humain rompit à peine le silence : car la jeune fille glissa sur le gazon épais, et pénétrant dans l'avenue par le côté du vivier, disparut dans l'ombre épaisse des tilleuls. Ce n'était pas positivement une jolie fille, mais son apparence était de celles que l'on appelle généralement intéressantes. Intéressante peut-être, parce que, dans sa figure pâle et ses brillants yeux gris, dans ses traits fins et ses lèvres serrées, il y avait quelque chose qui dénotait un pouvoir de répression et d'empire sur soi-même peu ordinaire dans une femme de dix-neuf à vingt ans. Elle eût été jolie, je pense, n'eût été un défaut dans son frêle visage ovale. Ce défaut était une absence complète de couleur. Pas une teinte d'incarnat ne colorait la blancheur de cire de ses joues, pas une ombre de teinte brune ne réparait la pâle fadeur de ses cils et de ses sourcils, pas un reflet d'or ou d'ébène ne relevait le blond monotone de sa chevelure. Sa toilette même était entachée des mêmes défauts; la mousseline de sa robe vert de lavande était passée à un gris fané, et le ruban noué autour de son cou se fondait dans la même teinte neutre.

Sa figure était effilée et mince, et en dépit de son humble costume, elle avait la grâce et la tournure d'une grande dame ; mais ce n'était qu'une simple paysanne, du nom de Phœbé Marks, élevée comme domestique dans la famille de M. Dawson et que lady Audley avait choisie pour femme de chambre après son mariage avec sir Michaël.

Cet événement avait été naturellement une étonnante bonne fortune pour Phœbé, qui avait vu ses gages triplés et qui n'avait presque rien à faire dans le service déjà complet du château : aussi devint-elle un objet d'autant d'envie parmi ses amies particulières, que milady dans les cercles élevés.

Un homme, assis sur la charpente en bois du puits en ruine, se leva en voyant la femme de chambre de milady sortir des ténèbres épaisses des tilleuls, et se tint debout devant elle au milieu des herbes sauvages et des broussailles.

J'ai déjà dit que cet endroit était inculte, situé dans un bosquet bas et humide à part du reste des jardins, et seulement visible des croisées du grenier de la partie postérieure de l'aile occidentale du château.

« Eh bien, Phœbé, dit l'homme en fermant le couteau avec lequel il avait dépouillé de son écorce une branche d'épine noire, tu viens à moi avec si peu de bruit et si subitement que je t'ai prise pour un malin esprit. J'ai passé à travers champs, je suis arrivé ici par l'ouverture dans le fossé, et je prenais un instant de repos avant d'aller à la maison demander si tu étais de retour.

— Je puis voir le puits de la croisée de ma chambre à coucher, Luke, répondit Phœbé en montrant un vitrage ouvert à un pignon du toit; je t'ai vu assis là, et je suis descendue pour causer avec toi; il vaut mieux causer ici que dans l'intérieur de la maison, où il y a toujours quelqu'un pour vous écouter. »

L'homme était un gros rustre, aux larges épaules, à la tournure lourde, d'environ trente-trois ans. Sa chevelure, d'un rouge foncé, tombait sur son front, et ses sourcils épais recouvraient une paire d'yeux d'un gris verdâtre; son nez était large et bien proportionné, mais sa bouche avait une forme grossière et une expression bestiale. Avec ses joues colorées, sa chevelure fauve et son cou de taureau, il ressemblait à un des bœufs robustes qui paissaient dans les prairies des environs du château.

La jeune fille s'assit familièrement à côté de lui, sur la charpente du puits, et posa une de ses mains devenues blanches dans ses nouvelles et douces fonctions, sur son large cou.

« Es-tu content de me voir, Luke? demanda-t-elle.

— Naturellement, je suis content, ma chère, » répondit-il d'une façon grossière, en rouvrant son couteau et recommençant à racler sa branche d'épine.

Ils étaient proches cousins, avaient été compagnons de jeu dans leur enfance, et liés d'amitié dans leur jeunesse.

« Tu ne parais pas enchanté, dit la jeune fille; tu pourrais me regarder, Luke, et me demander si mon voyage m'a fait du bien.

— Il n'a pas mis un brin de couleur sur tes joues, ma fille, dit-il en lui lançant un regard par-dessus ses épais sourcils : tu es aussi blanche que tu l'étais la dernière fois que je t'ai vue.

— Mais on m'a dit que les voyages rendent aimable, Luke. J'ai traversé sur le continent, avec milady, des endroits curieux de tous genres, et tu sais que lorsque j'étais enfant, les filles de M. Horton m'ont appris à parler un peu français, et j'ai trouvé cela bien agréable de pouvoir me faire comprendre des gens à l'étranger.

— Aimable! s'écria Luke Marks avec un rire dur, qui a besoin que tu sois aimable, je te le demande? Pas moi d'abord; lorsque tu seras ma femme, tu n'auras pas beaucoup de temps pour l'amabilité, ma fille! Quant au français, que je sois pendu, Phœbé,

mais je suppose que lorsque nous aurons économisé
à nous deux assez d'argent pour acheter une ferme,
tu n'iras pas tenir de beaux discours aux vaches !»

Elle se mordit les lèvres en entendant les paroles
de son amant, et détourna les yeux. Lui, continua
de tailler et de couper son bâton pour façonner un
manche grossier, sifflant doucement entre ses dents
tout le temps, et ne jetant pas un seul regard sur sa
cousine.

Ils restèrent silencieux pendant quelques instants,
mais bientôt elle ajouta, la figure toujours tournée du
côté opposé à son compagnon :

« Quelle belle chose pour celle qui était autrefois
miss Graham, de voyager avec sa femme de chambre
et son courrier dans une voiture à quatre chevaux et
un mari persuadé qu'il n'y a pas un seul endroit sur
la terre digne de porter les pieds de sa femme!

— Oui, c'est une belle chose, Phœbé, d'avoir beaucoup d'argent, répondit Luke, et j'espère que tout cela
est un avertissement pour toi, ma chère, d'économiser
tes gages pour pouvoir nous marier.

— Et qu'était-elle dans la maison de M. Dawson,
il y a seulement trois mois? continua la jeune fille,
comme si elle n'avait pas entendu les paroles de son
cousin, une domestique comme moi, recevant des
gages et travaillant, pour les gagner, plus durement
que moi. Si tu avais vu, Luke, ses pauvres robes usées,
raccommodées, pleines de rentraitures, tournées et
retournées, et malgré tout cela ayant bon air sur elle,
je ne sais comment. Elle me donne plus ici, comme sa
femme de chambre, que jamais elle a gagné chez
M. Dawson; oui !... je l'ai vue quitter le parloir avec
quelques souverains et quelques pièces d'argent dans
la main, que venait justement de lui donner son
maître pour payer son trimestre, et maintenant, vois-la.

— Ne fais pas attention à elle, dit Luke, prends

soin de toi-même, Phœbé ; c'est tout ce que tu as à
faire. Que penserais-tu, par exemple, d'une auberge
pour toi et pour moi, ma fille ? Il y a beaucoup d'argent à gagner dans une auberge. »

La jeune fille ne bougea pas, la figure détournée de
celle de son amant, les mains nonchalamment pen-
dantes sur les plis de sa robe, et ses pâles yeux gris
fixés sur les dernières lueurs rouges qui s'éteignaient
au loin derrière les troncs d'arbres.

« Tu devrais visiter l'intérieur de l'habitation, Luke,
dit-elle, elle a l'air d'une veille ruine au dehors, mais
tu verras l'appartement de milady, tout or et peintures, grandes glaces qui vont du parquet au plafond,
plafonds ornés de peintures aussi, qui coûtent des
centaines de livres, la gouvernante me l'a dit, et tout
cela fait pour elle !

— Elle a de la chance, murmura Luke avec indifférence.

— Si tu l'avais vue, lorsque nous étions à l'étranger,
avec une foule de beaux messieurs toujours pendus à
ses talons ; sir Michaël n'était pas jaloux d'eux, mais
fier seulement de la voir autant admirée. Si tu l'avais
entendue rire et causer avec eux, leur renvoyant leurs
compliments et leurs beaux discours, et eux de continuer et de l'en accabler, comme avec des roses. Elle
rendait tout le monde fou partout où elle allait. Sa
manière de chanter, de jouer, de danser, son délicieux
sourire et ses boucles dorées, toute sa personne faisait l'unique sujet de la conversation dans l'endroit,
tout le temps de notre séjour.

— Est-elle au château, ce soir ?

— Non, elle est partie avec sir Michaël pour aller
dîner aux Beeches ; ils ont sept ou huit milles à
faire et ils ne doivent être de retour qu'après onze
heures.

— Alors, Phœbé, si l'intérieur de la maison est

aussi beau que tu le dis, je serais enchanté d'y jeter
un coup d'œil.

— Tu le pourras très-bien ; mistress Barton, la gouvernante, te connaît de vue, et ne s'opposera pas à
ce que je te montre quelques-unes des plus belles
chambres. »

Il était presque nuit lorsque les cousins quittèrent
le bosquet et se dirigèrent lentement vers la maison.
La porte par où ils entrèrent conduisait dans la salle
des domestiques, sur un côté de laquelle était située
la chambre de la gouvernante. Phœbé Marks s'arrêta
un instant pour lui demander si elle pouvait introduire
son cousin dans les appartements, et, en ayant reçu
la permission, elle alluma une chandelle à la lampe de
la salle, et fit signe à Luke de la suivre dans une autre
partie de la maison.

Les longs corridors, lambrissés de chêne noir,
étaient plongés dans une obscurité peuplée de fantômes, la lumière portée par Phœbé produisant seulement un petit point lumineux dans les larges passages à travers lesquels la jeune fille conduisait son
cousin. Luke regardait de temps en temps avec mé-
fiance par-dessus ses épaules, à demi effrayé par le
craquement de ses grosses bottes garnies de clous.

« C'est une habitation mortellement triste, Phœbé,
dit-il, comme ils débouchaient d'un passage dans une
salle principale qui n'était pas encore éclairée ; j'ai
entendu parler d'un meurtre commis ici dans le temps
jadis.

— Il y a assez de meurtres en ce temps-ci, sans
parler de celui-là, » répondit la jeune femme montant
l'escalier et suivie par le jeune homme.

Elle lui fit traverser un grand salon tendu de satin,
avec des moulures dorées, des meubles de Boule, des
armoires incrustées, des bronzes, des camées, des
statuettes, et mille riens élégants qui brillaient dans

la demi-obscurité; puis elle le conduisit dans une salle du matin, tapissée d'épreuves gravées, de peintures de prix, et de là, dans une antichambre où elle s'arrêta, tenant le flambeau élevé au-dessus de sa tête

Le jeune homme jeta un regard émerveillé autour de lui, la bouche et les yeux ouverts.

« C'est une bien belle salle, dit-il, et qui doit avoir coûté force argent.

— Regarde les peintures sur les murs, dit Phœbé, indiquant les panneaux de la chambre octogone, ornés de Claudes et de Poussins, de Wouvermans et de Cuyps. J'ai entendu dire que cela seul valait une fortune. Ceci est l'entrée de l'appartement de milady, autrefois miss Graham. »

Elle souleva un lourd rideau vert qui fermait l'entrée, introduit le paysan ébahi dans un boudoir féerique, et de là dans un cabinet de toilette, dans lequel les portes ouvertes d'une garde-robe et un monceau de vêtements jetés sur un sofa indiquaient assez que tout était resté exactement comme l'avait laissé celle qui l'occupait.

« J'ai à ranger toutes ces affaires avant le retour de milady; tu peux t'asseoir ici, Luke, pendant ce temps; cela ne sera pas long. »

Le cousin jetait autour de lui des regards gauches et embarrassés, stupéfait par les splendeurs de cette pièce; après quelque hésitation, il choisit le siége le plus confortable, et s'assit avec soin sur l'extrémité du bord.

« J'aurais voulu te montrer les bijoux, Luke, dit la jeune fille, mais je ne puis pas, car elle garde toujours les clefs sur elle; ils sont là, dans ce coffre, sur la table de toilette.

— Quoi ! dans cela? s'écria Luke, fixant le coffre massif en noyer incrusté de cuivre, mais cela est assez grand pour serrer tous les habits que j'ai jamais possédés.

— Et cela est rempli autant qu'il est possible de dia-mants, de rubis, de perles et d'émeraudes, » répondit Phœbé, occupée, en parlant, à plier les robes de soie qui produisaient leur frôlement ordinaire, et en les posant une à une sur les tablettes de la garde-robe.

Comme elle secouait les plis de la dernière, un bruit de clefs surprit son oreille, et elle mit sa main dans la poche.

« Voici, s'écria-t-elle, la première fois que, contre son habitude, milady a laissé les clefs dans sa poche. Je puis te montrer les bijoux, si tu le désires, Luke.

— Oui, je veux bien tout de même jeter un coup d'œil là-dessus, ma fille, » dit-il en se levant de dessus son fauteuil, et tenant le flambeau pendant que sa cousine ouvrait l'écrin.

Il poussa un cri d'admiration lorsqu'il vit les pa-rures étinceler sur les coussins de satin blanc. Il éprouva le besoin de saisir les fragiles joyaux, de les retourner et d'évaluer leur valeur intrinsèque. Peut-être un saisissement d'envie et de désir ardent passa-t-il sur son cœur, en pensant combien il lui serait facile de s'emparer de l'un deux.

« Ah! un de ces diamants assurerait notre existence, Phœbé, dit-il en tournant et retournant un bracelet dans ses grosses mains rouges.

— Pose cela, Luke, pose vite cela, s'écria la jeune fille avec un regard de terreur; comment peux-tu dire de telles choses? »

Il remit le bracelet à sa place à contre-cœur et en soupirant, puis il continua d'examiner l'écrin.

« Qu'est-ce que c'est que ceci? » demanda-t-il bien-tôt, montrant du doigt un bouton de cuivre dans la charpente de la boîte.

En disant ces mots il le poussa et un tiroir secret sortit de l'écrin.

« Viens donc voir ici, » s'écria Luke, enchanté de sa découverte.

Phœbé Marks jeta à terre la robe qu'elle était en-train de plier, et se pencha sur la table de toilette.

« Ah ! je ne connaissais pas ceci, dit-elle, je suis cu-rieuse de voir ce qu'il y a là dedans. »

Il n'y avait pas grand'chose là dedans, ce n'était ni de l'or ni des pierreries, mais simplement un petit soulier d'enfant en laine, enveloppé dans un morceau de papier, et une petite boucle de cheveux soyeux et d'un blond pâle évidemment coupée sur la tête d'un petit enfant. Les yeux gris de Phœbé de dilatèrent en examinant le petit paquet. »

« Voilà donc ce que milady cache dans le tiroir secret, murmura-t-elle.

— C'est une singulière guenille à conserver dans un tel meuble, » dit Luke négligemment.

Les lèvres minces de la jeune fille se contractèrent avec un étrange sourire.

« Tu voudras bien témoigner de l'endroit où j'ai trouvé ceci, dit-elle, en plaçant le petit paquet dans sa poche.

— Quoi, Phœbé, tu ne vas pas être assez folle pour prendre cela, s'écria le jeune homme.

— Je préfère avoir cela que le bracelet de diamants dont tu voulais t'emparer, répondit-elle. Tu auras ton auberge, Luke. »

CHAPITRE IV

A la première page du *Times*

Robert Audley était censé être avocat. Comme avocat, son nom était inscrit dans le Law-List ; comme
avocat, il avait son appartement dans Fig-Tree Court
Temple ; comme avocat, il avait consommé le nombre
voulu de dîners qui forment la grande épreuve que
traverse l'aspirant au barreau pour arriver à la répu-
tation et à la fortune. Si toutes ces conditions peuvent
faire d'un homme un avocat, Robert en était un
décidément. Mais il n'avait jamais eu de cause à
plaider, ou n'avait jamais essayé, ou même envié
d'en avoir une pendant les cinq années entières que
son nom était resté peint sur une des portes de Fig-Tree
Court. C'était un beau garçon, paresseux, insousiant
de tout, d'environ vingt-sept ans, fils unique du plus
jeune frère de sir Michaël Audley. Son père lui avait
laissé quatre cents livres de rente, revenu que ses
amis l'avaient engagé à augmenter en embrassant le
barreau. Comme il avait trouvé, après mûres considé-
rations, plus d'ennui à s'opposer aux désirs de ses
amis qu'à consommer un certain nombre de dîners, et
à prendre deux chambres dans le Temple, il avait

adopté le dernier parti et, sans rougir, s'intitulait lui-même avocat.

Quelquefois, lorsque la température était brûlante, et qu'il s'était épuisé dans le pénible labeur de fumer sa pipe allemande et de lire des nouvelles françaises, il consentait à aller se promener dans les jardins du Temple, où, s'allongeant en quelque endroit ombragé, pâle et flegmatique, avec son col de chemise rabattu et un foulard de soie bleu négligemment noué autour de son cou, il racontait aux graves jurisconsultes qu'il était rendu par excès de travail.

Les vieux hommes de loi riaient malicieusement à cette fiction plaisante, mais ils convenaient tous que Robert Audley était un excellent camarade, rempli de cœur, et même un curieux garçon, ayant un fond d'esprit piquant et d'originalité tranquille, sous son indolence, sa flânerie, son insouciance et ses manières irrésolues. C'était un homme qui ne ferait jamais son chemin dans le monde, mais qui est incapable de tuer une mouche. En vérité, ses chambres étaient converties en un véritable chenil, par son habitude de donner asile à tous les vilains chiens égarés et surpris par la nuit, qu'il attirait par ses regards dans la rue et qui le suivaient, poussés par une banale affection.

Robert passait toujours la saison de la chasse au château d'Audley; non qu'il fut chasseur distingué comme Nemrod, car il aimait mieux trotter tranquillement, en toute sécurité, sur un mauvais cheval bai, pacifique, aux membres solides, et se maintenir à une très-respectable distance des cavaliers intrépides, son cheval sachant aussi bien que lui que la chose la plus contraire à ses désirs était d'être exposé à se tuer.

Le jeune homme était le grand favori de son oncle, et sa jolie, espiègle, gaie et folâtre cousine miss Alicia Audley ne le dédaignait pas le moins du monde. La bonne disposition de la jeune demoiselle, seule héritière d'une très-belle fortune, aurait pu sembler à d'autres hommes bien digne d'être cultivée, mais cette pensée ne se présenta pas même à l'esprit de Robert Audley. Alicia était une très-jolie fille, une charmante fille, sur laquelle il n'y avait rien à dire, — une fille à remarquer entre mille ; mais c'était là le plus haut degré où son enthousiasme pût s'élever. L'idée de faire tourner à quelque résultat avantageux pour lui l'inclination de sa jeune cousine n'entra jamais dans son cerveau frivole. Je me demande même s'il eut jamais une idée bien exacte de la fortune de son oncle, et je puis certifier qu'il ne compta jamais un instant sur la chance qu'il pût lui revenir, en cas d'accident, quelque partie de cette fortune. De sorte qu'un beau matin, le facteur lui apporta les billets de faire part du mariage de sir Michaël et de lady Audley, en même temps qu'une lettre très-indignée de sa cousine, qui lui racontait comment son père venait d'épouser une espèce de poupée de cire, pas plus âgée qu'elle, Alicia, avec des boucles blondes et un perpétuel ricanement ; car je suis fâché de dire que l'humeur sémillante de lady Audley la taquinait au point de lui faire qualifier ainsi ce joli rire musical qui avait été tant admiré dans la ci-devant miss Lucy Graham. Quoique tous ces documents intéressassent Robert Audley, leur connaissance n'excita ni étonnement ni contrainte dans la nature apathique de ce gentleman. Il lut la lettre irritée d'Alicia avec ses lignes croisées et recroisées sans retirer un instant de ses lèvres couvertes de moustaches le bout d'ambre de sa pipe allemande. Lorsqu'il eut terminé la lecture de la missive, pendant laquelle il avait gardé ses sourcils noirs relevés vers le milieu du front (c'était sa seule manière, soit dit en passant, d'exprimer sa surprise), il la jeta d'un air délibéré, ainsi que les billets de part, dans le panier aux vieux papiers, et, posant sa pipe, se prépara lui-même à épuiser le sujet.

« J'ai toujours dit que le vieux buffle se remarierait, murmura-t-il, après environ une demi heure de réflexion. Alicia et milady, sa belle-mère, vont être là dedans comme marteau et tenailles. J'espère qu'elles voudront bien ne pas se quereller à la saison de la chasse, ou se dire des choses déplaisantes à dîner; les querelles troublent toujours la digestion. »

Vers onze heures du matin, le jour qui suivit la soirée dans laquelle se passèrent les événements relatés dans mon dernier chapitre, le neveu du baronnet traversait Blackfriarsward en flânant hors du Temple, et se dirigeait vers la Cité. Il avait obligé, dans une mauvaise heure, quelque ami nécessiteux en apposant l'antique nom des Audley sur un billet de complaisance ; lequel billet n'ayant pas été touché par le garçon de recette, Robert Audley était averti de payer. Dans ce dessein, il avait monté en se promenant Ludgate Hill, avec sa cravate bleue, dont les bouts flottaient à l'air brûlant du mois d'août, et de là était entré dans une maison de banque située, au frais, dans un sombre passage hors du cimetière Saint-Paul, où il prit les arrangements nécessaires pour vendre une couple de centaines de livres de bons consolidés.

Il avait terminé cette affaire et flânait au coin du passage, guettant un *hansom* pour le ramener au Temple, lorsqu'il fut presque renversé par un homme d'à peu près son âge, qui se précipita aveuglément dans l'étroit débouché.

« Soyez assez bon pour regarder où vous allez, mon ami, dit doucement Robert au passant impétueux, vous devriez avertir les gens avant de les jeter par erre et de marcher sur eux. »

L'étranger s'arrêta subitement, regarda fixement l'interlocuteur, et alors reprit haleine.

« Bob, s'écria-t-il, avec l'accent expressif du plus grand étonnement. J'ai touché la terre anglaise seulement à la fin de la dernière nuit, et je vous rencontre ce matin !

— Je vous ai vu quelque part auparavant, mon ami barbu, dit M. Audley en examinant avec calme le visage animé de l'autre, mais que je sois pendu si je puis me rappeler en quel endroit et à quelle époque.

— Quoi ! s'écria l'étranger, allez-vous me dire que vous avez oublié George Talboys ?

— Non, je ne l'ai pas oublié, » dit Robert avec une énergie qui ne lui était en aucune façon habituelle.

Et accrochant alors son bras à celui de son ami, il le conduisit dans le sombre passage, et lui dit avec son indifférence accoutumée :

« Et maintenant, George, apprenez-nous tout ce qui s'est passé. »

George Talboys lui apprit tout ce qui s'était passé. Il lui raconta la même histoire qu'il avait exposée, dix jours avant, à la pâle gouvernante, à bord de *l'Argus*, et alors, bouillant et hors d'haleine, il lui dit qu'il avait un paquet de bons d'Australie, et qu'il avait besoin de les mettre en banque au comptoir de MM. X..., qui avaient été ses banquiers plusieurs années auparavant.

« Je sors justement de leurs bureaux, dit Robert, nous y retournerons ensemble, et nous terminerons cette affaire dans cinq minutes. »

Ils parvinrent à l'arranger à peu près dans un quart d'heure, et alors Robert Audley proposa immédiatement l'hôtel du *Sceptre et de la Couronne*, ou celui du *Château de Richmond*, où ils pourraient faire un bout de repas, et causer du bon vieux temps, où ils étaient ensemble à Eton. Mais George dit à son ami qu'avant d'aller n'importe où avant de toucher à un morceau ou de rompre son jeûne, avant de se restaurer d'aucune façon après un voyage de nuit de Liverpool par le train express, il devait passer par un certain *coffee-house* de Bridge Street, Westminster, où il s'attendait à trouver une lettre de sa femme.

« Alors, j'irai avec vous, dit Robert. Quelle idée d'avoir une femme, George, quelle absurde plaisanterie ! »

Comme ils traversaient Ludgate Hill, Fleet Street, et le Strand dans un rapide *hansom*, George Talboys glissa dans l'oreille de son ami toutes les espérances folles et tous les rêves qui avaient pris un si grand empire sur sa nature ardente.

« Je prendrai une villa sur le bord de la Tamise, Bob, dit-il, pour ma petite femme et pour moi ; et nous aurons un yacht, Bob, mon vieil ami, et nous nous étalerons sur le pont et nous fumerons, pendant que ma charmante petite jouera de sa guitare et nous chantera des chansons. Elle est pour tout le monde comme ces femmes, dont je ne sais plus le nom, qui donnèrent tant de tracas à ce pauvre vieil Ulysse, » ajouta le jeune homme, dont le savoir classique n'était pas très-considérable.

Les garçons du coffee-house de Westminster reculèrent à la vue de cet étranger aux yeux enfoncés, à la barbe longue, avec ses habits de coupe coloniale, et ses manières étranges et agitées ; mais il avait été un vieil habitué de l'établissement quand il était au service, et dès qu'ils apprirent qui il était, ils s'empressèrent de lui offrir leurs bons offices.

Il n'avait pas besoin de grand'chose, — une bouteille de soda-water seulement , et savoir s'il y avait au comptoir une lettre à l'adresse de George Talboys.

Le garçon apporta le soda-water avant même que les jeunes gens eussent pris place dans un sombre compartiment près du foyer éteint.

« Non, il n'y a pas de lettre à cette adresse. »

Le garçon dit ces mots avec une parfaite indifférence, en époussètant machinalement la petite table
d'acajou.

Le visage de George se couvrit de la pâleur de la mort.

« Talboys, dit-il, peut-être n'avez-vous pas entendu
distinctement le nom, — T, A, L, B, O, Y, S. Allez
regarder encore, il doit y avoir une lettre. »

Le garçon haussa les épaules en quittant la salle et
revint au bout de trois minutes dire qu'il n'y avait
aucun nom ressemblant à celui de Talboys dans la
case aux lettres. Il y avait Brown, et Sanderson, et
Pinchbek ; seulement trois lettres en tout.

Le jeune homme but son soda-water en silence, et,
posant alors ses coudes sur la table, couvrit sa figure
de ses mains. Il y avait quelque chose dans son air
qui disait à Robert Audley que ce désappointement,
insignifiant en apparence, était en réalité une déception pleine d'une grande amertume. Il s'assit lui-même
en face de son ami, mais n'essaya pas de lui adresser
la parole.

Bientôt George leva la tête, et, prenant machinalement dans un tas de journaux, sur la table, un *Times*
graisseux du jour précédent, il jeta ses yeux distraits
sur la première page.

Je ne puis dire combien de temps il pâlit sur un
paragraphe au milieu de la liste des décès, avant que
son esprit bouleversé pût bien en saisir le contenu ;
mais après une pause considérable, il tendit le journal
à Robert Audley à travers la table, et, avec un visage
qui était passé du bronze foncé à une maladive blancheur, livide et sombre avec un calme effrayant, posa
le doigt sur une ligne qui contenait les mots suivants :

« Le 24 du courant, à Ventnor, île de Wight, Hélen
Talboys, âgée de vingt-deux ans. »

CHAPITRE V.

La pierre tumulaire à Ventnor.

Oui, il y avait en noir et en blanc : — « Hélen Talboys, âgée de vingt-deux ans. »

Lorsque George disait à la gouvernante à bord de *l'Argus* que, s'il apprenait quelque mauvaise nouvelle de sa femme, il tomberait mort, il parlait avec une parfaite bonne foi. Et cependant il avait devant ses yeux les plus mauvaises nouvelles qui pussent lui parvenir, et il restait insensible, pâle et abattu, fixant d'un air hébété la figure consternée de son ami.

La soudaineté du coup l'avait étourdi. Dans l'état étrange et confus de son esprit, il commença à se demander ce qui était arrivé, et comment il se faisait que cette seule ligne du *Times* pût avoir produit un si terrible effet sur lui.

Alors, par degrés, cette vague conscience de son malheur disparut lentement de son esprit, remplacée par un pénible sentiment des objets extérieurs.

La lumière éclatante du soleil d'août ; les volets poudreux des croisées et les stores à la peinture flétrie ; une rangée d'affiches salies par les mouches et fixées sur le mur ; le foyer triste et éteint ; un vieillard

4

au crâne dénudé assoupi sur le *Morning Advertiser*,
le garçon en savates pliant une nappe froissée, et le
beau visage de Robert Audley qui l'examinait d'un
air alarmé et compatissant; il sentit que tous ces
objets prenaient des proportions gigantesques et se
fondaient l'un à côté de l'autre dans des taches noires
qui flottaient devant ses yeux. Il entendit comme le
bruit assourdissant d'une demi-douzaine de machines
à vapeur qui tempêtaient et grondaient dans ses
oreilles, puis il ne connut plus rien, excepté que
quelqu'un ou quelque chose tombait pesamment sur
le sol.

Il ouvrit les yeux vers la fin de la soirée, dans une
chambre fraîche et sombre, dont le silence était rompu
seulement de temps en temps par le bruit lointain des
voitures.

Il jeta autour de lui des regards étonnés, mais presque indifférents. Son vieil ami Robert Audley fumait,
assis à côté de lui. George était étendu sur une cou-
chette basse, en fer, en face d'une croisée ouverte,
sur laquelle était une rangée de fleurs et deux ou trois
oiseaux dans des cages.

« Avez-vous envie d'une pipe, voulez-vous fumer,
George? demanda tranquillement son ami.

— Non. »

Il passa quelques instants à regarder les fleurs et
les oiseaux : un canari chantait en trilles aiguës un
hymne au soleil couchant.

« Les oiseaux vous ennuieraient-ils, George? je les
retirerais de la chambre.

— Non, je préfère les entendre chanter. »

Robert Audley secoua les cendres de sa pipe, posa
avec tendresse la précieuse écume de mer sur le chambranle de la cheminée, et, passant dans la pièce voisine, revint aussitôt avec une tasse de thé fort.

« Prenez ceci, George, dit-il, en plaçant la tasse sur
une petite table, près de l'oreiller de George; cela vous
fera du bien à la tête. »

Le jeune homme ne répondit pas, mais regarda lentement autour de la chambre, et, fixant enfin le visage
grave de son ami.

« Bob..., dit-il, où sommes-nous?

— Dans mon logis, mon cher garçon, au Temple·
Vous n'avez pas de logement à vous, ainsi vous pouvez
bien rester avec moi pendant que vous êtes à Londres. »

George passa deux ou trois fois sa main sur son
front; puis, avec une certaine hésitation, il dit tranquillement :

« Ce journal, ce matin, Bob..., qu'était-ce donc?

— Ne songez plus à cela maintenant, vieil enfant;
buvez un peu de thé.

— Oui, oui, s'écria George violemment, se dressant lui-même sur le lit, et le fixant avec des yeux
creux. Je me souviens de tout. Hélen, mon Hélen ! ma
femme, ma bien-aimée, mon seul amour! morte!
morte!

— George, dit Robert Audley, en posant doucement
sa main sur le bras du jeune homme, vous devez
penser que la personne dont vous avez lu le nom dans
le journal peut ne pas être votre femme. Il peut bien
avoir existé quelque autre Hélen Talboys.

— Non, non ! s'écria-t-il, l'âge correspond au sien,
et Talboys est un nom qui n'est pas très-commun.

— Cela peut être une faute d'impression pour
Talbot.

— Non, non, non ! ma femme est morte! »

Il se débarrassa de la main de Robert, qui le retenait,
et, sautant en bas de son lit, il se dirigea vers la porte.

« Où allez-vous donc? s'écria son ami.

— A Ventnor, voir son tombeau.

— Pas ce soir, George, pas ce soir. J'irai moi-même demain avec vous par le premier train. »

Robert le reconduisit à son lit et le força doucement à se recoucher. Il lui donna alors une potion soporifique que lui avait laissée le médecin qu'on avait fait appeler au coffee-house de Westminster, lorsque George s'était évanoui.

Aussi George Talboys tomba-t-il dans un lourd assoupissement et rêva qu'il arrivait à Ventnor, qu'il trouvait sa femme vivante et heureuse, mais ridée, vieillie et grisonnante, et son fils devenu un grand jeune homme.

Le jour suivant, de bon matin, il était assis en face de Robert Audley, dans une voiture de première classe d'un train express, roulant à travers le joli pays découvert qui mène à Portsmouth.

Ils prirent la voiture de Ryde pour Ventnor par la chaleur brûlante d'un soleil de midi. Lorsque les jeunes gens en sortirent, les gens qui attendaient furent saisis à la vue de George avec son visage livide et sa barbe en désordre.

« Qu'allons-nous faire, George? demanda Robert Audley, nous n'avons aucun indice pour trouver les gens que nous avons besoin de voir. »

Le jeune homme le regarda avec une expression triste et abattue. Le gros dragon était aussi faible qu'un enfant, et Robert Audley, le plus indécis et le moins énergique des hommes, se trouva appelé à agir pour une autre. Il se montra supérieur à lui-même et au niveau de la circonstance.

« Ne vaudrait-il pas mieux nous informer de mistress Talboys à un des hôtels de l'endroit, George? dit-il.

— Elle s'appelait Maldon du nom de son père, murmura George, il ne peut pas l'avoir laissée mourir seule ici. »

Ils ne dirent plus rien, mais Robert entra directement dans un hôtel, où il s'enquit d'un M. Maldon.

« Oui, lui répondit-on, il y a un gentleman de ce nom qui habite Ventnor, un certain capitaine Maldon; sa fille est morte dernièrement. »

Le garçon voulut bien aller s'enquérir de son adresse.

L'hôtel était plein d'activité dans cette saison; les gens sortaient et entraient, et il y avait un grand vacarme de domestiques et de garçons dans la salle d'attente.

George Talboys s'appuya contre les piliers de la porte avec la même expression de visage que celle qui avait tant effrayé son ami dans le coffee-house à Westminster.

Le pire était maintenant confirmé. Sa femme, la fille du capitaine Maldon, était morte.

Le garçon revint au bout de cinq minutes, dire que le capitaine Maldon était logé à Landsdowne Cottage, n° 4.

Ils trouvèrent facilement la maison, un méchant petit cottage aux croisées basses donnant sur l'eau.

« Le capitaine Maldon est-il chez lui?

— Non, répondit la propriétaire, il est allé se promener sur la plage avec son petit-fils. Ces messieurs voudraient-ils entrer et s'asseoir un instant? »

George suivit machinalement son ami dans le petit parloir de devant, — couvert de poussière, pauvrement meublé, et tout en désordre, avec des débris de jouets d'enfant, éparpillés sur le plancher, et une vieille odeur de tabac qui imprégnait les rideaux de mousseline des croisées.

« Regardez, » dit George, indiquant une peinture accrochée au manteau de la cheminée.

C'était son propre portrait, peint jadis, alors qu'il était dragon. C'était une excellente peinture, qui le représentait en uniforme, avec son cheval dans le fond du paysage.

Le mieux intentionné des hommes aurait peut-être été un consolateur à peine aussi prudent que Robert Audley. Il n'adressa pas un mot au pauvre veuf et s'assit tranquillement, tournant le dos à George, et regarda au dehors par l'ouverture de la croisée.

Pendant quelque temps, le jeune homme erra en tous sens dans la chambre, examinant et touchant parfois les colifichets épars çà et là.

Sa boîte à ouvrage, avec une broderie inachevée, son album rempli d'extraits de Byron et de Moore, dans lesquels il reconnut son propre griffonnage, quelques livres qu'il lui avait donnés, et une touffe de fleurs flétries dans un vase qu'ils avaient acheté en Italie.

« Son portrait avait coutume d'être suspendu à côté du mien, murmura-t-il. Je voudrais bien savoir ce qu'on en a fait. »

Puis il dit, après une demi-heure de silence :

« Je voudrais voir la propriétaire de la maison; je voudrais l'interroger sur.... »

Il ne put continuer, et cacha sa figure entre ses mains.

Robert appela la dame de la maison. C'était une créature bavarde, d'une nature excellente, et accoutumée à voir la maladie et la mort, car plusieurs de ses locataires étaient venus mourir chez elle. Elle raconta tous les incidents des dernières heures de mistress Talboys, comment elle était arrivée à Ventnor, une semaine seulement avant sa mort, au dernier degré de la consomption, et comment, jour par jour, elle avait baissé et succombé inévitablement à la fatale maladie.

« Monsieur est-il un parent? demanda-t-elle à Robert Audley en entendant George pousser un soupir.

— Oui, c'est le mari de la dame. »

— Quoi ! s'écria la femme ; celui qui l'a abandonnée aussi cruellement et l'a laissée avec son joli petit garçon sur les bras de son pauvre vieux père, comme me l'a raconté si souvent le capitaine Maldon, avec des larmes dans ses pauvres yeux.

— Je ne l'ai pas abandonnée, » dit George en se récriant.

Et alors il raconta l'histoire de ses trois années de lutte acharnée.

« A-t-elle parlé de moi ?.... demanda-t-il. A-t-elle parlé.... de moi au.... au.... dernier moment ?

— Non, elle est partie aussi paisible qu'un agneau. Elle parla peu le premier jour, mais à la fin elle ne connaissait plus personne, pas même son petit garçon ni son pauvre vieux père, qui s'en affligeait vivement. Une fois, elle devint comme folle et parla de sa mère, et de la cruelle honte de mourir dans un pays étranger ; et c'était vraiment pitoyable de l'entendre.

— Sa mère est morte lorsqu'elle n'était qu'une enfant, dit George. Penser qu'elle a parlé d'elle, et pas une seule fois de moi. »

La femme le conduisit dans la petite chambre à coucher dans laquelle sa femme était morte. Il s'agenouilla à côté du lit et baisa tendrement l'oreiller, au grand scandale de la dame de la maison.

Pendant qu'il était prosterné, priant peut-être, la face ensevelie dans ce modeste oreiller blanc comme neige, la femme prit quelque chose dans un tiroir. Elle lui donna cet objet lorsqu'il se releva : c'était une longue tresse de cheveux enveloppée dans du papier argenté.

« Je l'ai coupée lorsqu'elle était déjà dans son cercueil, la pauvre enfant. »

Il pressa les précieuses boucles sur ses lèvres.

« Voilà, murmura-t-il, la chère chevelure que j'ai baisée si souvent lorsque sa tête reposait sur mon épaule. Mais elle était toujours ondoyante et bouclée alors, et celle-là est plate et raide.

— C'est l'effet de la maladie, dit la dame. Si vous voulez voir où elle repose, monsieur Talboys, mon petit garçon vous montrera le chemin du cimetière. »

Et George Talboys et son fidèle ami s'approchèrent du lieu tranquille, où, sous un monticule de terre à peine recouvert de quelques traces de gazon frais, reposait cette femme dont le sourire affable avait tant de fois fait rêver George dans les lointains antipodes.

Robert laissa le jeune homme à côté de la tombe fraîchement recouverte, et, revenant au bout d'un quart d'heure environ, le trouva immobile à la même place.

Il leva bientôt la tête, et dit que s'il y avait quelque part aux environs un marbrier, il désirait lui donner un ordre.

Ils trouvèrent très-aisément le marbrier, et, s'asseyant au milieu des débris qui encombraient l'atelier, George Talboys traça au crayon cette courte inscription pour la pierre tumulaire du tombeau de sa femme :

CONSACRÉ A LA MÉMOIRE DE

HÉLEN

FEMME TENDREMENT AIMÉE DE GEORGES TALBOYS

QUI QUITTA CETTE VIE

LE 24 AOUT 1857, A L'AGE DE 22 ANS

PROFONDÉMENT REGRETTÉE PAR SON INCONSOLABLE ÉPOUX

CHAPITRE VI

N'importe où, n'importe où, hors du monde.

Lorsqu'ils retournèrent à Landsdowne Cottage, il se trouva que le vieillard n'était pas encore rentré, aussi descendirent-ils vers la plage pour le rencontrer. Après une courte recherche, ils le trouvèrent assis sur un tas de cailloux, lisant un journal et mangeant des noisettes. Le petit garçon, à quelque distance de son grand-père, s'amusait à creuser dans le sable avec une bêche de bois. Le crêpe qui entourait le mauvais chapeau du vieillard, et la pauvre petite blouse noire de l'enfant, frappèrent George au cœur. Partout où il allait, il trouvait confirmé le grand malheur de sa vie. Sa femme était morte.

« Monsieur Maldon, » dit-il, en s'approchant de son beau-père.

Le vieillard leva les yeux, et, posant son journal, il se leva du tas de cailloux avec un salut cérémonieux. Ses cheveux rares et négligés avaient des teintes grisonnantes; il avait un nez pincé et crochu, des yeux bleus humides, et la bouche d'une expression irrésolue; il portait ses vêtements usés avec une affectation de noblesse ridicule; un lorgnon se balançait sur sa redingote boutonnée jusqu'au cou, et il avait une canne dans sa main dépourvue de gant.

« Juste ciel! s'écria George; vous ne me reconnaissez pas ? »

M. Maldon tressaillit et rougit violemment, avec quelque chose d'effrayé dans le regard, lorsqu'il reconnut son gendre.

« Mon cher ami, dit-il, je ne vous reconnaissais pas dans le premier moment, je ne vous reconnaissais pas; cette barbe vous change tellement. Ne trouvez-vous pas que cette barbe vous change beaucoup. Ne le trouvez-vous pas, monsieur? dit-il, en appelant au témoignage de Robert.

— Grand Dieu! s'écria George Talboys; c'est ainsi que vous me recevez ? Je viens en Angleterre pour trouver ma femme morte dans la semaine qui a précédé mon arrivée, et vous commencez par me parler de ma barbe, vous, son père !

— C'est vrai, c'est vrai! murmura le vieillard, essuyant ses yeux injectés de sang; c'est un rude coup.... un rude coup, mon cher ami. Si vous étiez arrivé ici seulement une semaine plus tôt.

— Si j'avais été ici, s'écria George dans une explosion de douleur et de passion, j'ai peine à croire que je l'aurais laissée mourir; je l'aurais disputée à la mort. Oui.... oui.... O Dieu! pourquoi l'*Argus* ne s'est-il pas englouti avec tous ceux qui étaient à bord avant que je vinsse pour voir ce jour fatal ? »

Il commença à parcourir la plage de long en large, son beau-père jetant sur lui des regards abattus et frottant ses yeux affaiblis avec un mouchoir.

« J'ai la ferme conviction que ce vieillard ne traitait pas trop bien sa fille, pensa Robert, en examinant le lieutenant en demi-solde. Il semble, pour une raison quelconque, avoir presque peur de George. »

Pendant que dans son agitation le jeune homme se

promenait de long en large, avec la fièvre des regrets
et du désespoir, l'enfant courut à son grand-père et
se suspendit aux pans de son habit.

« Allons à la maison, grand papa, allons à la maison,
dit-il, je suis fatigué. »

George Talboys se retourna au son de la voix enfantine, et jeta sur l'enfant de longs et brûlants regards.

Il avait les yeux bruns et la chevelure noire de
son père.

« Mon chéri ! mon chéri ! dit George, prenant l'enfant dans ses bras ; je suis ton père qui a traversé la
mer pour te retrouver, veux-tu m'aimer ? »

Le petit gaillard le repoussa.

« Je ne vous connais pas, dit-il, j'aime grand-papa
et mistress Monks, à Southampton.

— Georgey a un caractère à lui, monsieur, dit le
vieillard. Il a été gâté. »

Ils regagnèrent lentement le cottage, et une fois encore George Talboys raconta l'histoire de cet abandon
qui avait paru si cruel. Il parla aussi des vingt mille
livres placées par lui le jour précédent. Il n'avait pas
le courage de faire quelques questions sur le passé, et
son beau-père lui dit seulement que peu de mois après
son départ ils étaient partis de l'endroit où George les
avait laissés pour aller vivre à Southampton, où Hélen
avait eu quelques élèves pour le piano, et où ils faisaient très-bien leurs affaires jusqu'au moment où, la
santé l'abandonnant, elle tomba dans un état de dé-
périssement qui avait amené sa mort. Semblable à un
grand nombre de lugubres histoires, celle-ci était
d'une brièveté terrible.

« Cet enfant semble fou de vous, monsieur Maldon,
dit George après un moment de silence.

— Oui, oui, répondit le vieillard caressant la chevelure bouclée de l'enfant ; oui, Georgey aime bien
son grand-papa.

— Alors il vaut mieux qu'il reste avec vous. L'intérêt de mon argent sera à peu près de six cents livres par an. Vous pourrez en prendre là-dessus une centaine pour l'éducation de Georgey, et laisser le reste s'accumuler jusqu'à ce qu'il soit en âge. Mon ami que voilà sera le curateur, et s'il veut accepter cette charge, je le constituerai tuteur de l'enfant, consentant pour le moment à le laisser à vos soins.

— Mais pourquoi ne prendriez-vous pas soin de lui, vous-même, George? demanda Robert Audley.

— Parce que je m'embarquerai sur le vaisseau qui partira le plus prochainement de Liverpool pour l'Australie. Je serai mieux dans les mines ou dans le fond des bois que je ne pourrais jamais être ici. De cette heure je renonce à la vie civilisée, Bob. »

Les yeux du vieil homme étincelèrent quand George annonça sa détermination.

« Mon pauvre ami, je crois que vous avez raison, dit-il, je crois réellement que vous avez raison. Le changement, la vie sauvage, la…. la…. »

Il hésita et s'interrompit, Robert le fixant avec attention.

« Vous êtes bien pressé d'être débarrassé de votre gendre, je crois, monsieur Maldon, dit-il gravement.

— Débarrassé de lui, le cher garçon! oh, non, non; mais pour son propre avantage, mon cher monsieur, pour son propre avantage, vous savez.

— Je pense que pour son propre avantage il ferait mieux de rester en Angleterre et de veiller sur son fils, dit Robert.

— Mais je vous dis que je ne puis pas, s'écria George; chaque pouce de ce sol maudit est odieux à mon cœur. J'ai besoin de fuir loin de lui comme je le ferais d'un cimetière. Je veux retourner à Londres ce soir, arranger demain matin de bonne heure cette affaire d'argent, et partir pour Liverpool sans un moment de retard. Je serai bien mieux lorsque j'aurai mis la moitié du monde entre moi et son tombeau. »

Avant de quitter la maison, il se déroba pour parler à la dame et lui adressa plusieurs questions sur sa femme.

« Étaient-ils pauvres? demanda-t-il; étaient-ils à court d'argent lorsqu'elle était malade.

— Oh non! répondit la femme, quoique le capitaine soit mal vêtu, il a toujours sa bourse pleine de souverains. La pauvre jeune dame ne manquait de rien. »

George fut soulagé par ces paroles, quoiqu'il fût intrigué de savoir comment cet ivrogne de lieutenant en demi-solde pouvait avoir fait pour trouver l'argent nécessaire à toutes les dépenses de la maladie de sa fille.

Mais il avait l'esprit trop abattu par l'infortune qui l'avait rendu incapable de penser à la moindre chose, il ne lui fit pas d'autres questions, mais il se dirigea avec son beau-père et Robert Audley vers le bateau sur lequel ils devaient se rendre à Portsmouth.

Le vieillard adressa à Robert un très-cérémonieux adieu.

« Vous ne m'avez pas présenté à votre ami, soit dit en passant, mon cher ami, » dit-il.

George lança sur lui un regard terrible, murmura quelques mots confus, et descendit l'escalier qui menait au bateau, avant que M. Maldon pût répéter sa demande. Le paquebot s'éloigna rapidement, laissant derrière lui le soleil couchant et les contours de l'île perdus dans l'horizon, comme ils approchaient du rivage opposé.

« Penser, dit George, qu'il y a deux soirées seulement, à la même heure, j'arrivais à toute vapeur à Liverpool, plein de l'espoir de la serrer sur mon cœur et que ce soir je reviens de son tombeau. »

Le titre qui constituait Robert Audley tuteur du

petit George Talboys fut rédigé dans l'étude d'un avoué le matin suivant.

« C'est une grande responsabilité, s'écria Robert; moi, gardien de quelqu'un ou de quelque chose! moi qui n'ai jamais pu de ma vie prendre soin de moi-même!

— J'ai confiance en votre noble cœur, Bob, dit George; je sais que vous prendrez soin de mon pauvre enfant orphelin, et que vous surveillerez s'il est bien traité par son grand-père. Je prendrai sur la fortune de George seulement assez pour me ramener à Sydney et alors je me remettrai à mon ancien travail. »

Mais il semblait que George fût destiné à être lui-même le tuteur de son fils, car lorsqu'il arriva à Liverpool, il trouva qu'un vaisseau venait justement de prendre la mer et qu'il n'y aurait pas d'autre départ avant un mois; aussi retourna-t-il à Londres, et une fois encore il eut recours à l'hospitalité de Robert Audley.

L'avocat le reçut les bras ouverts; il lui donna la chambre aux oiseaux et aux fleurs, et fit dresser pour lui-même un lit dans le cabinet de toilette. La douleur est si égoïste que George ne s'aperçut pas des sacrifices que son ami faisait pour son bien-être. Il savait seulement que pour lui le soleil était obscurci et sa vie terminée. Il restait assis tout le long du jour, fumant des cigares, les yeux fixés sur les fleurs et sur les canaris, s'irritant du temps qu'il fallait passer avant qu'il pût être bien loin en mer.

Mais, justement comme approchait l'heure du départ d'un bâtiment, Robert Audley vint un jour tout plein d'un grand projet. Un de ses amis, un autre de ces avocats dont la dernière pensée est celle des procès, se proposait d'aller passer l'hiver à Saint-Pétersbourg, et demandait à Robert de l'accompagner.

Robert ne voulait partir qu'à la seule condition que George viendrait avec eux.

Pendant longtemps le jeune homme résista, mais lorsqu'il trouva que Robert, avec tout son calme, était parfaitement décidé à ne pas partir sans lui, il se rendit, et consentit à être de la partie.

« Que m'importe? dit-il ; un pays est pour moi aussi indifférent qu'un autre, un lieu quelconque hors d'Angleterre ; où? qu'ai-je besoin de m'en inquiéter. »

Ce n'était pas une façon très-gaie d'envisager les choses, mais Robert Audley était très-satisfait d'avoir enlevé son consentement.

Les trois jeunes gens se disposaient à partir dans les circonstances les plus favorables, munis de lettres de recommandation pour les habitants les plus influents de la capitale de la Russie.

Avant de quitter l'Angleterre, Robert écrivit à sa cousine Alicia pour lui annoncer son départ avec son vieil ami George Talboys, qu'il avait dernièrement rencontré pour la première fois, après de longues années et qui venait de perdre sa femme.

La réponse d'Alicia arriva par le retour de la poste, et était ainsi conçue :

« Mon cher Robert,

« Qu'il est cruel à vous de partir pour cet horrible Saint-Pétersbourg avant la saison de la chasse! J'ai entendu dire qu'on perdait souvent son nez dans ce désagréable climat, et comme le vôtre a une certaine longueur, je voudrais vous avertir afin que vous reveniez avant que la rude température l'ait congelé. Quelle sorte d'individu est ce jeune M. Talboys? S'il est très-aimable, vous pourriez l'amener au château aussitôt que vous serez de retour de vos voyages. Lady Audley me demande de vous prier de lui apporter une

garniture de zibeline. Vous ne devez pas vous arrêter
au prix, mais à ce qu'elle soit positivement la plus
belle que vous pourrez trouvez. Papa est parfaitement
absurbe avec sa nouvelle femme, et elle et moi, ne
pouvons, en définitive, nous accorder ; non qu'elle soit
désagréable pour moi, car, bien loin de là, elle se rend,
autant que possible, agréable à tout le monde; mais
elle est en définitive puérile et sotte.

« Croyez-moi, mon cher Robert,

« Votre affectionnée cousine,

« Alicia AUDLEY. »

———

CHAPITRE VII

Après une année.

La première année du veuvage de George Talboys
était écoulée ; le large crêpe de son chapeau était devenu jaunâtre et fané, et comme les rayons d'un jour
d'un autre mois d'août s'éteignaient, il était assis et
fumait dans les chambres paisibles de Fig-Tree Court,
absolument comme il l'avait fait l'année d'avant,
quand l'horreur de son infortune était encore récente,
et que chaque objet, insignifiant ou important, semblait saturé de son propre chagrin.

Mais l'ex-dragon avait survécu douze mois à son
affliction, et quelque pénible que ce soit à dire, il
n'avait pas une très-mauvaise apparence, malgré sa
douleur. Le ciel seul connaissait le profond changement opéré en lui par cette amère déception ! Le ciel
seul connaissait quelles angoisses désolantes de remords et de reproches n'avaient pas torturé le cœur
honnête de George pendant qu'il passait les nuits sans
sommeil, pensant à sa femme qu'il avait abandonnée
pour aller à la poursuite d'une fortune, qu'elle n'avait
jamais pu partager pendant sa vie.

Une fois, lorsqu'ils étaient à l'étranger, Robert Audley

s'était hasardé à le féliciter sur le rétablissement de son esprit. Il avait éclaté en un rire amer.

« Ne savez-vous pas, Bob, dit-il, que lorsque quelques-uns de nos camarades sont blessés dans l'Inde, ils reviennent chez eux avec des balles dans le corps. Ils n'en parlent pas, ils sont solides et dispos, et ils ont peut-être aussi bonne figure que vous et moi ; mais chaque changement de température, même léger, chaque variation de l'atmosphère, même insignifiante, ramènent les anciennes douleurs de leurs blessures aussi vives qu'ils les sentirent jamais sur le champ de bataille. J'ai ma blessure, Bob, je porte aussi ma balle, et je la porterai jusque dans mon cercueil. »

Les voyageurs revinrent de Saint-Pétersbourg au printemps, et George reprit ses quartiers dans les chambres de son vieil ami, les quittant seulement de temps en temps pour courir à Southampton et jeter un coup d'œil sur son petit garçon. Il arrivait toujours chargé de jouets et de friandises pour l'enfant ; mais, malgré tous ces présents, Georgey ne devenait pas très-familier avec son papa, et le cœur du jeune homme se brisait en commençant à craindre que même son enfant ne fût perdu pour lui.

« Que puis-je faire ? pensait-il. Si je le sépare de son grand-père, je lui ferai du chagrin ; si je le laisse, il grandira comme un véritable étranger pour moi, et se souciera plus de ce vieil hypocrite d'ivrogne que de son propre père. Mais encore que pourrait faire d'un tel enfant, un ignorant et épais dragon comme moi ? Pourrais-je lui enseigner autre chose qu'à fumer des cigares et à flâner tout le long du jour les mains dans ses poches ? »

Le jour anniversaire de ce 30 août, où George avait vu l'annonce de la mort de sa femme dans le *Times*, était revenu pour la première fois, et le jeune homme ôta ses habits noirs et le crêpe fané de son chapeau

et posa ses vêtements de deuil dans une malle dans
laquelle il gardait un paquet des lettres de sa femme,
et cette mèche de cheveux qui avait été coupée sur
sa tête après sa mort. Robert Audley n'avait jamais
vu ni les lettres ni la longue tresse soyeuse, et George,
en vérité, n'avait jamais prononcé le nom de sa femme
morte depuis ce jour où il avait appris à Ventnor tous
les détails de sa maladie.

« J'écrirai aujourd'hui à ma cousine Alicia, George,
dit le jeune avocat, ce même 30 août. Ne savez-
vous pas qu'après-demain est le 1er septembre ? Je
lui écrirai pour lui dire que nous irons tous les deux
au château pendant une semaine pour chasser.

— Non ! non ! Bob, allez seul ; ils n'ont pas besoin
de moi, et je serai mieux....

— Enseveli tout seul dans Fig-Tree Court, sans autres compagnons que mes chiens et mes canaris ! Non,
George, vous ne ferez pas une pareille chose.

— Mais je ne me soucie pas de chasser.

— Et supposez-vous que je m'en soucie beaucoup ?
s'écria Robert avec une charmante naïveté. Quoi ! mon
brave, je ne distingue pas un perdreau d'un pigeon, et
ce pourrait bien être le 1er avril au lieu du 1er septembre
pour ce que j'en ai à faire. Je n'ai jamais blessé un oiseau
de ma vie, mais seulement endommagé mes propres
épaules avec le poids de mon fusil. Je ne veux faire
une descente dans l'Essex que pour changer d'air, les
bons dîners, et la vue de la respectable figure de mon
digne oncle. Cette fois, en outre, j'ai un autre motif
d'attraction, c'est celui de voir ce modèle de belle
chevelure, ma nouvelle tante. Viendrez-vous avec
moi, George ?

— Oui, si réellement vous le désirez. »

Le caractère calme qu'avait pris son chagrin après
sa primitive et courte violence l'avait laissé aussi sou-
mis qu'un enfant aux volontés de son ami ; prêt à aller

partout où il voudrait et à faire tout ce qu'il voudrait;
ne cherchant pas le plaisir, n'en faisant jamais naître
l'occasion, mais participant aux divertissements des
autres avec un abattement, un flegme, une silencieuse et paisible résignation particulière à sa simple
nature. Cependant le retour de la poste apporta une
lettre d'Alicia Audley, qui annonçait que les deux
jeunes gens ne pouvaient être reçus au château.

« Il y a dix-sept chambres à coucher vacantes, écrivait la jeune miss, en caractères tracés d'une main
indignée; et malgré tout cela, mon cher Robert, vous
ne pouvez venir, car milady a mis dans sa stupide tête
qu'elle est trop souffrante pour recevoir des visites
(elle n'est pas plus souffrante que moi) et qu'elle ne
peut avoir dans sa maison des gentlemen (elle dit des
grandes brutes d'hommes). Daignez faire des excuses
à votre jeune ami, M. Talboys, et lui dire que papa
espère le voir avec vous pendant la saison de la
chasse. »

« Malgré tout, les fantaisies et les airs de milady
ne nous interdiront pas l'Essex, dit Robert en tordant
la lettre pour allumer sa grosse pipe en écume de
mer; voici ce que nous allons faire, George : il y a à
Audley une excellente auberge et quantité d'endroits
pour pêcher dans le voisinage; nous allons y aller et
nous procurer une semaine d'amusement. La pêche
est bien plus agréable que la chasse, vous n'avez qu'à
rester allongé sur le rivage et à regarder votre ligne;
on ne prend pas souvent quelque chose, mais c'est
très-amusant. »

Il approcha, en parlant, la lettre tordue de quelques faibles étincelles qui brillaient dans la grille du
foyer, et changeant bientôt d'idée, il se mit résolûment à dérouler et à lisser avec sa main le papier
froissé.

« Pauvre petite Alicia! dit-il d'un air pensif, il est

vraiment cruel de traiter ses lettres aussi cavalière-
ment; je veux garder celle-ci. »

Et, sur ce, M. Robert Audley replaça la lettre dans
son enveloppe et la jeta ensuite dans une case du bureau de son cabinet étiquetée IMPORTANT. Dieu sait les
merveilleux documents qui étaient dans cette case
particulière; mais je ne pense pas qu'elle eût jamais
renfermé positivement quelque pièce d'une grande
valeur judiciaire. Si quelqu'un avait dit en ce moment
au jeune avocat qu'une chose aussi simple que la
courte lettre de sa cousine était destinée à devenir un
jour un des anneaux du terrible enchaînement de
preuves qui devait être plus tard lentement recons-
truit, et former le seul cas criminel dans lequel il dût
jamais être intéressé, M. Robert Audley aurait peut-
être relevé ses sourcils un peu plus haut que d'habitude.

Les deux jeunes gens quittèrent donc Londres, le
lendemain, avec un portemanteau et tout un attirail
de pêche, et ils arrivèrent au village écarté d'Audley,
avec ses constructions anciennes et presque ruinées,
assez à temps pour commander un bon dîner à l'auberge du *Soleil*.

Le château d'Audley était environ à trois quarts de
mille du village, situé, comme je l'ai dit, dans un basfond, encaissé dans un cercle de bois de haute futaie.
On ne pouvait y arriver que par un chemin de traverse
bordé d'arbres et aussi bien entretenu que les avenues
d'un parc princier. C'était une assez triste résidence,
même dans toute sa beauté rustique, pour une créature aussi brillante que la ci-devant miss Lucy Graham;
mais le généreux baronnet avait transformé l'intérieur
du vieux manoir grisâtre en un petit palais pour sa
jeune femme, et lady Audley paraissait aussi heureuse
qu'un enfant entouré de jouets nouveaux et précieux.

Dans sa bonne fortune, comme dans ses anciens

jours de dépendance, elle semblait apporter avec elle
la lumière et la joie. En dépit du dédain non déguisé
de miss Alicia pour la frivolité et l'humeur enfantine
de sa belle-mère, Lucy était beaucoup plus aimée
et plus admirée que la fille du baronnet. Cette humeur
enfantine avait vraiment un charme auquel peu de
gens pouvaient résister. L'innocence et la candeur de
l'enfance brillaient sur le beau visage de lady Audley
et éclataient dans ses grands yeux bleus si limpides.
Ses lèvres roses, son nez exquis, la profusion de ses
belles boucles, tout contribuait à conserver à sa beauté
le caractère d'une extrême jeunesse et d'une première
fraîcheur. Elle avouait vingt ans, mais il était difficile
de lui en donner plus de dix-sept. Sa taille frêle,
qu'elle se plaisait à enfermer dans des robes de velours
épais et de fortes soieries, la faisait ressembler à un
enfant attifé pour une mascarade ; elle avait l'air d'une
jeune fille qui vient seulement de quitter la chambre
des enfants. Tous ses amusements étaient puérils. Elle
détestait la lecture et toute étude d'un genre quelconque, et aimait la société ; plutôt que de rester seule, elle
préférait admettre Phœbé Marks dans son intimité,
puis, étendue nonchalamment sur un des sofas de son
luxueux cabinet de toilette, discuter une nouvelle pa-
rure pour quelque prochain dîner, ou jacasser avec la
jeune fille, son écrin de bijoux devant elle, en étalant
les présents de sir Michaël sur ses genoux, pendant
qu'elle comptait et admirait ses trésors.

Elle avait paru à quelques bals publics à Chelmsford
et à Colchester, et avait été immédiatement proclamée
la beauté du comté. Heureuse de sa position élevée et
de sa magnifique demeure, voyant chacun de ses caprices satisfait, chacune de ses fantaisies réalisée ;
adorée follement de son généreux époux, dotée d'une
très-belle pension pour ses menues dépenses, n'ayant
aucun parent pauvre pour la tourmenter et récla-

mer l'aide de sa bourse ou de sa protection, il eût été
difficile de trouver dans le comté d'Essex une créature
plus fortunée que Lucy, lady Audley.

Les deux jeunes gens flânèrent à table dans une
salle particulière de l'auberge du *Soleil*. Les fenêtres
étaient toutes grandes ouvertes, et l'air frais de la campagne pénétrait jusqu'à eux pendant qu'ils dînaient.
Le temps était délicieux; le feuillage des bois montrait çà et là les nuances affaiblies des dernières teintes
de l'automne; les épis jaunes, encore debout dans
quelques champs, tombaient dans d'autres sous les
faucilles étincelantes, pendant que l'on rencontrait
dans les sentiers étroits de grands chariots traînés par
des chevaux d'attelage, au large poitrail, transportant
dans les fermes la moisson dorée. Pour qui est resté,
pendant les mois brûlants d'été, claquemuré dans
Londres, il y a dans la première saveur de la vie des
champs une espèce d'enthousiasme voluptueux difficile à décrire. George Talboys éprouva cette sensation délicieuse, et avec elle quelque chose voisin du
plaisir qu'il n'avait jamais senti depuis la mort de sa
femme.

L'horloge sonna cinq heures comme ils finissaient
de dîner.

« Prenez votre chapeau, George, dit Robert Audley.
On ne dîne pas avant sept heures au château; nous
aurons le temps de descendre jusque-là et de voir la
vieille demeure et ses habitants. »

L'hôtelier, qui était entré dans la chambre avec une
bouteille de vin, leva les yeux en entendant les paroles du jeune homme.

« Je vous demande pardon, monsieur Audley, dit-il:
mais si vous voulez voir votre oncle, vous perdrez
votre temps en ce moment. Sir Michaël, milady et miss
Alicia sont tous partis pour les courses de Chorley, et
ils ne pourront être de retour qu'à la nuit, vers huit

heures très-probablement. Ils doivent passer par ici
pour rentrer chez eux. »

Dans ces circonstances, naturellement, il était inutile d'aller au château, aussi les deux jeunes gens se
promenèrent-ils dans le village : ils examinèrent la
vieille église et allèrent ensuite reconnaître les ruisseaux dans lesquels ils avaient l'intention de pêcher le
lendemain, et par ces moyens trompèrent le temps jusqu'à sept heures passées. Un quart d'heure après ils
retournèrent à l'auberge, s'accoudèrent sur la croisée
ouverte et, allumant leurs cigares, contemplèrent le
paysage tranquille qui était devant eux.

On entend parler tous les jours de meurtres commis
dans les campagnes, d'assassinats remplis de trahison
et de barbarie ; d'agonies obscures et prolongées cau-
sées par le poison administré par la main de quelque
proche parent ; de morts soudaines et violentes, par
de cruels coups donnés avec un bâton coupé à quelque chêne dont l'ombrage ne promettait que le calme
et la paix. Dans le comté dont je parle, on m'a montré
une prairie où un jeune fermier, par une tranquille
soirée d'un dimanche d'été, avait assassiné une fille
qui l'avait aimé et s'était livrée à lui ; et même maintenant avec la tache de cette horrible action, l'aspect
de ce lieu respire encore la paix. Il n'est pas de crime
commis dans les plus mauvais lieux de Seven Dials
qui n'ait été perpétré aussi en face de ce doux calme
des champs pour lequel, malgré tout, nous avons un
regard de tendresse, de sympathie à moitié triste, mais
toujours accompagné de l'idée de paix.

Il était nuit lorsque gigs et chaises, dog-carts et
lourds phaétons de fermiers commencèrent à rouler
avec fracas dans les rues du village et sous les croisées de l'auberge du *Soleil ;* la nuit était plus noire
encore lorsqu'une voiture découverte attelée de quatre chevaux se rangea sous l'enseigne tremblante.

C'était l'équipage de sir Michaël Audley qui s'était arrêté subitement devant la petite auberge. Le harnais du cheval de volée était dérangé, et le premier postillon était descendu pour réparer l'accident.

« Mais, c'est mon oncle ! s'écria Robert, comme la voiture s'arrêtait ; je vais descendre et lui parler. »

George alluma un autre cigare, et abrité derrière les rideaux des croisées, regarda cette petite réunion de famille. Alicia était assise le dos tourné aux chevaux, et il put remarquer, même dans l'ombre, que c'était une belle brunette ; mais lady Audley étant placée dans la voiture, du côté le plus éloigné de l'auberge, il ne put rien voir de cette merveille aux beaux cheveux dont il avait tant entendu parler.

« Quoi ! Robert ! s'écria sir Michaël, comme son neveu sortait de l'auberge ; voilà une surprise.

— Je ne suis pas venu pour aller chez vous, au château, mon cher oncle, dit le jeune homme, tandis que le baronnet lui secouait la main cordialement. Essex est mon comté natal, vous le savez, et à cette époque de l'année, j'ai ordinairement une atteinte de la maladie du pays ; aussi George et moi sommes-nous descendus à l'auberge pour deux ou trois jours de pêche.

— George.... George qui ?

— George Talboys.

— Ah ! est-ce qu'il est venu ? s'écria Alicia. J'en suis enchantée, car je meurs d'envie de voir ce jeune et beau veuf.

— Vraiment, Alicia ? dit son cousin ; eh bien, alors, je cours vous le chercher et vous le présenter à l'instant. »

L'empire que lady Audley, avec ses façons étourdies de jeune fille, avait gagné sur son idolâtre époux, était maintenant si complet, qu'il était extrêmement rare que les yeux du baronnet fussent longtemps détournés

de la jolie figure de sa femme. Aussi, lorsque Robert
fut sur le point de rentrer dans l'auberge, il suffit à
Lucy de relever ses sourcils avec une charmante expression d'ennui et de terreur, pour apprendre à son
mari qu'elle n'avait pas besoin d'être assommée par
une présentation à M. George Talboys.

« Non, pas ce soir, Bob, dit-il, ma femme est un peu
fatiguée après une longue journée de plaisir. Amenez
votre ami demain à dîner, et alors Alicia et lui pourront faire une mutuelle connaissance. Faites le tour
pour saluer lady Audley et nous rentrerons ensuite à
la maison. »

Milady était si horriblement fatiguée qu'elle ne put
donner qu'un doux sourire, et tendre une petite main
gantée à son neveu par alliance.

« Vous viendrez dîner demain avec nous, et vous
nous amènerez votre intéressant ami, » dit-elle d'une
voix basse et brisée.

Elle avait été le principal attrait des courses, et était
épuisée par les efforts qu'elle avait faits pour fasciner
la moitié du comté.

« Il est bien étonnant qu'elle ne vous ait pas accueilli
avec son éternel éclat de rire, chuchota Alicia, en se
penchant hors de la portière de la voiture pour souhaiter le bonsoir à Robert, mais soyez sûr qu'elle le
réserve pour vous subjuguer demain. Je suppose que
vous serez fasciné aussi bien que tout le monde, ajouta
la jeune demoiselle d'un ton un peu aigre.

— C'est une délicieuse créature, certainement, murmura Robert avec une admiration calme.

— Oh! naturellement. Eh bien! voilà la première
femme sur laquelle je vous ai jamais entendu dire un
mot agréable; Robert, je suis fâchée de voir que vous
n'avez d'admiration que pour les poupées de cire. »

La pauvre Alicia avait eu de nombreuses escarmou-
ches avec son cousin à propos de ce tempérament

particulier qui, en lui permettant d'avancer dans la vie avec un contentement parfait et une jouissance tacite, défendait à ses sentiments une étincelle d'enthousiasme sur un sujet quelconque.

« Quant à tomber amoureux de quelqu'un, pensait quelquefois la jeune fille, cette idée est trop absurde. Si toutes les divinités de la terre étaient rangées devant lui, attendant qu'il leur jette le mouchoir, il se contenterait de relever ses sourcils jusqu'au milieu du front et de leur dire de se le disputer. »

Mais, pour la première fois de sa vie, Robert était presque enthousiaste.

« C'est la plus jolie petite créature que vous ayez jamais vue de votre vie, George, s'écria-t-il, lorsque la voiture fut partie et qu'il eut rejoint son ami. Quels yeux bleus, quelles boucles, quel ravissant sourire et quelle coiffure de fée, — un essaim frémissant de myosotis et de perles de rosée, qui sortait d'un nuage de gaze, George Talboys! Je sens comme le héros d'une nouvelle française que je vais devenir amoureux de ma tante. »

George se contenta de soupirer et de lancer une bouffée de son cigare par la croisée ouverte. Il pensait peut-être à ce temps éloigné, — un peu plus de cinq ans, dans le fait, mais qui lui paraissait un siècle, où il avait rencontré pour la première fois la femme pour laquelle il portait encore un crêpe autour de son chapeau trois jours auparavant. Tous ses anciens souvenirs enfouis et non oubliés reparurent et se représentèrent à lui avec les lieux qui les avaient vus naître. Il se promenait encore avec les officiers ses camarades, sur la vieille jetée du port de mer où l'on prenait les eaux, écoutant l'insupportable musique du régiment avec son cornet qui n'avait qu'une note et qu'un demi-bémol. Il entendait encore ces vieux airs d'opéra, et la voyait venir vers lui d'un pas léger, appuyée sur

le bras de son vieux père, et prétendant (avec une
dissimulation si charmante, si délicieuse, et d'un sérieux si comique) qu'elle était tout entière à la musique, et complétement ignorante de l'admiration d'une
demi-douzaine d'officiers de cavalerie qui la regardaient bouche béante. Elle revint à son esprit, l'idée
qu'il avait eue alors, qu'elle était quelque chose de
trop beau pour la terre ou pour la vie de ce monde,
et que s'approcher d'elle était entrer dans une atmosphère supérieure et respirer un air plus pur. Depuis
ce temps elle avait été sa femme et la mère de son
enfant. Elle reposait dans le petit cimetière de Ventnor, et il y avait seulement une année qu'il avait
commandé pour elle une pierre tumulaire. Quelques
larmes lentes et silencieuses coulèrent sur son gilet,
comme il pensait à ces choses dans sa chambre paisible et sombre.

Lady Audley était si fatiguée lorsqu'elle arriva à la
maison, qu'elle s'excusa de ne pouvoir assister au dîner, et se retira tout de suite dans son cabinet de toilette, accompagnée par sa femme de chambre, Phœbé
Marks.

Elle était un peu capricieuse dans ses manières
envers cette jeune femme de chambre; quelquefois
très-intime, quelquefois presque réservée, mais elle
était une maîtresse généreuse, et la jeune fille avait
toutes sortes de raisons pour être satisfaite de sa situation.

Ce soir-là, malgré sa fatigue, milady était en belle
humeur, et fit une description animée des courses et
de la compagnie qui y assistait.

« Je n'en suis pas moins exténuée à mourir, Phœbé,
dit-elle. J'ai bien peur de ressembler à quelque chose
de très-laid, après une journée passée sous un soleil
brûlant. »

Deux bougies étaient allumées de chaque côté de la

glace devant laquelle lady Audley se tenait en se dé-
shabillant. Elle regarda en face sa femme de chambre,
en disant ces mots, ses yeux bleus clairs et brillants,
et ses lèvres roses et enfantines étaient relevées par
un malin sourire.

« Vous êtes un peu pâle, milady, répondit la jeune
fille, mais vous paraissez aussi jolie que jamais.

— C'est vrai, Phœbé, dit-elle, se laissant tomber
dans un fauteuil et en jetant en arrière ses boucles à
sa femme de chambre, qui se tenait debout, la brosse à
la main, prête à arranger pour la nuit cette luxuriante
chevelure. Savez-vous, Phœbé, que j'ai entendu dire à
quelques personnes que vous et moi nous nous res-
semblions?

— Je l'ai entendu dire aussi, milady, dit tranquillement la jeune fille, mais il faut être vraiment stupide
pour dire pareille chose, car milady est une beauté, et
moi je suis une pauvre et ordinaire créature.

— Non, pas du tout, Phœbé, dit magnifiquement la
mignonne dame, vous me ressemblez et vos traits
sont très-délicats, ce sont seulement les couleurs qui
vous manquent. Ma chevelure est d'un blond pâle
avec des reflets d'or, et la vôtre est châtain; mes sourcils et mes cils sont ombrés de noir, et les vôtres sont
presque.... je voudrais ne pas le dire.... mais ils sont
presque blancs, ma chère Phœbé; votre teint est
blême, et le mien est de carmin et de rose. Mais, avec
un flacon de teinture pour les cheveux, comme ceux
que nous voyons annoncés dans les journaux, et un
pot de rouge, vous aurez aussi bonne mine que moi,
un de ces jours, Phœbé. »

Elle continua ainsi de caqueter pendant longtemps,
parlant de cent sujets frivoles, et ridiculisant les gens
qu'elle avait rencontrés aux courses, pour amuser sa
femme de chambre. Sa belle-fille vint dans le cabinet
de toilette pour lui souhaiter une bonne nuit, et trouva

servante et maîtresse riant aux éclats à propos des aventures du jour. Alicia, qui n'était jamais familière avec ses domestiques, s'éloigna, pleine de dégoût pour la frivolité de milady.

« Continue de brosser mes cheveux, Phœbé, disait lady Audley, chaque fois que la jeune fille était sur le point de terminer sa besogne; je suis si enchantée de causer avec toi. »

A la fin, comme elle venait de renvoyer sa femme de chambre, elle la rappela subitement.

« Phœbé Marks, dit-elle, j'ai besoin que tu me rendes un service.

— Oui, milady.

— J'ai besoin que tu ailles à Londres par le premier train de demain matin, faire une petite commission pour moi. Tu pourras prendre un jour de congé ensuite, car je sais que tu as des amis dans la capitale, et je te donnerai un billet de cinq livres, si tu exécutes ce que je veux, et gardes le secret de tout cela pour toi seule.

— Oui, milady.

— Regarde si la porte est bien fermée et viens t'asseoir sur ce tabouret à mes pieds. »

La jeune fille obéit. Lady Audley caressa la chevelure incolore de sa femme de chambre avec sa main d'un blanc mat chargée de bagues, pendant qu'elle réfléchissait quelques instants.

« Et maintenant, écoute-moi, Phœbé. Ce que je te demande de faire est très-simple. »

C'était si simple, que ce fut dit en cinq minutes, et alors lady Audley se retira dans sa chambre à coucher et se blottit pudiquement sous son édredon. Frileuse et mignonne créature, elle aimait à s'ensevelir dans le satin et les fourrures.

« Embrasse-moi, Phœbé, dit-elle, comme la jeune fille arrangeait les rideaux. J'entends le pas de sir Michaël dans l'antichambre, tu le rencontreras en sortant d'ici, et tu pourras lui dire que tu pars par le premier train de demain matin pour aller chercher ma robe chez Mme Frédérick, pour le dîner de Morton Abbey. »

Il était tard dans la matinée lorsque lady Audley descendit le lendemain pour déjeuner, — dix heures passées. Pendant qu'elle buvait à petits coups son café, un domestique lui apporta un paquet cacheté et un registre pour y apposer sa signature.

« Une dépêche télégraphique! s'écria-t-elle, car le mot propre, télégramme, n'avait pas encore été inventé, quel peut en être le sujet? »

Elle leva les yeux sur son mari, la bouche ouverte, le regard terrifié, à moitié effrayée de briser le cachet. L'enveloppe portait l'adresse de miss Lucy Graham, chez M. Dawson, et avait été renvoyée du village au château.

« Lisez cela, ma chérie, dit-il, et ne vous alarmez pas, ce ne peut être rien de bien important. »

Cela venait de chez mistress Vincent, la maîtresse de pension à laquelle elle avait renvoyé pour les renseignements, en entrant dans la famille de M. Dawson. Cette dame était dangereusement malade, et suppliait son ancienne élève de venir la voir.

« Pauvre femme! Elle m'a toujours dit qu'elle me laisserait son argent, dit Lucy, avec un douloureux sourire. Elle n'a pas entendu parler de mon changement de fortune. Cher sir Michaël, je dois aller la trouver.

— Certainement, vous le devez, ma très-chère amie. Si elle a été bonne pour ma pauvre petite dans son infortune, elle a droit de ne jamais être oubliée pendant sa prospérité. Mettez votre chapeau, Lucy; nous aurons le temps de prendre l'express.

— Vous venez avec moi?

— Naturellement, ma chérie. Pouvez-vous supposer que je vous laisserais aller seule?

— J'étais sûre que vous voudriez venir avec moi, dit-elle d'un air pensif.

— Votre amie vous envoie-t-elle une adresse?

— Non, mais elle a toujours habité Crescent Villa, West Brompton, et sans aucun doute elle habite encore là. »

Lady Audley eut seulement le temps de prendre précipitamment son chapeau et son châle, et elle entendit la voiture rouler devant la porte, et sir Michaël l'appeler du bas de l'escalier. L'enfilade de ses chambres, comme je l'ai dit, qui débouchaient l'une dans l'autre, finissait par une antichambre octogone, tapissée de peintures à l'huile. Même dans sa précipitation, elle s'arrêta résolûment à la porte de cette pièce, la ferma à double tour, et glissa la clef dans sa poche. Cette porte, une fois fermée, coupait tout accès aux appartements de milady.

CHAPITRE VIII

Avant l'orage.

Le dîner au château d'Audley était donc ajourné, et miss Alicia eut plus longtemps encore à attendre la présentation du beau jeune veuf, M. George Talboys.

J'ai peur, à dire vrai, qu'il n'y eût peut-être une certaine affectation dans l'empressement que cette jeune fille témoignait de faire la connaissance de George; mais si la pauvre Alicia spécula un moment sur la possibilité d'exciter, par cette démonstration d'intérêt, quelque étincelle de jalousie cachée dans le fond du cœur de son cousin, elle n'était pas aussi bien renseignée qu'elle aurait pu l'être sur le caractère de Robert Audley. Indolent, beau et indifférent, le jeune avocat considérait la vie dans son ensemble comme une duperie assez absurde, pour qu'aucun événement, dans sa sotte durée, méritât un instant d'être considéré comme sérieux par un homme sensé.

Sa jolie cousine, à la figure de lutin, aurait pu avoir de l'amour pour lui par-dessus la tête et les oreilles, et le lui faire entendre en ces termes charmants et détournés, qui n'appartiennent qu'aux femmes, cent fois en un jour, pendant les trois cent soixante-cinq

6

jours de l'année, qu'à moins d'attendre quelque exceptionnel 29 février, et de marcher droit à lui, en lui
disant : « Robert, voulez-vous m'épouser? » je doute
fort qu'il se fût jamais aperçu de l'état de son cœur.

Encore, eût-il été amoureux d'elle, je crois que cette
tendre passion aurait été, chez lui, un sentiment si
vague et si faible, qu'il aurait pu descendre au tombeau avec une obscure idée de quelque sensation désagréable, qui pouvait être aussi bien amour qu'indigestion, et sans avoir, dans son intérieur, une connaissance quelconque de sa situation.

Aussi était-il parfaitement inutile, ma pauvre Alicia, de chevaucher dans les chemins fleuris autour
d'Audley pendant ces trois jours que les deux jeunes
gens devaient passer dans l'Essex ; c'était peine
perdue que de porter ce joli chapeau d'amazone orné
d'une plume, et d'être toujours, par le plus singulier
des hasards, sur le chemin de Robert et de son ami.
Les noires boucles (ne ressemblant en rien aux boucles soyeuses de lady Audley, mais d'épaisses boucles
serrées qui tombaient sur la peau brune de votre cou
élégant), les lèvres rouges et boudeuses, le nez disposé à être retroussé, le teint brun avec des effluves
de vif cramoisi, toujours prêtes à monter comme un
signal de nuit dans un ciel ténébreux, lorsque vous
voyiez tout à coup votre apathique cousin, — toute
cette coquette, espiègle beauté de brunette prodiguée
devant les yeux peu clairvoyants de Robert Audley,
vous eussiez fait aussi bien de vous reposer dans
le frais salon du château, au lieu de fatiguer à la
mort votre jolie jument sous le brûlant soleil de septembre.

Maintenant, pêcher à la ligne, excepté pour un dis-
ciple fervent d'Isaac Walton, n'est pas la plus gaie des
occupations ; c'est pourquoi on sera fort peu étonné
que le lendemain du départ de lady Audley, les deux

jeunes gens (dont l'un était incapable par sa blessure au cœur qu'il portait avec tant de calme, de prendre véritablement du plaisir à rien; et l'autre considérait presque tous les amusements comme une forme négative du chagrin) commencèrent à s'ennuyer de l'ombre des saules penchés sur les sinuosités des ruisseaux des environs d'Audley.

« Fig-Tree Court n'est pas gai pendant les longues vacances, dit Robert d'un air réfléchi, mais je pense, après tout, qu'on y est mieux qu'ici; tout compte fait, on y est près des marchands de tabac, » ajouta-t-il en tirant avec résignation des bouffées de fumée d'un exécrable cigare fourni par le propriétaire de l'auberge du *Soleil*.

George Talboys, qui avait seulement consenti à l'expédition dans l'Essex par une soumission passive au désir de son ami, n'était en aucune façon porté à s'opposer à leur retour immédiat à Londres.

« Je serais enchanté de m'en retourner, Bob, dit il, car j'ai besoin de faire une visite à Southampton; n'ai pas vu le petit depuis plus d'un mois. »

Il appelait toujours son fils « le petit, » et parlait toujours de lui plutôt avec tristesse que d'un ton plein d'espérance. La pensée de son enfant semblait ne lui apporter aucune consolation. Il expliquait cela en disant qu'il avait idée que l'enfant ne voudrait jamais apprendre à l'aimer; et, pis même que cette idée, un vague pressentiment qu'il ne vivrait pas assez pour voir son petit Georgey atteindre l'adolescence.

« Je ne suis pas un homme romanesque, Bob, disait-il quelquefois, et je n'ai jamais lu dans ma vie une ligne de poésie qui fût pour moi autre chose qu'un assemblage de mots et de rimes; mais, depuis la mort de ma femme, je suis comme un homme qui serait sur un rivage bas et étendu, où des rochers affreux jetteraient de leurs profondeurs des regards menaçants sur lui, et où la marée montante envahirait lentement, mais invinciblement ses pieds. Elle semble avancer plus près et plus près chaque jour, cette sombre et inpitoyable marée ; non en se précipitant sur moi avec grand fracas, mais s'insinuant, rampant, glissant furtivement, prête à me passer par-dessus la tête quand je m'attendrai le moins à ce dénoûment. »

Robert Audley fixa son ami dans un silencieux étonnement, et, après un instant de réflexion profonde, dit avec solennité à George Talboys :

« Je comprendrais ceci, si vous aviez mangé quelque mets lourd. Le porc froid, par exemple, surtout s'il n'est pas assez cuit, peut produire cette espèce d'effet. Vous avez besoin de changer d'air, mon cher ami, vous avez besoin des brises rafraîchissantes de Fig-Tree Court et de l'atmosphère douce de Fleet Street. Ou bien, attendez, dit-il subitement, je connais votre affaire ! vous avez fumé les cigares de notre ami l'hôtelier ; cela explique tout. ».

Ils rencontrèrent Alicia Audley sur sa jument, une demi-heure après qu'ils avaient pris la résolution de quitter l'Essex de bonne heure, le matin. La jeune demoiselle fut vraiment surprise et grandement désappointée en apprenant la détermination de son cousin ; et, pour cette raison précisément, se piqua de prendre la chose avec une suprême indifférence.

« Vous êtes bientôt fatigué d'Audley, Robert, ditelle négligemment, mais c'est bien naturel : vous n'avez pas d'amis ici, excepté vos parents du château ; tandis qu'à Londres, sans doute, vous avez la plus délicieuse société, et....

— J'ai de bon tabac, murmura Robert en interrompant sa cousine ; Audley est la vieille résidence que je préfère ; mais lorsqu'un homme n'a pour fumer que des feuilles de chou desséchées, vous savez, Alicia....

— Alors vous partez décidément demain matin ?

— Positivement.... par l'express de dix heures cinquante.

— Alors, lady Audley sera privée de la présentation
de M. Talboys, et M. Talboys perdra la chance de
voir la plus jolie femme de l'Essex.

— Réellement.... balbutia George.

— La plus jolie femme de l'Essex aurait eu une
triste chance d'exciter beaucoup l'admiration de mon
ami, George Talboys, dit Robert, son cœur est à Southampton, où il a un méchant enfant à tête bouclée, pas
plus haut que son genou, qui l'appelle « le gros monsieur » et lui demande des dragées.

— Je vais écrire à ma belle-mère par la poste de
ce soir, dit Alicia. Elle me prie particulièrement dans
sa lettre de lui dire combien de temps vous devez
rester, et si elle pourra avoir la chance de revenir à
temps pour vous recevoir. »

Miss Audley tira, en parlant, une lettre de la poche
de son amazone, — un mignon et féerique billet, écrit
sur du papier glacé d'une teinte particulière.

Elle disait dans son *post-scriptum* : « N'oubliez pas de
répondre à ma question sur M. Audley et son ami,
évaporée et étourdie Alicia ! »

« Quelle jolie écriture elle a, dit Robert, pendant
que sa cousine repliait le billet.

— Oui, elle est charmante, n'est-ce pas ? Voyez donc,
Robert. »

Elle mit la lettre dans sa main, et il la contempla
nonchalamment pendant quelques minutes, tandis
qu'Alicia caressait l'encolure de sa jument, qui était
inquiète de partir.

« Tout de suite, *Atalante*, tout de suite. Rendez-moi
mon billet, Bob.

— C'est la plus gentille, la plus coquette petite
main que j'aie jamais vue. Savez-vous, Alicia, que je

n'ai jamais eu confiance en ces individus qui vous
demandent la valeur de treize timbres-poste, et offrent
de vous dire ce que vous n'avez jamais pu découvrir
vous-même ; mais, sur ma parole, je crois que si je
n'avais jamais vu votre tante, je la connaîtrais telle
qu'elle est par cette petite feuille de papier. Oui, il y a
là dedans, — les blondes et légères boucles à reflet
d'or, les sourcils tracés au pinceau, le nez droit et
effilé, l'irrésistible sourire de jeune fille : tout cela
peut être deviné dans ces quelques traits qui montent
et descendent. Regardez ici, George. »

Mais, l'esprit absorbé et mélancolique, George Talboys s'était promené à l'écart, le long du bord d'un
fossé, et était arrêté, abattant les joncs avec sa canne,
à une demi-douzaine de pas de Robert et d'Alicia.

« Vous n'y pensez pas, dit la jeune demoiselle avec
impatience, car elle n'avait goûté en aucune façon la
dissertation sur le petit billet de milady. Donnez-moi
cette lettre et laissez-moi partir ; il est huit heures passées, et je dois faire une réponse par le courrier de ce
soir. Allons, *Atalante!* Bonsoir, Robert... Bonsoir,
monsieur Talboys... un bon retour à Londres. »

La jument bai châtain partit vivement au petit galop
dans l'étroit chemin, et miss Audley était hors de vue
avant que les deux grosses et brillantes larmes suspen-
dues un moment dans ses yeux ne fussent refoulées
par fierté dans son sein, après avoir surgi de son cœur
endolori.

« N'avoir qu'un cousin sur la terre, s'écria-t-elle
avec passion, mon plus prochain parent après papa, et
penser qu'il fait autant de cas de moi que d'un chien! »

Par le plus simple des accidents, cependant, Robert
et son ami ne purent partir par le train express de dix
heures cinquante, dans la matinée suivante, car le
jeune avocat se réveilla avec un si violent mal de tête,
qu'il pria George de lui commander une tasse du plus

fort thé qui eût jamais été fait dans l'auberge du *Soleil*, et d'être, en outre, assez bon pour différer leur voyage jusqu'au jour suivant. Naturellement, George y consentit, et Robert Audley passa l'après-midi dans une chambre aux volets fermés, avec un journal de Chelmsford, vieux de cinq jours, pour distraire sa retraite.

« Ce n'est pas autre chose que les cigares, répéta George plusieurs fois; que je sorte d'ici sans voir mon hôtelier! car si cet homme et moi nous nous rencontrions ici, il y aurait du sang versé. »

Heureusement pour la tranquillité d'Audley, il arriva que c'était jour de marché à Chelmsford, et que le digne aubergiste était parti dans sa carriole pour se procurer des provisions pour sa maison; entre autres choses, peut-être, une nouvelle provision de ces mêmes cigares qui avaient un si funeste effet sur Robert.

Les jeunes gens passèrent, sans profit, une triste, ennuyeuse et mortelle journée, et à la nuit, M. Audley proposa de descendre au château et de demander à Alicia de les promener dans l'habitation.

« Cela nous fera tuer une couple d'heures, George, et ce serait grand dommage de vous faire sortir d'Audley sans vous avoir montré le vieux manoir qui, je vous en donne ma parole, vaut bien la peine d'être vu. »

Le soleil baissait, lorsqu'ils coupèrent court à travers les prairies et entrèrent par une barrière dans l'avenue conduisant à l'arceau. Le soleil couchant était livide, chargé de vapeurs et menaçant; un calme lugubre était dans l'air et effrayait les oiseaux disposés à chanter, qui laissaient le champ libre à quelques insidieuses grenouilles coassant dans les fossés. Malgré l'immobilité de l'atmosphère, les feuilles bruissaient avec ce sinistre mouvement frémissant qui ne provient d'aucune cause extérieure, mais qui est plutôt un frisson instinctif des frêles branches, et l'annonce de

l'orage qui menace. Cette sotte aiguille d'horloge, qui
ne connaissait pas de marche progressive et sautait
toujours brusquement d'une heure à l'autre, mar-
quait sept heures comme les jeunes gens passaient
sous l'arceau ; mais, malgré tout, il en était près de huit.

Ils trouvèrent Alicia dans l'allée de tilleuls, errant
nonchalamment de long en large sous les noirs ombrages des arbres, desquels, de temps en temps, une
feuille se détachait et venait lentement tomber sur le
sol.

Chose étrange à dire, George Talboys, qui très-rare-
ment observait quelque chose, fit une attention particulière à cet endroit.

« Ce devrait être une avenue de cimetière, dit-il :
comme les morts dormiraient paisiblement sous ces
ombres épaisses. Je voudrais que le cimetière de
Ventnor ressemblât à ceci. »

Ils continuèrent de marcher vers le puits en ruine,
et Alicia leur raconta quelque vieille légende se rattachant au lieu, — quelque lugubre histoire, semblable
à celles qui sont toujours liées à une vieille demeure,
comme si le passé était une page toute noire de chagrins et de crimes.

« Nous voudrions voir la maison avant qu'il soit
nuit, Alicia, dit Robert.

— Alors, nous devons nous presser, répondit-elle,
venez. »

Elle ouvrit la marche en passant par une porte vitrée à la française, modernisée quelques années auparavant, et les conduisit dans la bibliothèque, et de là
dans le vestibule.

Dans cette salle, ils passèrent devant la femme de
chambre à la figure pâle, qui jeta un regard furtif de
ses cils blancs sur les deux jeunes gens.

Ils commençaient à monter l'escalier lorsque Alicia
se retourna, et, s'adressant à la jeune fille :

« Après que nous aurons visité le salon, je désirerais montrer à ces messieurs l'appartement de lady Audley. Est-il en bon ordre, Phœbé?

— Oui, miss, mais la porte de l'antichambre est fermée à clef, et j'imagine que madame a emporté la clef à Londres.

— Emporté la clef!... Impossible... s'écria Alicia.

— En vérité, miss, je crois qu'elle l'a emportée. Je ne puis la trouver, et elle a coutume d'être toujours sur la porte.

— Je déclare, dit Alicia avec impatience, qu'il n'y a rien après tout, dans cette sotte fantaisie, qui ne soit conforme aux façons de milady. J'ose dire qu'elle a eu peur que nous allassions dans son appartement fouiller dans ses jolies toilettes et toucher à ses bijoux. C'est vraiment contrariant, car les meilleurs tableaux de la maison sont dans cette antichambre. Il y a là son propre portrait, il est inachevé; mais d'une ressemblance parfaite.

— Son portrait! s'écria Robert Audley. Je donnerais quelque chose pour le voir, car j'ai seulement une idée imparfaite de sa figure. Il n'y a pas d'autre chemin pour entrer dans la chambre, Alicia?

— Un autre chemin?

— Oui, y a-t-il quelque porte, en passant par les autres pièces, par laquelle nous puissions parvenir à pénétrer dans la place? »

Sa cousine secoua la tête et les conduisit dans un corridor où se trouvaient quelques portraits de famille. Elle leur montra une chambre tendue de tapisseries, et les grands personnages sur le canevas fané qui paraissaient menaçants dans la demi-obscurité.

« Ce gaillard, avec sa hache d'armes, a l'air de vouloir fendre en deux la tête de George, dit M. Audley, montrant un farouche guerrier dont l'arme soulevée paraissait au-dessus de la noire chevelure de George

Talboys. Sortons de cette chambre, Alicia; je pense
qu'elle est humide et même hantée. En vérité, je crois
que tous les revenants sont le résultat de l'humidité.
Vous dormez dans un lit humide, — vous vous réveil-
lez en sursaut dans la nuit noire avec un frisson glacé,
et vous voyez une vieille dame dans le costume de cour
du temps de George Ier, assise au pied du lit. La vieille
dame est une indigestion et le frisson glacé est un drap
humide. »

Des bougies étaient allumées dans le salon. Aucune
nouvelle invention de lampe n'avait fait encore son
apparition au château d'Audley. Les appartements de
sir Michaël étaient éclairés par de bonnes grosses bougies toutes jaunies, placées dans de massifs chande-
liers d'argent et dans des candélabres fixés aux murs.

Il y avait peu de chose à voir dans le salon, et George
Talboys fut bientôt fatigué de regarder de beaux meubles modernes et quelques peintures, œuvres d'aca-
démiciens.

« N'y a-t-il pas un passage secret, un vieux buffet
de chêne, ou quelque chose de ce genre, quelque part
dans cette demeure, Alicia ? demanda Robert.

— Assurément, s'écria miss Audley, avec une impé
tuosité qui fit reculer son cousin ; sans doute. Pourquoi n'ai-je pas pensé à cela auparavant! Quelle sotte
je fais !

— Comment sotte?

— Parce que si vous n'avez pas peur de ramper sur
vos mains et sur vos genoux, vous pourrez voir les
appartements de milady, car le passage en question
communique au cabinet de toilette. Elle ne doit pas
en avoir connaissance elle-même, je crois. Quel étonnement, si quelque bandit à masque noir, avec une
lanterne sourde, surgissait du parquet quelque soir
pendant qu'elle est assise devant sa glace, faisant arranger sa chevelure pour une soirée !

— Essayerons-nous du passage secret, George ? demanda M. Audley.

— Oui, si vous le désirez. »

Alicia les mena dans la chambre qui avait été autrefois sa chambre d'enfant. Elle était maintenant abandonnée et ne servait que dans les très-rares occasions où la maison était pleine de monde.

Robert Audley souleva un coin du tapis, conformément à l'indication de sa cousine et découvrit une trappe grossièrement découpée dans le plancher de chêne.

« Maintenant, écoutez-moi, dit Alicia. Vous devez vous laisser tomber sur les mains dans ce passage, qui est environ profond de huit pieds ; vous baisserez la tête et vous marcherez droit devant vous jusqu'à ce que vous arriviez à un coude aigu, qui vous conduira à gauche ; tout à fait à l'extrémité de ce coude, vous trouverez une courte échelle au-dessous d'une trappe comme celle-ci, que vous aurez à ouvrir ; elle aboutit au plancher du cabinet de toilette de milady et n'est recouverte que par un carré de tapis de Perse que vous pouvez soulever aisément. Me comprenez-vous ?

— Parfaitement.

— Alors, prenez la lumière, M. Talboys vous suivra. Je vous donne vingt minutes pour votre examen des peintures, ce qui fait à peu près une minute par tableau, et après ce temps, j'attendrai ici pour vous voir revenir. »

Robert lui obéit aveuglément, et George, suivant avec soumission son ami, se trouva lui-même, au bout de cinq minutes, au milieu de l'élégant désordre du cabinet de toilette de lady Audley.

Elle avait quitté la maison dans la précipitation de son voyage inattendu à Londres, et tous les apprêts de sa brillante toilette reposaient sur le marbre de sa table. L'atmosphère était presque suffocante par les

fortes odeurs de parfums en flacons dont les bouchons
dorés n'avaient pas été replacés. Un bouquet de fleurs
de serre se flétrissait sur un élégant bureau. Deux ou
trois magnifiques robes étaient amoncelées sur le parquet, et les portes ouvertes d'une garde-robe laissaient
voir les trésors qu'elle contenait. Bijoux, brosses à
cheveux à dos d'ivoire, délicieuses porcelaines de
Chine étaient disséminés çà et là dans l'appartement.
George Talboys aperçut sa face barbue et sa longue
figure décharnée réfléchie dans la psyché, et s'étonna
de voir combien il semblait déplacé au milieu de ce
luxe féminin.

Ils passèrent du cabinet de toilette au boudoir, et du
boudoir dans l'antichambre, qui renfermait, comme
l'avait dit Alicia, environ vingt remarquables peintures, en dehors du portrait de milady.

Le portrait de milady était posé sur un chevalet, recouvert d'une espèce de serge verte, dans le milieu
de la chambre octogone. L'artiste avait eu la fantaisie
de la représenter debout au milieu de cette même
chambre, et de faire, pour fond du portrait, une fidèle
reproduction des peintures des murs. J'ai bien peur
que le jeune homme n'appartînt à l'école des pré-
Raphaélites, car il avait consacré un temps déraisonnable aux accessoires de ce tableau, aux boucles fri-
sées de milady, et aux lourds plis de sa robe de velours
cramoisi.

Les deux jeunes gens regardèrent d'abord les peintures des murs, gardant le portrait inachevé pour la
bonne bouche.

Il faisait sombre alors ; la seule bougie apportée par
Robert ne donnait qu'un brillant rayon de lumière,
pendant que, faisant le tour, il la tenait devant les peintures, l'une après l'autre. La large croisée laissait apercevoir le ciel pâle, teinté des dernières froides vapeurs
d'un sombre crépuscule. Le lierre frémissait contre les

vitres avec le même frisson lugubre qui agitait chaque feuille dans le jardin, présage de la tempête menaçante.

« Voilà les éternels chevaux blancs de notre ami, dit Robert, en s'arrêtant devant un Wouvermans. Nicolas Poussin — Salvator. — Ah! hum! maintenant au portrait. »

Il s'arrêta, une main sur la serge verte, et, s'adressant solennellement à son ami :

« George Talboys, dit-il, nous avons à nous deux une seule bougie, une lumière vraiment insuffisante pour regarder une peinture. Laissez-moi donc vous prier de vouloir bien permettre que nous la regardions l'un après l'autre; s'il y a quelque chose de désagréable, c'est d'avoir une personne critiquant derrière vous et regardant par-dessus vos épaules, quand vous essayez de saisir l'effet d'un tableau. »

George se recula immédiatement. Il ne prenait pas plus d'intérêt au portrait de milady qu'à tous les autres ennuis de ce monde fatigant. Il se recula, et, posant son front contre le châssis des fenêtres, il regarda la nuit au dehors.

Lorsqu'il se retourna, il vit que Robert avait disposé le chevalet très-convenablement, et qu'il s'était assis lui-même devant, sur une chaise, dans le dessein de contempler la peinture à loisir.

Il se leva lorsque George se retourna.

« Et maintenant, à vous, Talboys, dit-il; c'est une peinture extraordinaire. »

Il prit la place de George à la croisée, et George s'assit sur la chaise, devant le chevalet.

Certainement, le peintre devait avoir été un pré-Raphaélite. Nul autre qu'un pré-Raphaélite n'aurait peint, cheveu par cheveu, ces masses légères de boucles, avec chaque reflet d'or et chaque ombre de brun pâle. Nul autre qu'un pré-Raphaélite n'aurait assez exagéré chaque qualité de cette délicate figure, pour donner un éclat lugubre à sa blonde nature et une étrange et sinistre lumière à la profondeur de ses yeux bleus. Nul autre qu'un pré-Raphaélite n'aurait donné à cette jolie bouche mutine l'expression dure et presque méchante qu'elle avait dans le portrait.

Il était ressemblant et en même temps pas ressemblant. C'était comme si on eût fait brûler des feux de couleurs étranges devant la figure de milady, et qu'ils eussent, par leurs reflets, produit sur elle de nouveaux traits et de nouvelles expressions qu'on n'avait jamais vues auparavant. Perfection du dessin, éclat des couleurs, se trouvaient là; mais je suppose que le peintre avait tant copié de jolies monstruosités du moyen âge, que son cerveau en était dérangé, car milady, dans son portrait à elle, avait quelque chose de l'aspect d'un admirable démon.

Sa robe cramoisie, exagérée comme tout le reste de cette bizarre peinture, tombait autour d'elle en plis qui ressemblaient à des flammes, sa belle tête sortait de cette sombre masse de couleur comme d'une fournaise en furie. En vérité, le cramoisi de la robe, l'éclat de la figure, les reflets de l'or ardent de sa blonde chevelure, le dur écarlate de ses lèvres boudeuses, les couleurs vives de chaque accessoire du fond minutieusement peint, tout se combinait pour rendre le premier effet du tableau nullement agréable.

Tout étrange que fût la peinture, elle n'avait pas produit une grande impression sur George Talboys, car il resta assis devant elle environ un quart d'heure sans articuler un mot, le visage pâle, les yeux fixés sur la toile peinte, le flambeau serré par sa vigoureuse main droite et la gauche ouverte pendante à son côté. Il resta si longtemps dans cette attitude que Robert se retourna à la fin.

« Eh bien, George, je croyais que vous vous étiez endormi !

— Presque.

— Vous avez pris froid en restant dans cette humide chambre aux tapisseries. Retenez mes paroles, George Talboys, vous avez pris froid; vous êtes aussi enroué qu'un corbeau. Mais venez-vous-en. »

Robert Audley prit la bougie des mains de son ami, et disparut en se glissant à travers le passage secret suivi par George qui était très-calme, mais difficilement plus calme que d'habitude.

Ils trouvèrent Alicia qui les attendait dans la chambre des enfants.

« Eh bien ? dit-elle interrogativement.

— Nous avons opéré supérieurement. Mais je n'aime pas le portrait; il a quelque chose de singulier.

— En effet, dit Alicia; j'ai une étrange idée à ce sujet. Je pense que quelquefois un peintre est en quelque sorte inspiré, et est capable de voir à travers l'expression normale de la figure une autre expression qui en fait également partie, quoique les yeux ordinaires ne l'aperçoivent pas. Nous n'avons jamais vu milady regarder comme elle le fait dans ce portrait, mais je crois qu'elle pourrait regarder ainsi.

— Alicia, dit Robert Audley d'un air suppliant, ne soyez pas allemande !

— Mais, Robert.

— Ne soyez pas allemande, Alicia, si vous m'aimez. La peinture est la peinture, et milady est miladÁ· Voilà ma façon de voir les choses et je ne suis pas métaphysicien, ne me bouleversez pas. »

Il répéta cela plusieurs fois avec un air de terreur parfaitement sincère, et après avoir emprunté un parapluie au cas où ils seraient surpris par l'orage menaçant, il quitta le château emmenant avec lui le passif George Talboys. L'unique aiguille de la sotte horloge avait sauté sur neuf heures lorsqu'ils atteignirent l'arceau, mais avant de pouvoir passer sous son ombre ils durent se ranger de côté pour laisser une voiture passer devant eux ; c'était un équipage rapide venant du village, mais la belle tête de lady Audley paraissait à travers la portière. Noir comme il faisait, elle put voir les deux formes des jeunes gens se dessiner comme des ombres dans l'obscurité.

« Qui est là ? demanda-t-elle, mettant sa tête en dehors. Est-ce le jardinier ?

— Non, ma chère tante, dit Robert en riant ; c'est votre très-dévoué neveu. »

Lui et George s'arrêtèrent à côté de l'arceau, pendant que la voiture se rangeait devant la porte du château et que les domestiques surpris sortaient pour recevoir leur maître et leur maîtresse.

« Je crois que l'orage n'éclatera pas cette nuit, dit le baronnet regardant le ciel, mais, nous l'aurons certainement demain matin. »

CHAPITRE IX

Après l'orage.

Sir Michaël se trompa dans sa prophétie sur le temps. L'orage ne se maintint pas jusqu'au jour, mais il éclata avec une terrible fureur sur le village d'Audley une demi-heure environ après minuit.

Robert Audley accepta le tonnerre et les éclairs avec le même flegme qu'il accepta tous les autres maux de la vie. Il était étendu sur un sofa dans la salle de conversation, lisant ostensiblement le journal de Chelmsford de cinq jours de date, et se régalant de temps en temps de quelques gorgées d'un grand verre de punch froid. L'orage produisait un effet tout différent sur George Talboys. Son ami était effrayé lorsqu'il regardait la figure pâle du jeune homme assis en face de la croisée ouverte, écoutant le tonnerre, et fixant le ciel noir déchiré par intervalles par les éclairs d'un bleu d'acier qui le sillonnaient.

« George, dit Robert après l'avoir examiné pendant quelque temps ; êtes-vous effrayé des éclairs ?

— Non, répondit-il sèchement.

— Mais, mon cher ami, il y a eu des hommes trèscourageux qui en ont eu peur. C'est à peine si l'on doit appeler cela de la crainte, cela tient au tempérament. Je suis sûr que vous avez peur.

— Non, vraiment.

— Mais, George, si vous pouviez vous voir vous-même pâle et hagard, avec vos grands yeux creux fixés au ciel comme s'ils étaient retenus par un spectre. Je vous dis que je vois que vous êtes bien effrayé.

— Et moi je vous dis que je ne le suis pas.

—George, non-seulement vous avez peur des éclairs, mais vous êtes irrité contre vous-même de ce que vous avez peur, et contre moi parce que je vous parle de votre frayeur.

—Robert, si vous me dites un mot de plus, je tombe sur vous. »

Ce qu'ayant dit, M. Talboys s'élança hors de la chambre, fermant la porte derrière lui avec une violence qui ébranla la maison. Ces nuages d'encre qui recouvraient la terre oppressée comme un plafond de fer brûlant répandaient leur noirceur en un soudain déluge au moment où George quittait la chambre; mais si le jeune homme avait peur des éclairs, il n'avait certainement pas peur de la pluie car il descendit l'escalier, marcha droit à la porte de l'auberge, et sortit sur la grand'route inondée. Il alla de long en large et de large en long au milieu de la pluie battante pendant vingt minutes, et rentrant alors dans l'auberge il monta à sa chambre à coucher.

Robert Audley le rencontra dans le corridor avec ses cheveux collés sur sa figure pâle et ses habits dégouttant l'humidité.

« Allez-vous vous coucher, George?

— Oui.

— Mais vous n'avez pas de lumière.

— Je n'en ai pas besoin.

— Mais regardez donc vos vêtements, mon pauvre ami ? ne voyez-vous pas l'eau qui ruisselle des manches de votre habit ? Qu'y a-t-il donc sur terre qui puisse vous faire sortir par un semblable temps ?

— Je suis fatigué et j'éprouve le besoin d'aller me coucher ; ne me tourmentez pas.

— Voulez-vous prendre un peu d'eau chaude avec de l'eau-de-vie, George ? »

Robert Audley en parlant ainsi barrait le passage à son ami et cherchait à l'empêcher d'aller se coucher dans l'état où il se trouvait, mais George le repoussa violemment de côté et passa devant lui en allongeant le pas, et lui dit avec cette même voix rauque que Robert avait remarquée au château :

« Laissez-moi seul, Robert, et ne vous occupez pas de moi si vous pouvez. »

Robert suivit George à sa chambre à coucher, mais le jeune homme lui ferma la porte au nez ; aussi n'eut-il rien de mieux à faire que de laisser M. Talboys livré à lui-même, et calmer son humeur aussi bien qu'il le pourrait.

« Il s'est irrité parce que j'ai remarqué sa frayeur des éclairs, » pensa Robert en se retirant froidement pour se reposer, parfaitement indifférent au bruit du tonnerre qui semblait le secouer dans son lit, et à la lueur des éclairs se jouant capricieusement sur les rasoirs dans le nécessaire de toilette ouvert.

L'orage s'éloigna en grondant du paisible village d'Audley, et quand Robert se réveilla le lendemain matin, il put voir un brillant soleil et le coin d'un ciel sans nuages apparaître entre les rideaux blancs de la croisée de sa chambre à coucher.

C'était une de ces pures et délicieuses matinées qui succèdent quelquefois à un orage. Les oiseaux avaient des chants bruyants et joyeux, les blés jaunes se redressaient dans les vastes plaines et ondulaient fièrement après leur terrible lutte avec l'orage, qui avait fait de son mieux pour courber les lourds épis, accompagné par un vent impitoyable et une pluie battante pendant la moitié de la nuit. Les feuilles de vigne groupées autour de la croisée de Robert se balançaient avec un joyeux frémissement, faisant tomber en ondée de diamants les gouttes de pluie qui tremblaient sur chaque vrille et brindille.

Robert Audley trouva son ami qui l'attendait à table pour déjeuner.

George était très-pâle, mais parfaitement tranquille. S'il avait quelque chose, en vérité, c'était plus de gaieté qu'à l'ordinaire.

Il secoua la main de Robert avec quelque chose de cette ancienne cordialité qui l'avait fait distinguer avant que la seule affliction de sa vie l'eût bouleversé et brisé.

« Pardonnez-moi, Bob, dit-il franchement, pour mon humeur hargneuse d'hier soir, vous aviez raison; l'orage, les éclairs et le tonnerre m'avaient bouleversé. Cela a toujours produit le même effet sur moi depuis ma jeunesse.

— Pauvre vieil enfant, partirons-nous de suite par l'express, ou resterons-nous ici pour dîner ce soir avec mon oncle? demanda Robert.

— Pour dire la vérité, Bob, je préfèrerais ne faire ni l'un ni l'autre. Il fait une magnifique matinée, pourquoi ne pas nous promener aux environs tout le jour, faire un autre tour avec nos lignes, et partir pour Londres par le train de six heures vingt-cinq minutes du soir? »

Robert Audley aurait consenti à une bien plus désagréable proposition que celle-ci, plutôt que de prendre la peine de contrarier son ami; aussi la chose fut-elle immédiatement acceptée, et après qu'ils eurent fini leur déjeuner et commandé le dîner pour quatre heures, George Talboys prit sa ligne sur ses larges épaules et sortit de la maison avec son ami et compagnon.

Mais si le tempérament égal de M. Robert Audley n'avait pas été troublé par les terribles éclats du tonnerre qui avaient ébranlé l'auberge du *Soleil* jusque dans ses fondements, il n'en avait pas été ainsi avec la délicate sensibilité de la jeune femme de son oncle. Lady Audley avouait elle-même qu'elle avait horriblement peur des éclairs. Elle avait roulé son lit dans un coin de la chambre, et les épais rideaux hermétiquement fermés autour d'elle, elle s'était couchée la figure ensevelie dans les oreillers, frissonnant convulsivement à chaque bruit de la tempête mugissant au dehors. Sir Michaël, dont le cœur ferme n'avait jamais connu la crainte, était presque tremblant pour cette fragile créature, qu'il avait l'heureux privilége de protéger et de défendre. Milady ne voulut consentir à se déshabiller que vers trois heures du matin, lorsque le dernier roulement du tonnerre s'affaiblissait et mourait au loin dans les hautes collines. Jusqu'à cette heure elle resta avec la magnifique robe de soie avec laquelle elle avait voyagé, et dont les plis se confondaient en désordre avec ceux des couvertures, levant de temps en temps les yeux, la figure épouvantée, pour demander si l'orage finissait.

Vers quatre heures, son mari, qui avait passé la nuit à veiller à côté de son lit, la vit tomber dans un profond sommeil, dont elle ne sortit que près de cinq heures.

Elle arriva pour déjeuner dans la salle à manger à neuf heures et demi passées, en chantant une mélodie écossaise, les joues colorées d'un rose aussi tendre que la pâle nuance de la mousseline de sa robe du matin. Semblable aux oiseaux et aux fleurs, elle semblait recouvrer sa beauté et son enjouement avec le soleil matinal. Elle courut d'un pas léger sur la pelouse, cueillant çà et là un bouton de rose d'arrière-saison une branche ou deux de géranium, et traversa le gazon couvert de rosée, en gazouillant de longues cadences qui dénotaient un cœur parfaitement heureux, et paraissant aussi fraîche et aussi brillante que les fleurs qu'elle tenait dans sa main. Le baronnet la saisit dans ses robustes bras comme elle entrait par la porte vitrée.

« Ma jolie petite femme, dit-il, mon amour, quel bonheur de vous voir revenue si gaie ! Savez-vous, Lucy, qu'une fois, la nuit dernière, lorsque vous jetiez un regard à travers le sombre vert de vos rideaux de lit, avec votre pauvre pâle figure, et des cercles rouges autour de vos yeux enfoncés, j'ai eu presque de la difficulté à reconnaître ma jolie petite femme dans cette créature défaite, terrifiée, paraissant mourante et maudissant l'orage. Remercions Dieu pour ce soleil du matin, qui a ramené les roses sur vos joues et la vivacité dans votre sourire. Je demande au ciel, Lucy, de ne plus vous revoir dans l'état où je vous ai vue la nuit dernière. »

Elle se leva sur la pointe du pied pour l'embrasser, et elle était alors seulement assez grande pour atteindre sa barbe blanche. Elle lui dit, en riant, qu'elle avait toujours été une sotte et une peureuse.

« J'ai peur des chiens, j'ai peur des bœufs ; j'ai peur de l'orage, j'ai peur de la nature agitée, j'ai peur de toute chose et de tout le monde, excepté de mon cher, de mon noble et bel époux, » dit-elle.

Elle avait trouvé le tapis dérangé dans son cabinet de toilette et avait pris des informations sur le mystère du passage secret. Elle gronda miss Alicia en plaisantant et en riant, pour sa hardiesse d'introduire deux gros hommes dans les appartements de milady.

« Et ils ont eu l'audace de regarder mon portrait,

Alicia, dit-elle avec une indignation comique. J'ai trouvé la toile de serge jetée par terre et un énorme gant d'homme sur le tapis. Voyez. »

Elle tint en l'air, en parlant, un gant épais pour monter à cheval. C'était celui de George, qu'il avait laissé tomber pendant qu'il regardait le tableau.

« J'irai au *Soleil*, et j'engagerai les jeunes gens à dîner, » dit sir Michaël comme il quittait le château pour aller faire sa promenade matinale autour de sa ferme.

Lady Audley volait de chambre en chambre par ce beau soleil de septembre. Tantôt s'asseyant devant son piano pour fredonner une ballade, ou la première page d'un air de bravoure italien, ou pour faire courir ses doigts rapides dans une valse brillante. Tantôt, se penchant sur une petite serre de fleurs exotiques, elle faisait l'amateur d'horticulture avec une paire de ciseaux de fée, montés en argent ciselé ; tantôt allant dans son cabinet de toilette pour parler à Phœbé Marks et faire arranger ses boucles pour la troisième ou quatrième fois ; car ces tire-bouchons se dérangeaient sans cesse, et donnaient beaucoup de tracas à la femme de chambre de lady Audley.

Milady semblait, par ce jour de septembre, dans un état d'inquiétude qui n'était pas celui d'un esprit satisfait, et elle était incapable de rester longtemps à la même place ou de s'occuper à la moindre chose.

Tandis que lady Audley cherchait à se distraire par les procédés frivoles qui lui étaient propres, les deux jeunes gens marchèrent lentement le long d'un ruisseau, jusqu'à ce qu'ils eussent atteint un coin ombragé où l'eau était profonde et calme, et dans laquelle se traînaient les longues branches des saules.

George Talboys prit la ligne pendant que Robert s'étendait tout de son long sur une couverture de voyage et équilibrait son chapeau au-dessus de son nez comme un écran pour se garantir du soleil, puis s'endormait promptement.

Oh ! heureux les poissons du ruisseau sur les bords duquel M. Talboys était assis ! Ils auraient pu se divertir à cœur joie, mordre timidement à l'hameçon de ce gentleman, sans compromettre leur sûreté d'aucune manière; George, en effet, fixait l'eau d'un air distrait, en tenant sa ligne d'une main insouciante et inattentive, et avait dans son regard quelque chose d'étrange et d'absorbé. Lorsque la cloche de l'horloge sonna deux heures, il jeta sa ligne à terre et, s'éloignant à grands pas le long du ruisseau, laissa Robert Audley faire un somme qui, conformément aux habitudes de ce gentleman, n'était pas près de finir avant deux ou trois heures. Arrivé à un quart de mille au delà, George traversa un pont rustique, et entra dans les prairies qui conduisaient au château d'Audley.

Les oiseaux avaient tant chanté toute la matinée, qu'ils étaient peut-être fatigués en ce moment; les bœufs paresseux étaient endormis dans les prairies; sir Michaël n'était pas encore rentré de sa promenade du matin; miss Alicia avait décampé une heure auparavant sur la jument baie; les domestiques étaient tous à dîner dans une partie reculée de la maison, et milady avait pénétré, un livre à la main, dans la sombre avenue des tilleuls. Aussi le vieux manoir grisâtre n'avait-il jamais présenté un aspect plus paisible qu'en cette belle après-dînée, lorsque George Talboys traversa la pelouse pour carillonner bruyamment à la lourde porte de chêne garnie de fer.

Le domestique qui répondit à son appel lui dit que sir Michaël était sorti et que milady se promenait dans l'avenue des tilleuls.

Il parut un peu désappointé à cette nouvelle, et murmura quelque chose, soit qu'il désirait voir milady, soit qu'il allait chercher milady (le domestique ne put pas très-bien saisir les mots), puis il s'éloigna rapidement de la porte, sans laisser ni trace ni message pour la famille.

Il s'était écoulé une pleine heure et demie après cet incident lorsque lady Audley rentra à la maison; elle ne venait pas de l'allée de tilleuls, mais d'une direction tout opposée, portant son livre ouvert dans la main et chantant en marchant. Alicia venait de descendre de sa jument et se tenait debout à l'entrée de la porte au cintre bas, avec son terre-neuve à côté d'elle.

Le chien, qui n'avait jamais eu de prédilection pour milady, montra ses dents avec un sourd grognement.

« Chassez cet horrible animal, Alicia, dit lady Audley avec impatience; cette bête sait que j'ai peur d'elle, et elle fait exprès de m'effrayer. Et cependant on appelle ces créatures généreuses et bonnes!... A bas, César! je vous déteste et vous me détestez; et si vous me rencontriez la nuit dans quelque passage étroit, vous me sauteriez à la gorge pour m'étrangler, n'est-ce pas? »

Milady, sûrement abritée derrière sa belle-fille, secoua ses boucles blondes devant l'animal inquiet et le défia malicieusement.

« Ne savez-vous pas, lady Audley, que M. Talboys, le jeune veuf, est venu ici demander sir Michaël et vous?»

Lucy Audley souleva la ligne de ses sourcils.

« Je croyais qu'il devait venir dîner, dit-elle ; et, ma foi, ce sera bien assez de le voir alors. »

Elle avait une botte de fleurs sauvages d'automne dans le pan de sa robe de mousseline. Elle était venue à travers champs derrière le château, cueillant les boutons des haies sur son chemin. Elle monta légèrement en courant le large escalier qui conduisait à son appartement particulier. Le gant de George s'étalait sur la table de son boudoir. Lady Audley sonna violemment; ce fut Phœbé Marks qui vint répondre.

« Faites disparaître cette ordure, » dit-elle durement.

La jeune fille ramassa dans son tablier le gant, quelques fleurs flétries, et des papiers froissés qui étaient sur la table.

« Qu'avez-vous fait ce matin? demanda milady; vous n'avez pas gaspillé votre temps, j'espère?

— Non, milady; je me suis occupée à retoucher votre robe bleue. Il fait presque sombre de ce côté de la maison; aussi ai-je monté mon ouvrage dans ma chambre et travaillé à la croisée. »

La jeune fille, en disant cela, se disposait à quitter la chambre; mais elle se retourna et regarda lady Audley comme si elle eût attendu de nouveaux ordres.

Lucy leva la tête au même moment, et les yeux des deux femmes se rencontrèrent.

« Phœbé Marks, dit milady en se jetant dans un vaste fauteuil et jouant avec des fleurs sauvages sur ses genoux, vous êtes une bonne et laborieuse fille, et tant que je vivrai et que je serai heureuse, vous ne manquerez jamais d'une amie ou d'un billet de vingt livres. »

CHAPITRE X

Introuvable.

Lorsque Robert Audley se réveilla, il fut surpris de voir la ligne posée sur le sable, le cordonnet traînant paresseusement dans l'eau, et le liége flottant inoffensif de haut en bas sous les rayons solaires de l'après-midi. Le jeune avocat resta longtemps à étirer ses bras et ses jambes dans diverses directions, afin de se convaincre, par cet exercice, qu'il était encore en possession de l'usage de ses membres ; puis, avec un effort puissant, il parvint à se lever du gazon, et ayant, d'un air délibéré, roulé sa couverture de voyage d'une manière convenable, pour la porter sur son épaule, il allongea le pas pour chercher George Talboys.

Une fois ou deux il l'appela d'une voix endormie, à peine assez élevée pour effrayer les oiseaux dans les branches au-dessus de sa tête, ou la truite dans le ruisseau à ses pieds; mais ne recevant pas de réponse, il se fatigua de cet exercice, et continua de se traîner en bâillant et cherchant encore George Talboys.

Bientôt il tira sa montre, et fut étonné de voir qu'il était quatre heures un quart.

« Eh bien! le vilain égoïste doit être rentré à l'auberge pour dîner ! murmura-t-il en réfléchissant ; et encore cela ne lui ressemble pas beaucoup, car il se souvient rarement même de ses repas, à moins que je ne rafraîchisse sa mémoire. »

Même un bon appétit et la certitude que son dîner se ressentirait probablement de ce retard ne purent activer la nonchalance constitutionnelle de M. Robert Audley, et lorsqu'il arriva devant la porte du *Soleil*, les horloges sonnaient cinq heures. Il croyait si bien trouver George Talboys l'attendant dans le petit salon, que l'absence de ce gentleman sembla donner à l'appartement un aspect lugubre, et Robert soupira tout haut.

« Ceci est fort, dit-il : un dîner froid et personne pour le manger avec moi ! »

L'hôtelier du *Soleil* vint lui-même s'excuser pour ses plats perdus.

« Une si belle paire de canards, monsieur Audley, comme jamais vos yeux n'en ont vu, et tout cela brûlé et réduit en cendres à force de le faire chauffer.

— Ne me parlez donc pas de vos canards, dit Robert impatienté ; où est M. Talboys ?

— Il n'est pas rentré, monsieur, depuis que vous êtes sortis ensemble ce matin.

— Quoi ! s'écria Robert. Mais, au nom du ciel, que peut avoir fait cet homme ? »

Il marcha vers la croisée et regarda dehors sur la grande route blanche. Il y avait une charrette chargée de bottes de foin qui avançait péniblement ; les chevaux paresseux et le conducteur, aussi paresseux qu'eux, baissaient la tête avec un air fatigué sous le soleil du soir. Il y avait un troupeau de moutons éparpillé sur la route, ayant un chien qui se donnait la fièvre à courir après eux pour les maintenir convenablement. Il y avait des maçons revenant du travail, — un chaudronnier raccommodant quelques ustensiles sur le bord de la route ; il y avait un chariot transportant le maître piqueur d'Audley à son dîner de sept heures ; il y avait une douzaine de tableaux et de bruits villageois ordinaires qui se mêlaient dans un tumulte confus et plein de gaieté ; mais il n'y avait pas de George Talboys.

« De toutes les choses extraordinaires qui me soient jamais arrivées dans le cours de ma vie, dit M. Robert Audley, celle-ci est la plus merveilleuse. »

L'hôtelier, dans une silencieuse attente, ouvrit les yeux lorsque Robert fit cette remarque. Que pouvait-il y avoir de si extraordinaire dans le simple fait d'un gentleman en retard pour son dîner ?

« Je pars le chercher, » dit Robert, prenant vivement son chapeau et sortant de la maison.

Mais la question était de savoir où le chercher. Il n'était certainement pas près du ruisseau aux truites, aussi était-il inutile d'aller le chercher en cet endroit. Robert était immobile devant l'auberge, délibérant sur ce qu'il y avait de mieux à faire, lorsque l'hôtelier vint le trouver dehors.

« J'ai oublié de vous dire, monsieur Audley, que votre oncle est venu vous demander ici cinq minutes après votre départ, et a laissé la commission de vous prier, vous et l'autre gentleman, d'aller dîner au château.

— Alors je ne suis plus étonné, dit Robert, que George Talboys soit descendu au château pour demander mon oncle. Cela ne ressemble pas à sa manière de faire, mais il est possible qu'il ait agi ainsi. »

Il était six heures lorsque Robert frappa à la porte de la maison de son oncle. Il ne demanda à voir personne de la famille, mais s'informa d'abord de son ami.

« Oui, dit le domestique, M. Talboys était ici àdeux heures où à peu près.

— Et pas depuis ?

— Non, pas depuis....

— Est-ce bien sûr que ce soit à deux heures que M. Talboys est venu ? demanda Robert.

— Oui, parfaitement sûr. »

Il se souvenait de l'heure, parce que c'était le moment du dîner des domestiques et qu'il avait quitté la table pour ouvrir la porte à M. Talboys.

« Réellement, que peut être devenu cet homme ? pensa Robert en tournant le dos au château. De deux à six.... quatre bonnes heures.... et pas signe de lui ! »

Si quelqu'un s'était hasardé à dire à M. Robert Audley qu'il lui serait possible d'éprouver un fort attachement pour une créature animée, ce cynique gentleman aurait relevé ses sourcils, en suprême dédain pour cette absurde remarque. Et il était là, ahuri et inquiet, torturant son cerveau par toutes sortes de conjectures sur l'absence de son ami, et contrairement à toutes les facultés de sa nature, marchant vite.

« Je n'ai pas marché aussi vite depuis que je suis à Eton, murmura-t-il comme il traversait précipitamment une des prairies de sir Michaël, dans la direction du village, et le pire de tout, c'est que je n'ai pas la moindre idée de l'endroit où je vais. »

Il traversa une autre prairie, et, s'asseyant alors sur une barrière, il resta les coudes sur ses genoux, la figure enfouie dans ses mains, et se disposa sérieusement à réfléchir sur l'événement.

« C'est cela ! dit-il après quelques minutes de réflexion, la station du chemin de fer. »

Il enjamba la barrière et se lança dans la direction de la petite construction en briques rouges.

On n'attendait pas de train avant une demi-heure, et l'employé était à prendre son thé dans une pièce à côté du bureau, sur la porte de laquelle était écrit en grandes lettres blanches : *Particulière*.

Mais M. Audley était trop occupé de l'unique idée

de chercher son ami pour faire aucune attention à cet avis. Il marcha droit à la porte, et, la heurtant avec sa canne, il attira l'employé hors de son sanctuaire, la bouche encore pleine du pain et du beurre dont il accompagnait son thé.

« Vous rappelez-vous le monsieur qui est descendu à Audley avec moi, Smithers? demanda Robert.

— Ma foi, à dire bien vrai, monsieur Audley, je ne puis pas l'affirmer. Vous êtes arrivés vers les quatre heures, si vous vous en souvenez, et il y a toujours beaucoup de monde à ce train.

— Vous ne vous rappelez pas de lui, alors?

— Non, pas à ma connaissance, monsieur.

— C'est contrariant. J'aurais besoin de savoir, Smithers, s'il a pris un billet pour Londres après deux heures aujourd'hui. C'est un grand individu, à la poitrine large, ayant une épaisse barbe brune. Vous ne pourriez pas vous tromper sur lui.

— Il y avait quatre ou cinq messieurs qui ont pris leurs billets pour le départ de trois heures trente minutes, dit l'employé d'une manière presque vague, lançant par-dessus son épaule un regard inquiet à sa femme, qui ne paraissait nullement enchantée de cette interruption pour l'économie du service du thé.

— Quatre ou cinq messieurs!... Mais l'un d'eux répondait-il à la description de mon ami?

— Vraiment, je crois que l'un d'eux avait une barbe, monsieur.

— Une barbe brun foncé ?

— Vraiment, je ne sais rien, si ce n'est qu'elle tirait sur le brun.

— Était-il habillé en gris ?

— Je crois qu'il était en gris ; beaucoup de gens portaient du gris. Il a demandé son billet d'un ton dur et bref, et lorsqu'il l'a eu pris, il est sorti et a gagné directement la plate-forme en sifflant.

— C'est George ! dit Robert. Je vous remercie, Smithers, je ne veux pas vous déranger plus long-temps. C'est aussi clair que le jour, murmura-t-il en quittant la station. Il est tombé dans un de ses sombres accès, et est retourné à Londres sans dire un mot. Je quitterai moi-même Audley demain matin ; et pour ce soir.... mais je puis aussi bien descendre au château et faire connaissance avec la femme de mon oncle. Ils ne dînent pas avant sept heures ; si je retourne à travers champs, j'arriverai à temps. Bob.... autrement Robert Audley, cette sorte de chose ne doit jamais se faire ; vous allez tomber amoureux de votre tante par-dessus la tête et les oreilles. »

CHAPITRE XI

La marque sur le poignet de milady.

Robert trouva sir Michaël et lady Audley dans le salon. Milady était assise sur un tabouret devant le grand piano, retournant les feuilles de quelque nouveau morceau de musique. Elle pirouetta sur ce siége roulant, en produisant un froufrou avec les falbalas de sa robe de soie, lorsqu'on annonça le nom de M. Robert Audley ; quittant alors le piano, elle fit à son neveu une révérence comiquement cérémonieuse.

« Je vous remercie beaucoup pour les fourrures que vous m'avez apportées, dit-elle en offrant ses petits doigts, tout brillants et étincelants des diamants qu'ils portaient, je vous remercie pour ces magnifiques zibelines. Qu'il est bien à vous d'y avoir pensé ! »

Robert avait presque oublié la commission qu'il avait faite pour lady Audley pendant son excursion en Russie. Son esprit était si plein de George Talboys qu'il se contenta de recevoir les remercîments de milady avec une inclinaison de tête.

« Pourriez-vous croire, sir Michaël, dit-il, que mon absurde camarade est reparti pour Londres en me plantant là ?

8

— M. George Talboys est retourné à Londres! s'é-
cria milady en relevant ses sourcils.

— Quelle effroyable catastrophe! dit malicieusement
Alicia. Depuis ce moment, Pythias, dans la personne
de M. Robert Audley, ne peut exister une demi-heure
sans Damon, généralement connu sous le nom de
George Talboys.

— C'est un excellent camarade, dit Robert avec
énergie, et, pour dire la simple vérité, je suis presque
inquiet sur son compte. »

Inquiet sur son compte! Milady était presque sou-
cieuse de savoir pourquoi Robert était inquiet sur le
compte de son ami.

« Je vais vous dire pourquoi, lady Audley, répondit
le jeune avocat. George a ressenti un coup très-dou-
loureux, il y a un an, à la mort de sa femme. Il n'a
jamais surmonté ce chagrin. Il prend la vie très-tran-
quillement, presque aussi tranquillement que je le
fais ; mais il parle souvent d'une façon vraiment
étrange, et quelquefois je pense qu'un de ces jours
cette affliction sera plus forte que lui, et qu'il fera
quelque chose d'écervelé. »

M. Robert Audley parlait vaguement; mais ses trois
auditeurs comprenaient que ce quelque chose d'écervelé auquel il faisait allusion était un de ces actes sur
lesquels il n'y a pas à revenir.

Il y eut un court moment de silence, pendant lequel
lady Audley arrangea ses blondes boucles avec le secours de la glace sur la console en face d'elle.

« En vérité, dit-elle, ceci est vraiment extraordinaire. Je ne croyais pas que les hommes fussent capables de ces profondes et durables affections ; je croyais
qu'une jolie figure avait autant de prix pour eux qu'une
autre jolie figure, et que, lorsque le numéro un avec
des yeux bleus et une belle chevelure mourait, ils
avaient seulement à chercher le numéro deux, avec

des yeux bruns et une chevelure noire, par manière
de variété.

— George Talboys n'est pas un de ces hommes. Je
crois que la mort de sa femme lui a brisé le cœur.

— Quel malheur! murmura lady Audley. Il semble
presque cruel à mistress Talboys d'être morte et de
tant affliger son pauvre mari.

— Alicia avait raison : elle est puérile, » pensa Robert en examinant la jolie figure de sa tante.

Milady fut vraiment charmante à dîner ; elle déclara
de la façon la plus séduisante son incapacité pour découper un faisan placé devant elle, et appela Robert à
son secours.

« Je pouvais découper un gigot chez sir Dawson,
dit-elle en riant, mais un gigot, c'est si facile, et encore j'avais coutume de refuser. »

Sir Michaël observait l'impression que faisait milady
sur son neveu, avec une orgueilleuse satisfaction de
sa beauté et de sa puissance de fascination.

« Je suis si enchanté de voir ma pauvre petite femme
encore une fois de sa bonne humeur habituelle, dit-
il. Elle a été vraiment abattue, hier, par le désappointement qu'elle a éprouvé à Londres.

— Un désappointement !

— Oui, monsieur Audley, et un très-cruel, répondit
milady. Je reçus, l'autre matin, une dépêche télégraphique de ma chère vieille amie et maîtresse de pension, m'annonçant qu'elle allait mourir, et que si je
voulais la voir encore, je devais me hâter de me rendre
immédiatement auprès d'elle. La dépêche télégraphique ne contenait aucune adresse, et naturellement,
cette circonstance même me fit penser que je la trouverais dans la maison où je l'avais laissée il y a trois
ans. Sir Michaël et moi, nous nous rendons immédiatement à Londres et courons droit à l'ancienne adresse.
La maison était occupée par des personnes étrangères

qui ne purent nous donner aucune nouvelle de mon
amie. C'est dans un endroit retiré, et il y a très-peu de
marchands aux environs. Sir Michaël prit des informations dans les quelques boutiques voisines ; mais,
après s'être donné beaucoup de peine, il ne put rien
découvrir qui nous mît sur la voie des renseignements
dont nous avions besoin. Je n'ai pas d'amis à Londres
et n'avais, par conséquent, pour m'assister, personne
autre que mon cher et généreux époux, qui fit tout ce
qui était en son pouvoir, mais en vain, pour trouver la
nouvelle résidence de mon amie.

— Il était vraiment ridicule de ne pas envoyer
l'adresse dans la dépêche télégraphique, dit Robert.

—Lorsqu'on est mourant, il n'est pas si aisé de penser à toutes ces choses, » murmura lady Audley en
regardant d'un air de reproche M. Audley avec ses
deux yeux bleus.

En dépit de la fascination de lady Audley et en dépit
de l'admiration absolument inqualifiable de Robert
pour elle, l'avocat ne pouvait triompher d'un vague sentiment d'inquiétude par cette paisible soirée de septembre.

Tandis qu'il était assis dans la profonde embrasure
d'une croisée à meneaux, causant avec milady, son
esprit errait au loin sous les ombrages de Fig-Tree
Court, et il pensait au pauvre George Talboys fumant
solitairement son cigare dans sa chambre avec les
chiens et les canaris.

« Je voudrais n'avoir jamais eu aucune amitié pour
ce garçon, pensait-il. Je me sens comme un homme
qui aurait un fils unique dont la vie serait menacée.
Je voudrais que le ciel me permît de lui rendre sa
femme, et de l'expédier, lui, à Ventnor, pour y finir
ses jours en paix. »

Le joli gazouillement musical continuait toujours
aussi gai et aussi incessant que le murmure d'un ruis-

seau, et toujours les pensées de Robert revenaient,
malgré lui, à George Talboys.

Il se le représentait courant à Southampton par le
train-poste pour voir son fils; il se le représentait
comme il l'avait vu souvent, lisant dans le *Times* les
annonces des départs de vaisseaux, et cherchant un
bâtiment pour le ramener en Australie. Une fois, il le
vit en frissonnant étendu, froid et raide, au fond d'un
ruisseau peu profond, avec son visage de mort tourné
vers le ciel ténébreux.

Lady Audley remarqua sa distraction et lui demanda
à quoi il pensait.

« A George Talboys ! » répondit-il brusquement.

Elle eut un petit frisson nerveux.

« Sur ma parole, dit-elle, vous me rendez presque
mal à mon aise par la façon avec laquelle vous parlez
de M. Talboys. On pourrait croire que quelque chose
d'extraordinaire lui est arrivé.

— Dieu nous en préserve! mais je ne puis m'empêcher d'être inquiet sur son compte. »

Plus tard, dans la soirée, sir Michaël demanda un
peu de musique, et milady alla au piano. Robert Audley
s'empressa de la suivre pour tourner les feuilles de son
cahier de musique, mais elle jouait de mémoire et elle
lui épargna la peine que lui aurait imposée sa galan-
terie.

Il transporta une paire de bougies allumées au
piano et les disposa convenablement pour la jolie mu-
sicienne. Elle frappa quelques accords, puis se lança
dans une rêveuse sonate de Beethoven. C'était une
des nombreuses contradictions de son caractère, que
cet amour de sombres et mélancoliques mélodies, si
opposées à sa nature frivole et enjouée.

Robert Audley soupirait à côté d'elle, et comme il
était inoccupé, ne retournant pas les feuilles de la
musique, il s'amusa à considérer ces blanches mains

chargées de bijoux, courant légèrement sur les touches, avec des manches de dentelles tombant sur ses
poignets gracieusement arrondis. Il examina ses jolis
doigts l'un après l'autre; celui-ci avec un cœur brillant de rubis, celui-là enroulé d'un serpent d'éme-
raude, et sur tous, une constellation scintillante de
diamants. De ses doigts, ses yeux allèrent à ses poignets : un bracelet d'or uni glissa de son poignet droit
sur sa main, comme elle exécutait un passage rapide.
Elle s'arrêta brusquement pour l'arranger; mais avant
qu'elle eût pu le faire, Robert Audley remarqua une
meurtrissure sur sa peau délicate.

« Vous avez été blessée au bras, lady Audley? »
s'écria-t-il.

Elle se hâta de replacer le bracelet.

« Cela n'est rien, dit-elle. Je suis malheureuse d'avoir
une peau que meurtrit le plus léger contact. »

Elle continua de jouer; mais sir Michaël traversa le
salon pour examiner la meurtrissure sur le poignet de
sa jolie femme.

« Qu'est-ce que cela, Lucy? demanda-t-il, et comment est-ce arrivé?

— Que vous êtes tous ridicules de vous tracasser
pour une chose aussi futile! dit lady Audley en riant.
J'ai quelquefois des absences, et je m'amusais, il y a
quelques jours, à m'attacher un morceau de ruban
autour du bras, si serré, qu'il a laissé une meurtrissure lorsque je l'ai retiré.

— Hum! pensa Robert, milady raconte de candides
petits mensonges d'enfant; la meurtrissure est d'une
date plus récente que quelques jours, la peau commence seulement à changer de couleur. »

Sir Michaël prit l'élégant poignet dans sa forte
main.

« Tenez les bougies, Robert, et laissez-moi examiner ce pauvre petit bras. »

Ce n'était pas une meurtrissure, mais quatre marques rouges et distinctes, semblables à celles qu'auraient pu y laisser quatre doigts d'une puissante main qui aurait saisi le poignet délicat tant soit peu trop rudement. Un ruban étroit, lié fortement, pouvait avoir produit quelques marques pareilles, il est vrai, et milady protesta une fois de plus qu'autant qu'elle pouvait s'en souvenir, ce devait être ainsi que la chose s'était faite.

En travers des faibles marques rouges il y avait une teinte plus foncée, comme si un anneau porté par l'un de ces doigts vigoureux et cruels s'était incrusté dans cette tendre chair.

« Je suis sûr que milady nous raconte là de jolis mensonges, pensa Robert, car je ne puis croire à l'histoire du ruban. »

Il souhaita le bonsoir et une bonne nuit à ses parents vers dix heures et demie, et dit qu'il courrait à Londres par le premier train pour chercher George dans Fig-Tree Court.

« Si je ne le trouve pas là, j'irai à Southampton, dit-il, et si je ne le trouve pas à Southampton....

— Eh bien, alors ? demanda milady.

— Je croirai que quelque chose d'extraordinaire lui est arrivé. »

Robert Audley se sentit découragé en se rendant lentement à son logis à travers des prairies couvertes de ténèbres; plus découragé encore lorsqu'il rentra dans le salon de l'auberge du *Soleil*, où lui et George avaient flâné ensemble, regardant par la croisée et fumant leurs cigares.

« Penser, dit-il en méditant, qu'il est possible de s'attacher autant à un camarade ! Mais, arrive que pourra, ma première chose, demain matin, sera de courir après lui à Londres, et, plutôt que de manquer de le trouver, j'irais jusqu'aux confins du monde. »

Avec la nature lymphatique de M. Robert Audley,
une résolution était beaucoup plus l'exception que la
règle; de sorte que, pour une fois dans sa vie se dé-
terminant à une mesure active, il avait une certaine
obstination opiniâtre et dure comme le fer qui le
poussait à l'accomplissement de son projet.

Le penchant paresseux de son esprit, qui le garan-
tissait de penser à une demi-douzaine de choses à la
fois et le disposait à réfléchir à une seule, suivant la
règle des gens les plus énergiques, le rendait remar-
quablement lucide sur chaque point auquel il avait
prêté une sérieuse attention.

En vérité, quoique les graves hommes de loi se
moquassent de lui, et que les avocats en herbe soule-
vassent leurs épaules sous leurs robes de soie bruis-
sante lorsqu'on parlait de Robert Audley, je doute fort
que, s'il eût voulu prendre la peine de conduire un
procès, il eût bien plutôt surpris les magnats qui n'ap-
préciaient pas sa capacité.

CHAPITRE XII

Encore introuvable.

Le soleil de septembre étincelait sur la fontaine des jardins du Temple, lorsque Robert Audley revint à Fig-Tree Court de bonne heure le matin du jour suivant.

Il trouva les canaris chantant dans la jolie petite chambre où George avait dormi; mais l'appartement était dans le même état que la femme de ménage l'avait laissé après le départ des deux jeunes gens. Pas une chaise de déplacée, pas même le couvercle d'une boîte à cigares soulevé, pour témoigner de la présence de George Talboys. Avec un dernier et vague espoir, il chercha sur les chambranles et les tables de ses chambres, espérant avoir la chance de trouver quelque lettre laissée par George.

« Il peut avoir couché ici la nuit dernière et être parti pour Southampton de bonne heure ce matin, pensait-il; mistress Maloney est venue ici très-probablement pour faire quelque arrangement après son départ. »

Mais comme il était assis, regardant nonchalamment autour de sa chambre, sifflant de temps en temps ses canaris aimés, un bruit traînant de savates sur l'escalier en dehors annonça l'arrivée de cette même mistress Maloney qui servait les deux jeunes gens.

Non, M. Talboys n'était pas venu à la maison ; elle était entrée de bonne heure, à six heures, le matin, et avait trouvé les chambres vides.

« Serait-il arrivé quelque chose à ce pauvre cher monsieur? » demanda-t-elle, voyant la figure pâle de Robert Audley.

Il se tourna de son côté avec un air féroce, à cette question.

Arrivé à lui ! Que lui serait-il arrivé? Ils étaient partis à deux heures seulement le jour précédent.

Mistress Maloney lui aurait bien raconté l'histoire de la pauvre chère femme d'un conducteur de machines, qui avait logé une fois avec elle et était sortie, après avoir dîné de bon cœur, dans les meilleures dispositions, pour trouver la mort dans la rencontre d'un train express avec un train de bagages; mais Robert reprit son chapeau et sortit de la maison avant que la brave femme écossaise eût pu entamer sa lamentable histoire.

La nuit commençait lorsqu'il atteignit Southampton. Il connaissait le chemin pour se rendre aux pauvres petites maisons en terrasse, dans une ruelle sombre qui conduisait au bord de l'eau, et dans laquelle habitait le beau-père de George. Le petit Georgey jouait à la croisée ouverte du parloir lorsque le jeune homme descendit la rue.

Cette circonstance, peut-être, et le triste et silencieux aspect de la maison remplirent l'esprit de Robert Audley d'une vague conviction que l'individu qu'il venait chercher n'y était pas. Le vieillard ouvrit lui-même la porte, et l'enfant sortit du parloir pour regarder l'étranger.

C'était un bel enfant, avec les yeux bruns de son père et une chevelure noire bouclée, et toutefois avec

une expression dissimulée qui n'était pas celle de son
père, et qui envahissait toute sa figure, de manière
que, chacun des traits de l'enfant étant conforme à
ceux de George, le jeune garçon ne lui ressemblait
pas actuellement.

Le vieillard était enchanté de voir Robert Audley; il
se souvenait d'avoir eu le plaisir de le rencontrer à
Ventnor, dans la triste circonstance de.... Il essuya
ses vieux yeux larmoyants en forme de conclusion
pour sa phrase. M. Audley voulait-il entrer? Robert
avança dans le petit parloir. L'ameublement était en
mauvais état et sale, et l'endroit était imprégné d'une
odeur de vieux tabac et de grog. Les jouets brisés de
l'enfant, les débris des pipes en terre du vieillard et
des journaux déchirés et tachés d'un mélange d'eau
et d'eau-de-vie, étaient épars sur le tapis malpropre. Le
petit Georgey se glissa vers le visiteur en jetant sur lui
des regards furtifs de ses grands yeux bruns. Robert
prit l'enfant sur ses genoux et lui donna sa chaîne de
montre pour jouer pendant qu'il causait avec le vieillard.

« Il est presque inutile de vous demander ce que je
venais savoir de vous, dit-il; j'avais l'espoir de trouver
votre gendre ici.

— Quoi! vous saviez qu'il était venu à Southampton?

— Il y est venu! s'écria Robert, éclaircissant son
front; il est ici alors?

— Non, il n'est pas ici maintenant, mais il y a été.

— Quand?

— La nuit dernière, il est arrivé par le train-poste.

— Et il est reparti immédiatement?

— Il est resté un peu plus d'une heure.

— Bonté du ciel! dit Robert, quelle inquiétude inutile m'a donnée ce garçon! Que peut signifier tout ceci?

— Vous ne saviez rien de ses intentions alors?

— De quelles intentions ?

— Je veux parler de sa détermination d'aller en Australie.

— Je savais qu'il avait toujours eu cela en tête plus ou moins, mais pas plus aujourd'hui précisément que d'habitude.

— Il s'embarque ce soir à Liverpool. Il est venu ici ce matin, à une heure, pour voir son enfant, m'a-t-il dit, avant de quitter l'Angleterre et peut-être n'y revenir jamais. Il m'a dit qu'il était ennuyé du monde, et que la vie rude de là-bas était la seule chose qui pût lui convenir. Il est resté une heure, a embrassé l'enfant sans le réveiller, et a quitté Southampton par le train-poste de deux heures un quart.

— Que peut signifier tout ceci ? dit Robert. Quel motif a pu lui faire quitter l'Angleterre de cette manière, sans un mot pour moi, son plus intime ami, — sans même changer de vêtements; car il a laissé tous ses effets dans mon appartement ? C'est une conduite vraiment extraordinaire ! »

Le vieillard paraissait très-sérieux.

« Savez-vous, monsieur Audley, dit-il en frappant son front d'une manière significative, que je m'imagine quelquefois que la mort d'Hélen a produit un étrange effet sur le pauvre George ?

— Bah ! s'écria Robert avec mépris; il a ressenti le coup très-cruellement, mais son cerveau est aussi sain que le vôtre ou le mien.

— Peut-être vous écrira-t-il de Liverpool, » dit le beau-père de George.

Il paraissait anxieux d'apaiser l'indignation que Robert pouvait éprouver de la conduite de son ami.

« Il le doit, dit Robert gravement, car nous avons été bons amis depuis le temps où nous étions ensemble à Eton. Ce n'est pas bien de la part de George de me traiter ainsi. »

Mais au moment où il articulait ce reproche, une étrange pointe de remords transperça son cœur.

« Cela ne ressemble pas à sa façon d'agir, dit-il ; ce n'est pas la façon d'agir de George Talboys. »

Le petit Georgey saisit les derniers mots.

« C'est mon nom, dit-il, et le nom de mon papa.... le nom du gros monsieur.

— Oui, petit Georgey, et votre papa est venu la nuit dernière, et vous a embrassé pendant votre sommeil. Vous en souvenez-vous ?

— Non, dit l'enfant en secouant sa petite tête bouclée.

— Vous deviez être bien profondément endormi, petit Georgey, pour ne pas avoir aperçu votre pauvre papa. »

L'enfant ne répondit pas, mais fixant ses yeux sur le visage de Robert, il dit brusquement :

« Où est la jolie dame ?

— Quelle jolie dame ?

— La jolie dame qui avait coutume de venir autrefois, il y a longtemps.

— Il veut parler de sa pauvre maman, dit le vieillard.

— Non ! s'écria résolûment l'enfant, non pas maman ; maman était toujours à crier ; je n'aimais pas maman.

— Oh ! petit Georgey !

— Non, je ne l'aimais pas et elle ne m'aimait pas. Elle était toujours à crier. Je veux parler de la jolie dame, la dame qui est si bien habillée et qui m'a donné ma montre en or.

— Il veut parler de la femme de mon vieux capitaine, une excellente créature qui a pris Georgey en grande affection et lui a donné quelques magnifiques présents.

— Où est ma montre en or ? Laissez-moi montrer au monsieur ma montre en or, s'écria Georgey.

— Elle est à nettoyer, Georgey, répondit son grand-père.

— Elle est toujours donnée à nettoyer, dit l'enfant.

— La montre est parfaitement en sûreté, je vous l'affirme, monsieur Audley. »

Et, prenant une reconnaissance du mont-de-piété, il la présenta à Robert.

Elle était faite au nom du capitaine Mortimer : « Une montre montée sur diamants, onze livres. »

« Je suis souvent gêné pour quelques shillings, monsieur Audley, dit le vieillard, mon gendre a été vraiment généreux à mon égard ; mais il y en a d'autres, il y en a d'autres, monsieur Audley, et.... et.... et je n'ai pas été aussi bien traité. »

Il essuya quelques pleurs véritables en disant ces mots d'une voix lamentable et criarde.

« Allons, Georgey, il est temps que le brave petit homme aille au lit ; venez-vous-en avec grand-papa. Excusez-moi pour un quart d'heure , monsieur Audley. »

L'enfant suivit sans se faire prier. A la porte de la chambre, le vieillard se retourna vers son visiteur, et dit de la même voix hargneuse :

« C'est une pauvre demeure pour passer la fin de mes jours, monsieur Audley. J'ai fait de nombreux sacrifices, et j'en fais encore ; mais je n'ai pas été bien traité. »

Laissé seul dans le sombre petit salon, Robert Audley croisa ses bras et resta préoccupé , les yeux fixés sur le parquet.

George était parti, alors ; il pouvait recevoir quelque lettre d'explication peut-être, à son retour à Londres; mais les chances qu'il ne pourrait plus jamais revoir son vieil ami.

« Et penser que je m'étais attaché à ce camarade, dit-il, soulevant ses sourcils jusqu'au milieu du front.

« La chambre empeste le vieux tabac comme une tabagie, murmura-il bientôt, il ne peut pas y avoir de mal que je fume un cigare ici. »

Il en prit un dans le porte-cigares qui était dans sa poche; il y avait une étincelle de feu dans la petite grille du foyer, et il chercha autour de lui quelque chose pour allumer son cigare.

Un morceau de papier tortillé et à demi brûlé traînait sur le tapis du foyer; il le ramassa et le déplia, afin de le mieux disposer pour allumer son cigare, en le pliant dans l'autre sens du papier. Ce faisant, et en regardant d'un œil distrait les caractères tracés au crayon sur le petit morceau de papier, une partie de nom attira ses yeux : c'était celle d'un nom qui remplissait sa pensée. Il approcha le bout de papier de la croisée, et l'examina à la lumière du jour à son déclin.

C'était un fragment de dépêche télégraphique. La portion supérieure avait été brûlée, mais la plus importante, la plus grande partie du message lui-même restait :

« .... Alboys est venu à.... la nuit dernière, et est parti par le train-poste pour Londres, se rendant à Liwerpool, d'où il doit mettre à la voile pour Sydney. »

La date, le nom et l'adresse de l'expédition du message avaient été brûlés avec le commencement. La figure de Robert Audley se couvrit d'une pâleur de mort. Il plia soigneusement le morceau de papier et le plaça entre les feuilles de son carnet de poche.

« Mon Dieu ! dit-il, que signifie tout ceci ? J'irai à Liverpool ce soir, pour y prendre des renseignements. »

CHAPITRE XIII

Sombres rêves.

Robert Audley quitta Southampton par le train-poste, et entra dans son appartement juste comme l'aube se glissait froide et grise dans les chambres solitaires, et que les canaris commençaient à secouer faiblement leurs plumes avec le jour naissant.

Il y avait plusieurs lettres dans la boîte derrière la porte, mais il n'y en avait aucune de George Talboys.

Le jeune avocat était harassé par une longue journée passée à courir d'un endroit à un autre. La paresseuse monotonie habituelle de sa vie avait été rompue comme elle ne l'avait jamais été pendant vingt et une années tranquilles et qui s'étaient passées sans embarras. Son esprit commençait à devenir confus par rapport au temps. Il lui semblait que des mois s'étaient écoulés depuis qu'il avait perdu de vue George Talboys. Il était si difficile de croire qu'il y avait moins de vingt-quatre heures que le jeune homme l'avait laissé endormi sous les saules, sur le bord du ruisseau aux truites !

Ses yeux étaient horriblement fatigués faute de sommeil. Il chercha dans les chambres pendant quelque temps, furetant dans toutes sortes d'endroits impossibles pour trouver une lettre de George Talboys, et puis se jeta sur le lit de son ami, dans la chambre aux canaris et aux géraniums.

« J'attendrai la poste de demain matin, dit-il, et si elle ne m'apporte pas de lettre de George, je partirai pour Liverpool, sans un moment de retard. »

Il était complétement épuisé et tomba dans un lourd sommeil, — un sommeil profond sans être réparateur, car il fut tourmenté tout le temps de rêves désagréables, — rêves qui étaient pénibles, non parce qu'ils avaient quelque chose d'horrible en eux-mêmes, mais à cause du sens vague et accablant de leur confusion et de leur absurdité.

Dans un moment, il poursuivait des gens étranges et pénétrait dans d'étranges maisons, faisant des efforts pour démêler le mystère de la dépêche télégraphique; dans un autre, il se trouvait dans le cimetière de Ventnor, examinant là pierre tumulaire que George avait commandée pour le tombeau de sa femme. Une fois, dans les longues divagations de ces rêves mystérieux, il approcha de la tombe, et trouva cette pierre tumulaire absente; il en faisait des remontrances au maçon, et l'homme lui disait qu'il avait eu un motif pour enlever l'inscription, un motif que Robert connaîtrait quelque jour.

Il se réveilla en sursaut de ces rêves, et découvrit que quelqu'un frappait à la porte la plus extérieure de l'appartement.

C'était une matinée triste et humide, la pluie battait contre les fenêtres, et les canaris gazouillaient tristement entre eux, se plaignant peut-être du mauvais temps. Robert n'aurait pu dire pendant combien de temps la personne avait frappé. Il avait entendu le bruit en rêvant, et lorsqu'il s'éveilla il avait seulement à moitié conscience des choses extérieures.

« C'est cette stupide mistress Maloney, je le parierais, murmura-t-il ; elle peut frapper de nouveau, car
je m'en soucie fort peu. Pourquoi ne se sert-elle pas
de sa double clef, au lieu d'arracher un homme de son
lit lorsqu'il est demi-mort de fatigue. »

La personne, quelle qu'elle fût, frappa de nouveau
et puis cessa, apparemment dégoûtée; mais environ
une minute après, une clef tourna dans la serrure.

« Elle avait donc sa clef sur elle tout le temps, dit
Robert. Je suis vraiment enchanté de ne m'être pas
levé. »

La porte entre le salon et la chambre à coucher
était à demi ouverte, et il pouvait y voir remuer la
femme de ménage, époussetant les meubles et remet-
tant en ordre des objets qui n'avaient pas été déran-
gés.

« Est-ce vous, mistress Maloney ? demanda-t-il.

— Oui, monsieur.

— Alors pourquoi, bonté de Dieu, faisiez-vous ce tapage à la porte lorsque vous aviez votre clef sur vous ?

— Du tapage à la porte, monsieur !

— Oui, un infernal tapage.

— Pour sûr, je n'ai jamais frappé, monsieur Audley,
je suis entrée directement avec la clef....

— Qui a frappé alors ? Il y a eu quelqu'un qui a fait
du bruit à cette porte pendant un quart d'heure au
moins; vous devez l'avoir rencontré descendant l'escalier.

— Mais je suis presque en retard ce matin, monsieur, car j'ai été d'abord dans la chambre de M. Mar-
in, et suis venue directement de l'étage au-dessus.

— Alors vous n'avez pas vu quelqu'un à la porte ou
dans l'escalier ?

— Pas âme qui vive, monsieur.

— Fut-il jamais quelque chose d'aussi contrariant ?
dit Robert. Penser que j'aurai laissé cette personne

s'en retourner sans m'inquiéter de savoir qui elle était ou ce qu'elle voulait. Comment faire pour savoir si ce n'était pas quelqu'un porteur d'un message ou d'une lettre de George Talboys.

— Si cela est, monsieur, assurément on reviendra, dit mistress Maloney, cherchant à le consoler.

— Oui, sans doute, si c'est quelque chose d'important, on reviendra, » murmura Robert.

Le fait est que, du moment où il avait trouvé la dépêche télégraphique à Southampton, tout espoir d'entendre parler de George avait disparu de son esprit. Il sentait qu'il y avait quelque mystère qui enveloppait la disparition de son ami, — quelque trahison envers lui-même ou envers George. Pourquoi le vieux beau-père rapace du jeune homme n'aurait-il pas essayé de les séparer en raison du dépôt d'argent placé entre les mains de Robert Audley ? ou pourquoi, puisque même en ces temps de civilisation toutes sortes d'horreurs qu'on ne soupçonnait pas sont constamment commises, — pourquoi le vieillard n'aurait-il pas fait tomber George dans un piége à Southampton, et n'en aurait-il pas fini avec lui, afin d'entrer en possession de ces vingt mille livres laissées en dépôt à Robert pour l'usage du petit Georgey ?

Mais aucune de ces suppositions n'expliquait la dépêche télégraphique, et c'était la dépêche télégraphique qui avait rempli l'esprit de Robert d'un vague sentiment d'alarme. Le facteur n'apporta pas de lettre de George Talboys, et la personne qui avait frappé à la porte de la chambre n'était pas revenue entre sept et neuf heures, aussi Robert Audley quitta-t-il Fig-Tree Court encore une fois à la recherche de son ami. Pour lors, il dit à un cocher de *cab* de le conduire à la station d'Euston, et au bout de vingt minutes il était sur la plate-forme du chemin de fer, prenant des informations sur les trains.

L'express pour Liverpool était parti une demi-heure avant qu'il atteignît la station, et il avait à attendre une heure un quart qu'un train ordinaire l'emportât à sa destination.

Robert Audley s'irrita cruellement contre ce retard. Une demi-douzaine de bâtiments pouvaient mettre en mer pour l'Australie pendant qu'il errait çà et là sur la longue plate-forme, heurtant les camions et les facteurs et pestant contre sa mauvaise chance.

Il acheta le *Times*, et regarda instinctivement à la seconde colonne, avec un intérêt maladif, les avertissements sur les gens disparus, fils, frères — et maris, qui avaient abandonné leurs demeures pour n'y retourner jamais, ou dont on ne devait plus entendre parler.

Il y avait l'annonce d'un jeune homme qui avait été trouvé noyé quelque part sur le rivage de Lambeth.

Pourquoi George n'aurait-il pas eu le même sort ? Non ; la dépêche télégraphique impliquait son beau-père dans le fait de sa disparition, et toute conjecture sur lui devait partir de ce point unique.

Il était huit heures du soir lorsque Robert arriva à Liverpool, trop tard pour faire autre chose que de s'enquérir des bâtiments qui avaient mis à la voile pour les antipodes durant les deux derniers jours.

Un vaisseau d'émigrants était parti à quatre heures cette après-midi, — *le Victoria Regia,* — chargé pour Melbourne.

Le résultat de son enquête se réduisit à ceci. S'il avait besoin de savoir qui s'était embarqué sur *le Victoria Regia,* il devait attendre jusqu'au lendemain matin et prendre des informations sur ce vaisseau.

Robert Audley était au bureau le lendemain matin, à neuf heures, et fut la première personne qui y entra après les employés.

Il rencontra toute espèce de politesse dans l'employé, à qui il s'adressa. Le jeune homme consulta ses livres, et, suivant de haut en bas avec sa plume la liste des passagers qui étaient montés sur *le Victoria Regia*, dit à Robert qu'il n'y en avait pas un seul parmi eux du nom de George Talboys. Il poussa plus loin ses demandes d'information. Se trouvait-il un passager qui eût fait inscrire ses noms quelques instants avant le départ du bâtiment ?

L'un des autres employés leva la tête de dessus son pupitre à la question faite par Robert.

« Oui, » dit-il.

Il se rappelait un jeune homme qui était entré dans le bureau à trois heures et demie de l'après-midi et qui avait payé sa traversée. Son nom était le dernier sur la liste : Thomas Brown.

Robert Audley haussa les épaules. Il ne pouvait pas y avoir de raison plausible pour que George prît un nom supposé. Il demanda à l'employé qui avait parlé le dernier s'il pouvait se souvenir de la tournure de ce M. Thomas Brown.

« Non, le bureau était encombré en ce moment ; le monde entrait et sortait, et je n'ai fait aucune attention particulière à ce dernier passager. »

Robert les remercia pour leur obligeance, et leur souhaita le bonjour. Comme il allait quitter le bureau, un des jeunes gens le rappela.

« Ah ! à propos, monsieur, dit-il, je me rappelle une circonstance sur ce M. Thomas Brown. Son bras était en écharpe. »

M. Robert Audley n'avait plus rien à faire que de retourner à Londres. Il rentra chez lui à six heures le même soir, complétement harassé une fois encore par ses recherches inutiles.

Mistress Maloney lui apporta son dîner et une pinte de vin d'une taverne du Strand. La soirée était froide et humide, et la femme de ménage avait allumé un bon feu dans le foyer du salon.

Après avoir mangé à peu près la moitié d'une côtelette de mouton, Robert resta assis, son vin intact sur la table devant lui, fumant des cigares et les yeux fixés sur le feu.

« George Talboys n'est pas parti pour l'Australie, dit-il après une longue et pénible réflexion. S'il est vivant, il est encore en Angleterre, et s'il est mort, son corps est caché dans quelque coin de l'Angleterre. »

Il resta pendant des heures à fumer et à penser; — de confuses et lugubres pensées laissaient sur son visage chagrin une ombre noire que ne purent dissiper ni la brillante lumière de la lampe à gaz, ni la flamme rouge du feu.

Très-tard dans la soirée, il se leva de sa chaise, recula la table, avança son bureau près du foyer, sortit une feuille de papier écolier, et trempa une plume dans l'encre.

Mais après avoir fait tout ceci, il s'arrêta, posa son front sur ses mains, et se replongea dans ses réflexions.

« Je rédigerai un rapport de tout ce qui est arrivé depuis notre descente dans l'Essex et ce soir, en commençant par le vrai commencement. »

Il rédigea ce rapport en courtes phrases détachées, qu'il numérotait en les écrivant.

Il était ainsi conçu :

« JOURNAL DES FAITS SE RATTACHANT A LA DISPARI-TION DE GEORGE TALBOYS, Y COMPRIS LES FAITS QUI ONT AUSSI DES RELATIONS APPARENTES AVEC CETTE CIRCONSTANCE. »

Malgré l'état chagrin de son esprit, il était presque disposé à s'enorgueillir de la tournure officielle de ce titre. Il resta quelque temps à le considérer avec tendresse, l'extrémité de sa plume dans sa bouche.

« Sur ma parole, dit-il, je commence à croire que j'aurais dû poursuivre ma profession au lieu de gaspiller ma vie comme je l'ai fait. »

Il fuma la moitié d'un cigare avant d'avoir mis ses idées en ordre convenable, et alors il commença d'écrire :

« 1. J'écris à Alicia et je lui propose d'amener avec moi George au château.

« 2. Alicia écrit l'opposition faite à cette visite par lady Audley.

« 3. Nous allons dans l'Essex en dépit de cette opposition. Je vois milady. Milady refuse d'être présentée à George dans cette même soirée sous prétexte de fatigue.

« 4. Sir Michaël invite George et moi à dîner pour le lendemain.

« 5. Milady reçoit une dépêche télégraphique le lendemain matin, qui l'appelle à Londres.

« 6. Alicia me montre une lettre de milady, dans laquelle elle la prie de lui faire savoir quand moi et mon ami M. Talboys avons l'intention de quitter l'Essex. A cette lettre est joint un post-scriptum réitérant la prière ci-dessus.

« 7. Nous allons au château, et demandons à voir l'habitation. Les appartements de milady sont fermés à clef.

« 8. Nous pénétrons dans ces susdits appartements par un passage secret, dont l'existence est ignorée de milady. Dans l'une des pièces nous trouvons son portrait.

« 9. George est effrayé de l'orage. Sa conduite est excessivement étrange pendant le reste de la soirée.

« 10. George est complétement revenu à lui le matin suivant. Je propose de quitter Audley immédiatement, il préfère rester jusqu'au soir.

« 11. Nous allons à la pêche. George me laisse pour se rendre au château.

« 12. Le dernier renseignement positif que je puis obtenir sur lui dans l'Essex, c'est au château, où le domestique me déclare qu'il croit que M. Talboys lui a dit qu'il allait chercher milady dans la campagne.

« 13. Je reçois sur lui, à la station, des renseignements qui peuvent être ou n'être pas exacts.

« 14. J'apprends de ses nouvelles positives encore une fois, à Southampton, où, suivant son beau-père, il est resté pendant une heure la nuit précédente.

« 15. La dépêche télégraphique. »

Lorsque Robert eut complété ce court rapport, qu'il rédigea avec mûre délibération, en s'arrêtant fréquemment pour réfléchir, changer et raturer, il resta longtemps à contempler la page écrite.

Enfin il la parcourut avec attention, s'arrêtant à quelques-uns des nombreux paragraphes, et en marquant plusieurs d'une croix au crayon; puis il plia la feuille de papier écolier, passa dans le cabinet du côté opposé de la pièce, l'ouvrit, et plaça le papier dans ce même casier dans lequel il avait jeté la lettre d'Alicia, — le casier étiqueté : *Important.*

Ayant accompli tout cela, il retourna son fauteuil à côté du feu, recula son bureau et alluma un cigare.

« C'est aussi obscur que minuit du commencement
à la fin, dit-il, et le fil du mystère doit commencer à
Southampton ou dans l'Essex. Qu'il en soit ce qu'il
pourra, ma résolution est prise. J'irai d'abord à Audley,
et je chercherai George dans un petit rayon. »

CHAPITRE XIV

Le prétendu de Phœbé.

« M. GEORGE TALBOYS. — Toute personne qui aurait rencontré ce gentleman depuis le 7 du courant, ou qui possèderait quelque renseignement postérieur à cette date le concernant, sera libéralement récompensé en les communiquant à A. Z. 14, Chancery Lane. »

Sir Michaël Audley lut l'avertissement ci-dessus dans la seconde colonne du *Times*, comme il était à déjeuner avec milady et Alicia, deux ou trois jours après le retour de Robert à Londres.

« Alors on n'a pas eu encore de nouvelles de l'ami de Robert, dit le baronnet après avoir lu l'avertissement à sa femme et à sa fille.

— Quand à cela, répliqua milady, je ne puis m'empêcher de me demander qui peut être assez niais pour faire des frais d'annonces pour lui. Ce jeune homme était évidemment d'un caractère remuant et vagabond, — une espèce de Bamfylde Moore Carew de nos jours qu'aucune puissance ne pourrait retenir dans un endroit. »

Quoique l'avis parût à trois reprises successives, le

monde du château attacha très-peu d'importance à la
disparition de M. Talboys, et passé cette unique occasion, son nom ne fut plus jamais mentionné soit par
sir Michaël, soit par milady ou Alicia.

Alicia Audley et sa jolie belle-mère n'étaient en aucune façon meilleures amies après la paisible soirée
où le jeune avocat avait dîné au château.

« C'est une petite coquette frivole, vaine et sans
cœur, dit Alicia en s'adressant à son terre-neuve
César, qui était le seul confident de la jeune fille ; c'est
une habile et consommée rouée, César, et non contente de faire manœuvrer ses boucles blondes et son
ricanement niais pour la moitié des hommes de l'Essex,
il faut qu'elle s'efforce de captiver l'attention de mon
stupide cousin. J'ai une patience peu commune avec
elle. »

Pour preuve de cette dernière assertion, miss Alicia
Audley traita sa belle-mère avec une impertinence si
notoire, que sir Michaël dut en adresser des remontrances à sa fille unique.

« La pauvre petite femme est si sensible, vous
savez, Alicia, dit gravement le baronnet, et elle res-
sent si vivement votre conduite.

— Je ne crois pas un mot de cela, papa, répondit
Alicia avec fermeté. Vous croyez qu'elle est sensible,
parce qu'elle a de petites mains blanches et douces, et
de grands yeux bleus avec de longs cils, et toutes
sortes de manières affectées et fantasques que vous
autres hommes absurdes appelez fascination. Sensible !
Eh bien, je lui ai vu faire des choses cruelles avec ces
doigts blancs et élégants, et rire de la douleur qu'elle
causait. Je suis très-fâchée, papa, ajouta-t-elle, un
peu adoucie par le regard de détresse de son père,
qu'elle soit venue s'interposer chez nous, et dérober à
Alicia l'affection de ce cœur cher et généreux, pour
l'amour duquel j'espérais pouvoir m'attacher à elle ;

mais je ne puis pas, je ne puis pas et César ne peut pas davantage. Elle s'est approchée de lui dernièrement avec ses lèvres rouges entr'ouvertes laissant voir l'éclat de ses dents blanches, et a caressé sa grosse tête avec sa douce main; mais si je ne l'avais retenu par son collier, il lui aurait sauté à la gorge et l'aurait étranglée. Elle peut ensorceler tous les hommes de l'Essex, mais elle ne sera jamais amie avec mon chien.

— Votre chien sera abattu, répondit sir Michaël avec aigreur : si son mauvais caractère mettait jamais Lucy en danger ! »

Le terre-neuve roula lentement ses yeux dans la direction de celui qui parlait, comme s'il avait compris tous les mots qui avaient été prononcés. Lady Audley entra dans la pièce au même moment et l'animal se blottit à côté de sa maîtresse avec un grognement sourd. Il y avait dans l'allure du chien quelque chose, si quelque chose il y avait, indiquant plutôt la terreur que la colère, tout incroyable qu'il fût de supposer que César pût être effrayé par une créature aussi frêle que Lucy Audley.

Avec la nature aimable de milady, elle ne pouvait vivre longtemps au château sans découvrir l'éloignement d'Alicia pour elle. Elle ne fit jamais allusion à cela qu'un certain jour, lorsque, soulevant ses gracieuses et blanches épaules, elle dit avec un soupir :

« Il m'est vraiment pénible que vous ne puissiez m'aimer, Alicia, car je n'ai pas la coutume de me faire des ennemis; mais, puisqu'il paraît qu'il en doit être ainsi, je ne puis l'empêcher. Si nous ne pouvons être amies, soyons neutres au moins. Vous n'avez pas l'intention de me faire du tort?

— Du tort à vous? s'écria Alicia, comment pourrais-je vous en faire ?

— N'essayerez-vous pas de me dépouiller de l'affection de votre père?

— Je puis ne pas être aussi aimable que vous, milady, et je puis ne pas avoir les mêmes doux sourires et les mêmes jolis mots pour tous les étrangers que je rencontre; mais je ne suis pas capable d'une bassesse méprisable, et même le serais-je, que je vous crois si assurée de l'amour de mon père, que rien que vos propre actes pourront jamais vous en dépouiller.

— Quelle sévère personne vous êtes, Alicia, dit milady faisant une petite moue. Je suppose que vous voulez insinuer par tout cela que je suis pleine de fourberie. Comment, je ne puis m'empêcher de sourire aux gens et de leur parler gentiment. Je sais que je ne suis pas meilleure que le reste du monde, mais je ne puis remédier à cela, si je suis d'humeur enjouée, c'est dans ma nature. »

Alicia ayant ainsi complétement fermé la porte à toute intimité entre lady Audley et elle, et sir Michaël étant principalement occupé d'affaires agricoles et de sport, qui le retenaient hors de chez lui, il était peut-être assez naturel que milady, étant d'un caractère éminemment sociable, trouvât une grande ressource dans la société de sa femme de chambre aux cils blancs.

Phœbé Marks était absolument l'espèce de jeune fille qui est élevée généralement du rang de femme de chambre à celui de compagne. Elle avait juste une éducation suffisante pour lui permettre de comprendre sa maîtresse, quand Lucy voulait bien se livrer à un excès de causerie, une sorte de tarentelle intellectuelle, dans laquelle sa langue s'enivrait au bruit de son propre babil, comme le danseur espagnol au bruit de ses castagnettes. Phœbé connaissait assez la langue française pour pouvoir se plonger dans les romans à couverture jaune que milady faisait venir de Bur-

lington Arcade, et pour discourir avec sa maîtresse
sur les points obscurs de cesromans. La ressemblance que la femme de chambre avait avec lady Audley était peut-être un lien sympathique entre les deux
femmes. Ce n'était pas, à proprement parler, une
ressemblance frappante; un étranger aurait pu les
voir toutes les deux ensemble et ne pas en faire la remarque. Mais il y avait certains jours tristes et sombres
où, regardant Phœbé Marks se glisser lentement à travers les noirs corridors lambrissés de chêne du château, ou sous les ayenues couvertes du jardin, vous
eussiez pu la prendre pour milady.

Les vents violents d'octobre balayaient les feuilles
des tilleuls dans la longue avenue, les chassaient et
les amoncelaient en tas flétris avec un bruit sinistre
qui résonnait sur le gravier desséché de la promenade. Le vieux puits devait être à moitié comblé avec
les feuilles qui y avaient été poussées et tournoyaient
en tourbillons rapides dans son ouverture noire et en
ruine. Les mêmes feuilles se décomposaient lentement
dans le fonds tranquille du vivier, mêlées avec les
herbes entrelacées qui coloraient la surface de l'eau.
Tous les jardiniers que sir Michaël aurait pu em-
ployer eussent été impuissants à préserver les terres
qui entouraient le château de l'empreinte de la main
destructive de l'automne.

« Que je déteste ce mois désolé, dit milady, en se
promenant dans le jardin toute grelottante sous son
manteau de fourrure ; tout tombe en ruine et se
flétrit ; et le soleil froid et vacillant illumine d'en haut
la terre défigurée , comme la clarté d'une lampe
éclaire les rides d'une vieille femme. Deviendrai-je
jamais vieille, Phœbé ? Ma chevelure tombera-t-elle
jamais comme les feuilles qui tombent de ces arbres,
et me laissera-t-elle défaite et dépouillée comme eux ?
Que deviendrai-je, lorsque je serai vieille ? »

Elle frissonna à cette pensée plus qu'elle n'avait fait
à la froide bise d'hiver, et s'emmitouflant étroitement
dans sa fourrure, marcha si vite, que sa femme de
chambre avait quelque peine à rester près d'elle.

« Te souviens-tu, Phœbé, lui dit-elle bientôt, modé-
rant son pas, te souviens-tu de cette histoire française
que nous avons lue.... l'histoire de cette belle femme
qui avait commis un crime.... j'ai oublié lequel.... au
zénith de sa puissance et de sa beauté, lorsque tout
Paris buvait à sa santé chaque nuit; et que le peuple
laissait la voiture du roi pour s'attrouper autour de la
sienne et donner un regard à son visage? Te souviens-
tu comment elle garda le secret de ce qu'elle avait
fait pendant près d'un demi-siècle, passant sa vieillesse dans son château de famille, honorée et chérie
par toute la province, comme une sainte canonisée
et la bienfaitrice du pauvre; et comment, lorsque ses
cheveux furent devenus blancs et ses yeux presque
obscurcis par l'âge, son secret fut révélé par un de
ces bizarres accidents par lesquels de tels secrets sont
toujours révélés dans les romans, et comment elle
fut jugée, reconnue coupable, et condamnée à être
brûlée vive? Le roi qui avait porté ses couleurs était
mort et oublié; la cour dont elle avait été l'étoile avait
disparu; les puissants fonctionnaires et les grands
magistrats, qui auraient pu la secourir, se moisis-
saient dans leurs tombeaux; les jeunes et braves cavaliers qui auraient donné leur vie pour elle étaient
tombés sur des champs de bataille éloignés; elle avait
vécu pour voir le siècle auquel elle avait appartenu
évanoui comme un rêve; et elle alla au bûcher, suivie
seulement de quelques paysans ignorants, qui avaient
oublié toutes ses bontés et la huaient comme une méchante sorcière.

— Je n'ai pas de goût pour des histoires si lugubres, milady, dit Phœbé en frissonnant. On n'a pas

besoin de lire des livres effrayants dans cette lugubre résidenco. »

Lady Audley haussa les épaules et rit de la naïveté de sa femme de chambre.

« C'est une résidence lugubre, Phœbé, dit-elle, quoiqu'il ne faille pas dire cela à mon vieil époux chéri. Bien que je sois la femme de l'un des hommes les plus influents du comté, je ne sais si je n'étais presque pas aussi bien dans la maison de M. Dawson; et cependant c'est quelque chose que de porter des fourrures de zibeline qui coûtent soixante guinées et d'avoir fait dépenser mille livres pour la décoration de mon appartement. »

Traitée comme une compagne par sa maîtresse, recevant de sa libéralité des gages considérables et des gratifications telles que peut-être aucune femme de chambre n'en avait jamais reçu de semblables, il était étrange que Phœbé Marks aspirât à quitter sa position; mais il n'était pas moins vrai qu'elle était désireuse d'échanger tous les avantages du château d'Audley contre la perspective peu rassurante qui l'attendait en épousant son cousin Luke.

Le jeune homme était parvenu à s'associer en quelque manière à la fortune croissante de sa belle. Il n'avait accordé aucun repos à Pœbé, jusqu'à ce qu'elle eut obtenu pour lui, par le secours de l'intervention de milady, une position de valet subalterne au château.

Il n'accompagnait jamais à cheval Alicia ou sir Michaël ; mais dans une de ces rares occasions où milady monta le joli petit pur sang réservé pour son usage, il vint à bout de l'escorter dans sa promenade. Il en vit assez dans la première demi-heure qu'ils furent dehors pour découvrir que, malgré l'apparence gracieuse que pouvait avoir Lucy Audley dans sa longue amazone bleue, elle était une cavalière timide et totalement incapable de gouverner l'animal qu'elle montait.

Lady Audley démontra à sa femme de chambre la folie qu'elle faisait en voulant épouser le grossier valet.

Les deux femmes étaient ensemble, assises près du feu dans le cabinet de toilette de milady ; le ciel gris cachait le soleil d'une après-midi d'octobre, et les uoires traînées de lierre obscurcissaient les châssis des croisées.

« Pour sûr, tu n'es pas amoureuse de cette lourde et vilaine créature ; l'es-tu, Phœbé ? » demanda durement milady.

La jeune fille était assise sur un tabouret aux pieds de sa maîtresse. Elle ne répondit pas immédiatement à la question de milady, mais elle resta quelques instants à regarder vaguement dans l'abîme incandescent de l'étroit foyer.

Bientôt elle dit, comme si elle avait pensé tout haut plutôt que répondu à la question de Lucy :

« Je ne pense pas que je puisse l'aimer. Nous avons été ensemble tout enfants et j'ai promis, quand j'avais un peu plus de quinze ans, que je serais sa femme. Je n'ose pas manquer à ma promesse, maintenant. Il y a eu des moments où j'avais composé parfaitement la phrase que j'avais l'intention de lui dire, pour lui déclarer que je ne pouvais pas lui garder ma parole, mais les mots mouraient sur mes lèvres et je restais à le regarder avec une sensation horrible dans le cœur, qui ne me permettait pas de parler. Je n'ose pas refuser de l'épouser. Je l'ai souvent examiné et je l'examine encore, assis à l'écart, taillant une branche d'épine avec son grand couteau pliant, et je pense que ce sont justement des hommes comme lui qui ont attiré leurs amoureuses dans des endroits écartés et qui les ont égorgées pour avoir manqué à leur parole. Quand il était enfant, il était toujours violent et vindicatif. Je l'ai vu une fois ouvrir ce même couteau dans une que-

relle avec sa mère. Je vous dis, milady, que je dois
l'épouser.

— Tu es une sotte, tu ne dois rien faire de ce genre,
répondit Lucy. Tu dis qu'il te tuerait, le crois-tu ?
Penses-tu que s'il y a du meurtrier en lui, tu puisses
jamais être en sûreté étant sa femme ? Si tu le con-
traries ou le rends jaloux ; s'il a besoin d'épouser une
autre femme ou de s'emparer de quelque pauvre et
pitoyable bribe d'argent à toi, ne pourrait-il pas te
tuer alors ? Je te dis que tu ne peux pas l'épouser,
Phœbé. En premier lieu, je déteste cet individu ; et
en second lieu, je ne puis consentir à me séparer de
toi. Nous lui donnerons quelques livres et le renver-
rons à sa besogne. »

Phœbé Marks saisit les mains de milady dans les
siennes et les serra convulsivement.

« Milady, ma bonne et excellente maîtresse, s'écria-
t-elle avec impétuosité. N'essayez pas de me contrarier en ceci ; ne me demandez pas de le contrarier.
Je vous dis que je dois l'épouser. Vous ne savez pas
ce qu'il est ; il travaillera à ma ruine et à la ruine des
autres si je manque à ma parole. Je dois l'épouser !

— Très-bien alors, Phœbé, répondit sa maîtresse.
Je ne peux m'y opposer. Il doit y avoir quelque secret au fond de tout ceci.

— Il y en a un, milady, dit la jeune fille, le visage
détourné de celui de Lucy.

— Je serai très-fâchée de te perdre ; mais j'ai promis
d'être ton amie en toutes choses. Que veut faire ton
cousin pour vivre quand vous serez mariés ?

— Il désirerait tenir une auberge.

— Alors il tiendra une auberge, et qu'il s'y enivre
à se donner la mort, le plus tôt sera le mieux. Sir Michaël se rend ce soir à un dîner de garçons chez le
major Margrave, et ma belle-fille est chez ses amis de
la Grange. Tu peux amener ton cousin dans le salon

après-le dîner, et je lui dirai ce que j'ai l'intention
de faire pour lui.

— Vous êtes vraiment bonne, madame, » répondit
Phœbé en soupirant.

Lady Audley était assise, éclairée par l'éclat brillant
du feu et des bougies dans le somptueux salon. Les
coussins de damas jaune d'ambre du sofa contras-
taient avec sa robe foncée de velours violet, et sa
chevelure ondoyante tombait sur son cou en brume
d'or. Tout autour d'elle révélait la fortune et la splendeur ; tandis qu'en opposition à tout cet entourage et
à sa propre beauté, le lourdaud de valet était debout,
grattant sa grosse tête ronde, pendant que milady lui
expliquait ce qu'elle voulait faire pour sa servante et
confidente. Les promesses de Lucy étaient magnifiques,
et elle s'attendait, grossier comme était le personnage,
à ce qu'il exprimerait sa reconnaissance de la façon
brutale qui lui était propre.

A sa grande surprise, il resta immobile, fixant le
plancher sans articuler un mot en réponse à ses of-
fres. Phœbé se tenait serrée à côté de lui et semblait
désolée de sa grossièreté.

« Dites à milady combien vous êtes reconnaissant,
Luke, dit-elle.

— Mais je ne suis pas si reconnaissant que cela, répondit son amoureux avec dureté. Cinquante livres, ce
n'est pas beaucoup pour ouvrir une auberge ; vous
mettrez cela à cent livres, madame.

— Je n'en ferai rien, dit lady Audley, dont les brillants yeux bleus étincelaient d'indignation, et je m'é-
tonne de votre impertinence à me demander une pareille chose.

— Oh! certainement, vous le ferez malgré tout, répondit Luke avec une calme insolence, qui avait une
intention cachée ; vous mettrez cela à cent livres, madame. »

Lady Audley se leva, regarda fixement l'homme en plein visage jusqu'à ce que ses yeux insolents s'abaissassent devant les siens, et, marchant droit à sa femme de chambre, lui dit d'une voix haute et perçante, qui lui était particulière dans ses moments de forte agitation :

« Phœbé Marks, vous avez parlé à cet homme.

— Oh ! pardonnez-moi.... pardonnez-moi.... s'écria-t-elle, il m'y a forcé.... autrement.... jamais !.... jamais !... je ne lui aurais dit....,

CHAPITRE XV

Sur le qui-vive.

Par une sombre matinée de la fin de novembre, un brouillard jaune sur les prairies basses, les bœufs aveuglés cherchant leur chemin à travers l'obscurité douteuse et se heurtant lourdement contre les noirs buissons sans feuilles, ou tombant dans des fossés qu'on ne pouvait distinguer dans l'atmosphère brumeuse; l'église de village paraissant brunâtre et confuse à travers le jour incertain; chaque sentier et chaque porte de chaumière, chaque extrémité de pignon et de vieille cheminée grisâtre, les enfants du village et les chiens errants semblant avoir un aspect étrange et fatal dans cette demi-obscurité, Phœbé Marks et son cousin Luke traversèrent le cimetière d'Audley et se présentèrent devant un vicaire grelottant de froid, dont le surplis tombait en plis mous, imprégné du brouillard du matin et dont l'humeur ne s'était pas améliorée pour avoir attendu pendant cinq minutes le marié et la mariée.

Luke Marks, dans ses habits mal ajustés du dimanche, ne paraissait en aucune façon plus beau que dans son costume de chaque jour; mais Phœbé, arrangée

avec une robe de taffetas gris-perle, qui avait été portée environ une demi-douzaine de fois par sa maîtresse,
ressemblait, selon la remarque de quelques spectateurs, à une vraie dame.

Une bien triste et sombre dame, aux traits vagues
et dépourvus de couleurs, ayant des yeux, une chevelure, un teint et une toilette qui se confondaient en
ombres si pâles et si incertaines, qu'un étranger su-
perstitieux aurait pu prendre la mariée pour le fantôme de quelque autre mariée morte et ensevelie dans
les caveaux de l'église.

Luke Marks, le héros de la circonstance, pensait
très-peu à tout cela. Il s'était assuré la femme de son
choix et l'objet de la longue ambition de sa vie — une
auberge. Milady avait fourni les soixante-quinze livres
nécessaires pour l'acquisition des immeubles, le pot
de vin et la fourniture des bières et spiritueux d'une
modique auberge dans le centre d'un petit village solitaire perché sur le sommet d'une colline appelée
Mount Stanning. Ce n'était pas une très-jolie maison
en apparence ; elle avait dans son aspect quelque
chose de déjeté et de détérioré par la température,
située comme elle était sur un terrain élevé, abritée
seulement par trois ou quatre peupliers démesurés et
nus, qui avaient poussé trop rapidement en hauteur
aux dépens de leur vigueur et qui offraient l'image de
la souffrance et de l'abandon. Le vent avait passé ses
fantaisies sur l'*Auberge du Château* et fait sentir quelquefois cruellement sa puissance. C'était lui qui avait
fait fléchir et renversé les toitures basses et couvertes
de chaume des hangars et des étables, jusqu'à ce
qu'elles fussent penchées et jetées en avant comme
un chapeau rabattu sur le front bas de quelque bri-
gand de village ; c'était lui qui avait secoué avec fracas
les contrevents en bois qui étaient devant les fenêtres
jusqu'à ce qu'ils pendissent brisés et délabrés sur

leurs gonds rouillés; c'était lui qui avait culbuté le
pigeonnier et détruit la girouette assez imprudente
pour se dresser et constater les mouvements de sa
puissance; c'était lui qui avait fait bon marché du
moindre morceau de treillage en bois, des plantes
grimpantes, du frêle balcon, et de toute modeste décoration quelconque, et avait arraché et dispersé le
tout dans sa fureur dédaigneuse; c'était lui, en un
mot, qui avait mis en morceaux, abîmé, crevassé et
disloqué la masse chancelante des bâtiments, puis
s'était évanoui en mugissant dans le désordre et le
triomphe de sa vigueur exterminatrice. Le propriétaire découragé s'était fatigué de sa longue lutte avec
ce puissant ennemi, aussi le vent était-il resté libre
d'agir selon ses caprices, et l'*Auberge du Château* tombait lentement en ruine. Mais, malgré tout ce qu'elle
souffrait en dehors, elle n'en était pas moins prospère
à l'intérieur. De vigoureux bouviers s'arrêtaient pour
boire au petit comptoir; des fermiers aisés passaient
leurs soirées à parler politique dans la salle basse et
lambrissée, tandis que leurs chevaux mâchaient quelque mélange suspect de foin moisi et de fèves passa-
bles dans les écuries en ruine. Quelquefois même les
membres de la chasse d'Audley avaient fait une halte
à l'*Auberge du Château*, pour se rafraîchir et faire
manger leurs chevaux; une fois, dans une grande occasion qui n'avait jamais été oubliée, un dîner avait
été commandé par le chef piqueur pour une trentaine
de gentlemen, et le propriétaire était devenu presque
fou à la nouvelle de cette importante commande.

Aussi Luke Marks, qui ne s'inquiétait pas le moins
du monde de la vue du beau, s'estima très-heureux de
devenir propriétaire de l'auberge de Mount Stanning.

Une carriole attendait dans le brouillard pour transporter le nouveau couple dans sa nouvelle demeure,
et quelques simples villageois, qui avaient connu

Phœbé enfant, rôdaient près de la porte du cimetière
pour lui souhaiter le bonjour. Ses yeux ternes étaient
encore rendus plus ternes par les pleurs qu'elle avait
versés et par les cercles rouges qui les cernaient. Le
mari était ennuyé de ces preuves d'émotion.

« Qu'as-tu à pleurnicher, fillette? dit-il durement.
Si tu ne voulais pas te marier avec moi, il fallait me le
dire. Je ne vais pas te tuer, n'est-ce pas? »

La femme de chambre grelottait pendant qu'il lui
parlait, et serra autour d'elle sa mantille de soie.

« Tu as froid dans tout ce bel attirail, dit Luke,
jetant un regard sur sa riche toilette avec une expression qui n'avait rien de bienveillant. Pourquoi les femmes ne peuvent-elles s'habiller selon leur condition?
Ce n'est pas avec mon argent que tu achèteras des
robes de soie, je puis te l'affirmer. »

Il mit la jeune fille tremblante dans la carriole,
l'enveloppa d'un grossier surtout et poussa son cheval
dans le brouillard jaune, accompagné par les faibles
acclamations de deux ou trois gamins rassemblés près
de la porte.

Une nouvelle femme de chambre fut envoyée de
Londres pour remplacer Phœbé Marks auprès de la
personne de milady, — une très-élégante demoiselle
qui portait une robe de satin noir et des rubans roses
sur son bonnet et se plaignait amèrement de la tristesse du château d'Audley.

Mais la Noël amena des visites au vieux manoir. Un
squire de campagne et sa grosse épouse occupèrent
la chambre aux tapisseries; de gaies jeunes filles vol-
tigèrent dans les longs corridors, et des jeunes gens
regardèrent par les fenêtres, observant le vent du
sud et le ciel nuageux. Il n'y avait pas une place vide
dans les vieilles et spacieuses écuries; une forge im-
provisée avait été établie dans la cour pour ferrer les
chevaux de chasse. Les chiens en aboyant faisaient

retentir le lieu de leurs clameurs continuelles ; des domestiques étrangers étaient entassés dans les combles ; chaque petite fenêtre cachée sous quelque pignon du toit, chaque lucarne de la vieille toiture bizarre brillait dans la nuit d'hiver avec sa lumière séparée, de telle sorte que le voyageur surpris par la nuit, arrivant soudainement au château d'Audley, trompé par les lumières, le bruit et le vacarme du lieu, aurait pu tomber aisément dans l'erreur du jeune Marlowe et prendre le manoir hospitalier pour une bonne auberge de l'ancien temps, comme celles qui ont disparu de la surface de ce pays depuis que la dernière malle-poste et les bidets fringants ont fait leur dernier voyage mélancolique à la maison de l'équarrisseur.

Entre autres invités, M. Robert Audley se rendit dans l'Essex pour la saison des chasses, avec une demi-douzaine de romans français, une caisse de cigares, et trois livres de tabac turc dans son portemanteau.

Les honnêtes squires de campagne qui parlaient tout le temps du déjeuner de *Flyng Dutchman* et de *Voltigeur*, de brillantes courses de sept rudes heures de cheval dans trois comtés, et d'une promenade de trente milles à minuit pour rentrer chez soi avec des chevaux de louage pour seule ressource, qui quittaient brusquement la table bien servie la bouche pleine de rosbeef froid, pour examiner soit un paturon, soit une entorse de la jambe de devant, soit le poulain qui revenait de chez le vétérinaire, restaient pétrifiés en voyant M. Robert Audley baguenauder sur une tartine de pain et de marmelade comme une personne complétement incapable de remarquer quoi que ce soit.

Le jeune avocat avait amené deux chiens avec lui, et un gentilhomme campagnard qui avait donné cinquante livres pour un chien d'arrêt et fait un voyage de quelques cent milles pour examiner une paire de chiens courants avant d'entamer un marché, se moquait tout haut de ses deux vilaines bêtes; l'une d'elles avait suivi Robert Audley à travers Chancery Lane et la moitié de la longueur d'Holborn, tandis que son compagnon avait été enlevé *vi et armis* par le jeune avocat à un fruitier qui le maltraitait. Et comme Robert, en outre, insistait pour avoir ces deux déplorables animaux sous son fauteuil dans le salon, au grand ennui de milady, qui, comme nous le savons, détestait toute espèce de chiens, les invités du château d'Audley considéraient le neveu du baronnet comme un maniaque d'un caractère inoffensif.

Pendant ses autres visites au château, Robert Audley avait fait une triste figure en se joignant aux parties de plaisir de la joyeuse compagnie. Il avait trotté à travers une demi-douzaine de champs labourés sur un poney paisible de sir Michaël, et, s'arrêtant essoufflé et haletant devant la porte de quelque ferme, il avait exprimé son intention de ne pas suivre davantage la chasse pendant cette matinée. Il avait même été jusqu'à chausser, à grand'peine, une paire de patins, dans le dessein de faire un tour sur la surface glacée du vivier, et était ignominieusement tombé à son premier essai, restant placidement étendu sur la partie inférieure de son dos, jusqu'au moment où les spectateurs crurent convenable de le relever. Il avait occupé le siége de derrière d'un dog-cart pendant une charmante promenade du matin, protestant vigoureusement contre la position d'un homme perché comme sur un pic, et demandant que le véhicule s'arrêtât cinq minutes pour arranger les coussins. Mais cette année il ne montrait aucune inclination pour aucun de ces amusements hors du logis. Il passait son temps entièrement en flâneries dans le salon, se rendant agréable, avec sa nonchalance naturelle, à milady et à Alicia.

Lady Audley recevait les attentions de son neveu de

cette façon pleine de grâce, demi-enfantine, que ses admirateurs trouvaient si charmante; mais Alicia était indignée du changement opéré dans la conduite de son cousin.

« Vous avez toujours été un pauvre homme sans vigueur, Bob, dit la jeune fille d'un air de mépris, comme elle s'élançait dans le salon, en costume de cheval, après un déjeuner de chasse auquel Robert n'avait pas assisté, préférant une tasse de thé dans le boudoir de milady. Mais cette année, je ne sais ce qui vous est survenu, vous n'êtes bon à autre chose qu'à tenir un écheveau de soie ou à lire Tennyson à lady Audley.

— Ma chère pétulante et impétueuse Alicia, ne vous mettez pas en fureur, dit le jeune homme d'un air suppliant. Une conclusion n'est pas une porte à cinq barres, et vous n'avez pas besoin de lâcher la bride à votre jugement, comme vous le faites à votre jument *Atalante* quand vous courez à travers champs sur les talons d'un infortuné renard. Lady Audley m'intéresse, et les amis de campagne de mon oncle, pas du tout. Est-ce là une réponse suffisante, Alicia? »

Miss Audley remua la tête avec un petit mouvement rempli de dédain.

« C'est une aussi bonne réponse que celle que je pourrai jamais obtenir de vous, Bob, dit-elle avec impatience, mais je vous en prie, amusez-vous à votre fantaisie; étendez-vous dans un fauteuil tout le jour, avec ces deux absurdes chiens endormis sur vos genoux; abîmez les rideaux de croisée de milady avec la fumée de vos cigares, et ennuyez tout le monde dans la maison avec votre contenance stupide et ina-nimée. »

M. Robert Audley ouvrit ses beaux yeux gris de toute leur grandeur à cette tirade, et jeta un regard désespéré sur miss Alicia.

La jeune fille se promenait de long en large, frappant à tort et à travers les pans de sa jupe avec sa cravache; ses yeux lançaient des regards irrités, et une ardente rougeur flamboyait sous sa peau brune et diaphane. Le jeune avocat reconnut bien à ces symptômes que sa cousine était dans un accès de colère.

« Oui, répéta-t-elle, votre tenue est stupide et celle d'un être insensible. Savez-vous, Robert, qu'avec toute votre amabilité railleuse, vous êtes rempli d'amour-propre et d'arrogance. Vous regardez nos distractions du haut de votre grandeur, vous relevez vos sourcils et haussez vos épaules, puis vous vous jetez dans votre fauteuil, sans vous soucier de nous et de nos plaisirs. Vous êtes un égoïste, un sybarite au cœur glacé....

— Alicia! ma bonne, ma gracieuse Alicia!... »

Le journal du matin s'échappa de ses mains, et il resta les yeux languissamment fixés sur son charmant agresseur.

« Oui, égoïste, Robert! Vous gardez avec vous une demi-douzaine de chiens affamés, parce que vous aimez les chiens affamés. Vous arrêtez et caressez la tête de chaque vilain mâtin bon à rien dans la rue du village, parce que vous aimez les vilains mâtins bons à rien. Vous remarquez les petits enfants et leur donnez un demi-pence, parce que cela vous plaît d'agir ainsi. Mais vous relevez vos sourcils d'un quart d'yard lorsque le pauvre sir Harry Towers raconte une histoire ridicule, et fixez le pauvre individu jusqu'à lui faire perdre contenance avec votre hauteur nonchalante. Pour ce qui est de votre amabilité, vous laisseriez un homme vous frapper et vous lui diriez merci pour le coup, plutôt que de prendre la peine de le lui rendre; mais vous n'iriez pas à un demi-mille pour rendre service à votre meilleur ami. Sir Harry vous vaut vingt fois, quoiqu'il écrive pour demander si ma jument *Atalante* est rétablie de son entorse. Il n'a pas des paroles magiques lui, et ne relève pas ses sourcils jusqu'à la racine de ses cheveux, mais il traverserait le feu et l'eau pour la femme qu'il aime, tandis que vous.... »

Au moment même où Robert était bien préparé à affronter l'emportement de sa cousine, et où miss Alicia semblait sur le point de diriger sa plus forte attaque contre lui, la jeune fille s'interrompit brusquement et fondit en larmes.

Robert se leva vivement de son fauteuil, culbutant ses chiens sur le tapis.

« Alicia, ma chère Alicia, qu'y a-t-il?

— Il y a.... il y a.... il y a que la plume de mon chapeau est entrée dans mes yeux, » dit en sanglotant sa cousine.

Et avant que Robert pût vérifier la vérité de cette assertion, Alicia s'était précipitée hors de l'appartement.

M. Audley se préparait à la suivre, lorsqu'il entendit sa voix dans la cour au-dessous, au milieu des piétinements des chevaux et du tumulte causé par les invités, les chiens et les valets. Sir Harry Towers, le plus aristocratique sportsman du voisinage, venait de prendre son petit pied dans sa main, et elle s'élançait sur sa selle.

« Bonté du ciel! s'écria Robert observant la joyeuse troupe de cavaliers jusqu'à ce qu'elle eût disparu au-delà de l'arceau, que veut dire tout ceci?... Qu'elle est ravissante à cheval! quelle jolie tournure, et quel beau, candide, brun et rose visage! Mais s'enfuir avec un individu de cette espèce, sans la moindre provocation. Voilà la conséquence de laisser une jeune fille suivre les chasses! Elle considère toute chose dans la vie comme elle ferait d'un arbre de six pieds ou d'un fossé profond; elle va à travers le monde comme elle va à travers la campagne.... droit, en avant, et saute par-dessus tout. Quelle excellente fille elle eût pu faire si elle avait été élevée dans Fig-Tree Court! Si je me marie jamais et que j'aie des filles (possibilité reculée dont le ciel me préserve), elles seront élevées dans Paper Buildings, elles prendront leurs seules récréations dans les jardins du Temple, et n'iront jamais plus loin que les portes jusqu'à ce qu'elles soient en âge de se marier, époque à laquelle je les conduirai directement en passant par Fleet Street à l'église de Saint-Dunstan, et les remettrai entre les mains de leurs époux. »

C'est en faisant de semblables réflexions que M. Robert Audley trompa le temps jusqu'au moment où milady rentra dans le salon, fraîche et rayonnante dans son élégante toilette du matin, ses boucles d'or lustrées par les eaux parfumées dans lesquelles elle s'était baignée et son album recouvert de velours dans les mains. Elle dressa un petit chevalet à côté de la croisée, s'assit devant, et commença à mêler les couleurs sur sa palette, tandis que Robert l'observait les yeux à demi fermés.

« Est-il bien sûr que mon cigare ne vous incommode pas, lady Audley?

— Oh! non, vraiment, je suis presque accoutumée à l'odeur du tabac. M. Dawson, le chirurgien, fumait toute la soirée quand je vivais dans sa maison.

— Dawson est un brave homme, n'est-ce pas? » demanda Robert d'un air insouciant.

Milady fit entendre son charmant éclat de rire toujours prêt à jaillir.

« La meilleure des créatures, dit-elle, il me donnait vingt-cinq livres par an..., imaginez-vous..., ce qui fait six livres cinq shillings par trimestre. Je me vois encore recevant cette somme, six malheureux souve-

rains ternis, et un petit tas d'argent malpropre et cras-
seux qui venait directement de la tirelire du chirurgien; et alors, comme j'étais contente de posséder cet
argent, tandis qu'aujourd'hui.... je ne puis m'empêcher de rire lorsque j'y pense.... Ces couleurs que
j'emploie coûtent une guinée chacune chez Windsor
et Newton...; le càrmin et l'outremer, trente shillings.
J'ai donné à mistress Dawson une de mes robes de soie,
l'autre jour, et la pauvre personne m'a embrassée, et
le chirurgien a emporté le paquet chez lui sous son
manteau. »

Milady faisait entendre de longs et joyeux éclats de
rire en pensant à cela.... Ses couleurs étaient mêlées;
elle était en train de copier l'aquarelle d'un paysan
italien d'une beauté impossible, dans une atmosphère
Turneresque impossible. L'esquisse était près d'être
finie, et elle avait seulement à donner quelques petites
retouches avec le plus délicat de ses pinceaux de blai-
reau. Elle se préparait délicatement à l'ouvrage en regardant de biais la peinture.

Tout ce temps-là, les yeux de Robert Audley étaient
attentivement attachés sur son visage.

« C'est un grand changement, dit-il après un silence
si long que milady pouvait avoir oublié ce qui avait
été dit précédemment. C'est un grand changement!
bien des femmes donneraient beaucoup pour accomplir un changement comme celui-là. »

Lady Audley ouvrit ses grands yeux bleus et les
fixa subitement sur le jeune avocat. Le soleil d'hiver,
réfléchissant en plein sur sa figure, après avoir frappé
le côté de la croisée, illuminait l'azur de ses beaux
yeux, de sorte que leur couleur semblait incertaine
et hésitante entre le bleu et le vert, comme varient
en un jour d'été les teintes opalines de la mer. Le petit
pinceau tomba de sa main et couvrit la figure du
paysan d'une large tache de laque cramoisie.

Robert Audley aplanissait délicatement et avec précaution les feuilles crispées de son cigare.

« Mon ami du coin de Chancery Lane ne m'a pas
donné d'aussi bons manilles que d'habitude, murmura-
t-il. Si jamais vous fumez, ma chère tante (et je me
suis laissé dire que quelques femmes cueillaient la
mauvaise herbe cachée sous la rose), faites attention
à bien choisir vos cigares. »

Milady respira longuement, ramassa sa brosse, et
pouffa de rire à l'avis de Robert.

« Quel être excentrique vous faites, monsieur Audley ! Savez-vous que quelquefois vous m'embarrassez.

— Pas plus que vous ne m'embarrassez, ma chère
tante. »

Milady serra ses couleurs et l'esquisse, puis, s'asseyant dans la profonde embrasure d'une autre croisée, à une distance considérable de Robert Audley, se
mit à travailler à une grande pièce de tapisserie —
sur laquelle les Pénélopes d'autrefois, dès l'âge de dix
ou douze ans, se passionnaient à exercer leur habi-
leté — le Vieux Temps à Bolton Abbey.

Assise comme elle était dans l'embrasure de cette
croisée, milady était séparée de Robert Audley par
toute la longeur de l'appartement, et le jeune homme
pouvait seulement saisir par intervalles un rayon de
son beau visage, entouré de sa brillante auréole de
cheveux semblables à une brume dorée.

Robert Audley était depuis une semaine au château, et pourtant ni lui ni milady n'avaient encore
prononcé le nom de George Talboys.

Ce matin-là, cependant, après avoir épuisé les sujets ordinaires de conversation, lady Audley demanda
des nouvelles de l'ami de son neveu.

« Ce monsieur George... George... dit-elle en hésitant.

— Talboys ! suggéra Robert.

— Oui, c'est cela.... M. George Talboys !... un assez singulier nom, par parenthèse, et certainement, sous tous les rapports, un très-singulier personnage. L'avez-vous vu dernièrement ?

—Je ne l'ai pas vu depuis le 7 septembre, depuis le jour où il me laissa endormi dans les prairies de l'autre côté du village.

— Ah ! mon Dieu ! s'écria milady. Quel étrange jeune homme ce doit être que ce M. George Talboys. Je vous en prie, racontez-moi tout ce que vous savez sur lui. »

Robert raconta, en quelques mots, sa visite à Southampton et son voyage à Liverpool, et leurs différents résultats ; milady écoutait avec grande attention.

Afin de mieux faire ressortir les péripéties de cette histoire, le jeune homme quitta son fauteuil, et, traversant le salon, prit place en face de lady Audley, dans l'embrasure de la croisée.

« Et que concluez-vous de tout ceci? demanda milady, après un moment de silence.

— C'est un si grand mystère pour moi, répondit-il, que j'ose à peine en tirer une conséquence quelconque; mais au milieu de cette obscurité, je crois en tâtonnant être arrivé à deux suppositions qui me paraissent presque des certitudes.

— Et quelles sont-elles?...

— Premièrement, que George Talboys n'est pas allé plus loin que Southampton; secondement, qu'il n'est pas même allé du tout à Southampton.

— Mais vous y avez trouvé ses traces; son beaupère l'a vu.

— J'ai mes raisons pour douter de la droiture de son beau-père.

— Bon Dieu ! s'écria milady d'un air alarmé : que voulez-vous dire par tout cela?

—Lady Audley, répondit gravement le jeune homme, je n'ai jamais exercé comme avocat. J'ai embrassé une profession dont les membres assument sur eux de grandes responsabilités et ont des devoirs sacrés à remplir : j'ai toujours fui ces responsabilités et ces devoirs, comme je l'ai fait pour tous les soucis de cette vie ennuyeuse ; mais nous sommes quelquefois forcés d'entrer dans la position même que nous avons le plus évitée, et je me suis trouvé dernièrement appelé moi-même à réfléchir sur ce sujet. Lady Audley, n'avez-vous jamais étudié la théorie de l'induction?

— Comment pouvez-vous demander à une pauvre petite femme de pareilles choses? s'écria milady.

— L'induction, continua le jeune homme, comme s'il eût à peine entendu l'interruption de lady Audley, ce merveilleux édifice, qui est construit de brins de paille rassemblés dans un certain cercle, est encore assez solide pour servir de potence à un homme. Sur quels infiniment petits riens est parfois suspendu le secret entier de quelque crime mystérieux, est chose inexplicable jusqu'ici pour les plus savants de la terre. Un chiffon de papier, un morceau de vêtement dé-chiré, un bouton arraché d'un habit, un mot échappé imprudemment des lèvres du coupable, le fragment d'une lettre, une porte ouverte ou fermée, une ombre sur le store, le moment exact, mille circonstances assez insignifiantes pour être oubliées par le criminel, mais anneaux d'acier dans cette chaîne miraculeuse forgée par la sagacité du juge d'instruction, et voilà le gibet dressé, la cloche fatale qui tinte dans la brume sinistre du jour naissant, la bascule qui crie sous les pieds du coupable, et justice est faite. »

De faibles ombres de vert et de cramoisi tombèrent sur le visage de milady des écussons peints sur les vi-traux des meneaux de la croisée près de laquelle elle était assise ; mais toute trace de couleurs naturelles avait disparu de ce visage, ne lui laissant que la pâleur gris-cendre des fantômes.

Assise d'un air calme dans son fauteuil, sa tête renversée sur les coussins de damas couleur d'ambre, et ses petites mains reposant sans force sur ses genoux, lady Audley s'était évanouie.

« Le rayon se resserre de jour en jour, dit Robert Audley, George Talboys n'est pas allé à Southampton. »

———

CHAPITRE XVI

Robert Audley reçoit son congé.

La semaine de Noël était passée, et les invités campagnards abandonnaient un à un Audley Court. Le gros squire et sa femme quittèrent la sombre chambre aux tapisseries grises et laissèrent les guerriers aux épais sourcils noirs se détacher sur le mur, pour regarder d'un air terrible et menacer de nouveaux hôtes, ou lancer dans le vide leurs yeux étincelants de vengeance. Les gaies jeunes filles du second étage arrangeaient ou faisaient arranger leurs coffres et leurs caisses d'impériale, et la gaze des toilettes de bal allait rentrer flétrie au logis, après avoir été transportée à Audley dans toute sa fraîcheur. Les vieilles voitures de famille cahotantes, avec leurs chevaux aux fanons non taillés, qui témoignaient de travaux plus durs que des voyages dans le pays, étaient rangées en cercle dans le large espace qui s'étendait devant la sévère porte de chêne, chargées d'un tas de bagages de femme, véritable chaos. De jolies figures roses sortaient des portières de l'équipage, pour donner en souriant le dernier adieu au groupe qui stationnait à la porte d'entrée, pendant que le véhicule passait avec

fracas et en criant sur ses ressorts sous l'arceau couvert de lierre. Sir Michaël était partout à la fois, secouant les mains des jeunes sportsmen; embrassant
les jeunes filles aux joues rosées, embrassant même
quelquefois les corpulentes matrones qui venaient le
remercier de son hospitalité; partout cordial, hospitalier, généreux, heureux et aimé, le baronnet se pré-
cipitait d'appartement en appartement, de l'antichambre aux écuries, des écuries à la cour, de la cour à
la porte cochère cintrée, pour assister au départ de
ses hôtes.

Les boucles soyeuses de milady jetaient çà et là des
reflets passagers, dans ces jours affairés des adieux,
comme les feux intermittents d'un soleil. Ses grands
yeux bleus avaient un joli regard plein de tristesse, en
charmant unisson avec la douce pression de sa petite
main, et avec ces mots d'amitié stéréotypés, avec lesquels elle disait à ses invités combien elle était au désespoir de les perdre, et comment elle ne savait ce
qu'elle allait devenir jusqu'au jour où ils reviendraient
encore animer le château de leur agréable société.

Mais, quelque désespérée que pût être milady de
perdre ses invités, il y avait au moins un hôte dont la
société ne devait pas lui manquer. Robert Audley ne
montrait aucune intention de quitter la maison de son
oncle. Il n'avait pas de devoirs professionnels à remplir, disait-il; Fig-Tree Court était une retraite délicieuse dans la saison chaude, mais c'était un terrible
coin, en revanche, où le vent soufflait dans les mois
d'hiver, avec tout un cortége de rhumatismes et de
grippes. Tout le monde était si bon pour lui au château, que réellement il n'avait aucune envie de s'en
aller.

Sir Michaël n'avait qu'une seule réponse à toutes
ces raisons :

« Restez, mon cher ami; restez, mon cher Bob,

aussi longtemps que vous voudrez. Je n'ai pas de fils, et vous tenez ici pour moi la place d'un fils. Faites vous bien venir de Lucy, et faites votre demeure du château aussi longtemps que vous vivrez.... »

A ces paroles Robert répliquait gaiement en serrant fortement la main de son oncle et en murmurant quelque chose comme : « Vous êtes un jovial vieux prince. »

Il est à observer qu'il y avait une certaine tristesse vague dans le ton du jeune homme quand il appelait sir Michaël « un jovial vieux prince, » comme une ombre de regret affectueux qui faisait passer un nuage dans les yeux de Robert, tandis qu'assis dans un coin du salon il regardait d'un air pensif le baronnet à barbe blanche.

Avant que le dernier des jeunes chasseurs partît, sir Harry Towers demanda et obtint une entrevue avec miss Alicia Audley dans la bibliothèque garnie de chêne, entrevue dans laquelle le brave et jeune chasseur au renard manifesta une grande émotion, — émotion telle, en vérité, et d'un caractère si franc et si honnête, qu'Alicia était complétement brisée en lui disant qu'elle lui conserverait à jamais estime et respect pour son cœur noble et loyal, mais qu'il ne devait jamais, jamais, jamais, à moins de lui causer la plus cruelle peine, lui demander autre chose que cette estime et ce respect.

Sir Harry quitta la bibliothèque par la porte à la française ouvrant sur le jardin au vivier. Il s'enfonça sous cette même allée de tilleuls que George Talboys avait comparée à une avenue de cimetière, et sous les arbres sans feuilles livra combat à son brave et jeune cœur.

« Quel fou je suis de ressentir ce que j'éprouve! s'écria-t-il, imprimant son pied sur le sol glacé. J'ai toujours su qu'il en serait ainsi, j'ai toujours compris qu'elle était cent fois trop belle pour moi. Que Dieu la rende heureuse ! Quelle noblesse et quelle douceur dans son langage ! qu'elle était belle avec cette pudique rougeur sous sa peau brune, et ces larmes dans ses grands yeux gris, presque aussi belle que le jour où elle franchit la haie, et me laissa placer une bruyère à son chapeau en chevauchant vers le logis. Que Dieu la rende heureuse ! Je puis passer sur bien des choses tant qu'elle ne fait pas attention à ce vilain homme de loi, mais je ne pourrais supporter cela. »

Ce vilain homme de loi, dénomination par laquelle sir Harry faisait allusion à Robert Audley, était planté dans le vestibule, examinant une carte géographique des provinces du Centre, lorsqu'Alicia arriva de la bibliothèque, les yeux rouges, après son entrevue avec le baronnet, chasseur au renard.

Robert, qui avait la vue basse, tenait ses yeux à un demi-pouce de la surface de la carte, quand la jeune fille s'approcha de lui.

« Certainement, dit-il, Norwich est dans le Norfolk, et cet étourdi, ce jeune Vincent, affirmait que c'était dans le Herefordshire. Ah ! Alicia, c'est vous ? »

Il se retourna comme pour intercepter le passage à Alicia, qui se dirigeait vers l'escalier.

« Certainement, répliqua brièvement sa cousine, essayant de passer.

— Alicia, vous avez pleuré ? »

La jeune fille ne daigna pas répondre.

« Vous avez pleuré, Alicia. Sir Harry Towers, de Towers Park, dans le comté de Herts, vient de vous faire l'offre de sa main, n'est-ce pas ?

— Étiez vous à la porte à écouter, monsieur Audley ?

— Je n'y étais pas, miss Audley. En principe, je me défends d'écouter, et en pratique, je crois que c'est un procédé très-fatigant; mais je suis avocat, miss Alicia, et capable de tirer une conséquence par induction.

Savez-vous ce que c'est qu'une preuve par induction, miss Audley?

— Non, répliqua Alicia, lançant à son cousin un regard pareil à celui qu'une jeune et magnifique panthère lancerait à l'homme assez osé pour la tourmenter.

— Je ne croyais pas, j'ose l'affirmer, que sir Harry pouvait demander autre chose qu'une nouvelle manière de botter un cheval. Mais j'ai compris par induction que le baronnet se préparait à vous faire une offre de sa main; premièrement, parce qu'il a descendu l'escalier avec ses cheveux partagés de travers, et que sa figure était aussi pâle que la nappe; secondement, parce qu'il n'a pu rien manger à déjeuner, et a laissé son café passer de travers, et troisièmement, parce qu'il vous a demandé une entrevue avant de quitter le château. Eh bien, que va-t-il en advenir, Alicia? Épousons-nous le jeune baronnet, et le pauvre cousin Bob sera-t-il garçon d'honneur à la noce?

— Sir Harry Towers est un noble cœur, dit Alicia, essayant encore d'échapper à son cousin.

— Mais l'acceptons-nous, oui ou non? Allons-nous devenir lady Towers, ayant un superbe domaine dans le Herefordshire, des quartiers d'été pour nos chasseurs et un *drag*, avec des postillons, pour nous conduire rapidement dans la résidence de papa, dans l'Essex? Va-t-il en être ainsi, Alicia, oui ou non?

— Que vous importe, Robert, s'écria Alicia avec emportement. Pourquoi vous inquiéter de ce qui adviendra de moi, ou de qui j'épouserai? Si j'épousais un ramoneur, vous vous contenteriez de lever vos sourcils et de dire : « Bénie soit mon âme; elle a toujours été excentrique. » J'ai refusé sir Harry Towers, mais lorsque je pense à son affection généreuse et désintéressée, et que je la compare à l'indifférence nonchalante, égoïste, dédaigneuse et sans cœur d'autres hommes, j'ai bonne envie de courir après lui et de lui dire....

— Que vous vous rétractez et que vous consentez à devenir lady Towers?

— Oui.

— Ne faites pas cela, Alicia, ne faites pas cela, dit Robert Audley, saisissant le petit poignet gracieux de sa cousine, et la conduisant en haut de l'escalier; venez avec moi dans le salon, Alicia, ma pauvre petite cousine, ma charmante, impétueuse, tourmentante petite cousine, asseyez-vous là, près de cette croisée à meneaux, et parlons sérieusement et sans nous quereller, si nous pouvons. »

Les cousins avaient le salon à eux seuls. Sir Michaël était dehors, milady dans son appartement et le pauvre sir Harry Towers se promenait de long en large sur le gravier de l'allée, caché par les ombres vacillantes des branches dépouillées, par cette brillante et froide journée d'hiver.

« Ma chère petite Alicia, dit Robert aussi tendrement que s'il se fût adressé à quelque enfant gâté, supposez-vous que parce que l'on ne porte pas des flacons de sels, ou qu'on ne sépare pas ses cheveux de travers, et qu'on ne se conduit pas à la façon de maniaques beaux diseurs qui veulent prouver la violence de leur passion..., supposez-vous à cause de tout cela, Alicia Audley, que l'on ne puisse être aussi sensible au mérite d'une chère petite jeune fille, au cœur bouillant et affectionné, que ne le sont tous ceux qui l'entourent? La vie est une chose si ennuyeuse que, lorsque tout est dit et fait, on fait aussi bien de jouir tranquillement des biens qu'elle peut donner. Je ne pousse pas de grandes exclamations parce que je puis acheter de bons cigares au coin de Chancery Lane, et que j'ai une chère et bonne jeune fille pour cousine; mais je n'en suis pas moins reconnaissant à la Providence de ce que cela est ainsi. »

Alicia ouvrait ses yeux gris de toute leur grandeur, fixant son cousin en plein visage avec un regard étonné. Robert avait pris le plus vilain et le plus maigre de ses chiens, ses compagnons, et était occupé paisiblement à caresser les oreilles de l'animal.

« Est-ce là tout ce que vous avez à me dire, Robert? demanda miss Audley avec douceur.

— Eh bien, oui... oui... répliqua son cousin après une longue délibération. Je crois que voici ce que j'avais besoin de vous dire. Ne prenez pas pour mari le baronnet chasseur au renard, si vous aimez mieux toute autre personne : car si vous voulez être patiente et prendre la vie paisiblement, essayer de vous corriger de fermer les portes à tout briser, de sortir ou entrer avec fracas dans les appartements, de parler continuellement écuries et de galoper à travers le pays, je n'ai pas le moindre doute que la personne que vous préférez ne veuille être pour vous un très-excellent mari.

— Merci, cousin, dit miss Audley, les yeux étincelant d'indignation et rougissant jusqu'à la racine de ses noirs cheveux ondoyants; mais, comme vous ne connaissez pas la personne que je préfère, je pense que vous avez mieux à faire de ne pas prendre sur vous de répondre pour elle. »

Robert, d'un air rêveur, tira pendant quelques moments les oreilles de son chien.

« Non, assurément, dit-il après un instant, non, sans doute, si je ne la connaissais pas; mais je crois la connaître.

— Vous croyez! » s'écria Alicia.

Et, ouvrant la porte avec une violence qui fit tressaillir son cousin, elle s'élança hors du salon.

« Je dis seulement que je crois la connaître, » criait Robert après elle; et puis, se jetant dans un fauteuil, il murmura d'un air pensif : « Une si bonne fille, si elle n'était pas si emportée! »

Cependant le pauvre sir Harry Towers quitta le château d'Audley, l'air triste et vraiment abattu.

Il éprouvait très-peu de plaisir maintenant à retourner à son magnifique manoir, caché sous l'ombrage des chênes et des hêtres antiques. L'habitation carrée, à briques rouges, rayonnant à l'extrémité d'une longue voûte d'arbres sans feuilles, était pour lui désormais une demeure désolée, pensait-il, depuis qu'Alicia n'avait pas voulu en devenir la maîtresse.

Une centaine d'embellissements qu'il avait projetés et résolus furent éloignés de son esprit comme choses inutiles. Le cheval de chasse que Jim, le dresseur, était en train d'élever pour une dame, les deux jeunes chiens d'arrêt qui devaient être lancés pour la prochaine saison de chasse, le gros *retriever* qui aurait pu porter le parasol d'Alicia, le pavillon du jardin, abandonné depuis la mort de sa mère, mais qu'il s'était proposé de faire restaurer pour miss Audley, — toutes ces choses étaient maintenant dans son esprit autant d'objets inutiles et tourmentants.

« Quel avantage y a-t-il à être riche, si on n'a pas avec soi quelqu'un pour dépenser son argent! dit le jeune baronnet. On devient égoïste, et l'on boit beaucoup trop de porto. C'est une cruelle chose qu'une jeune fille puisse refuser un cœur loyal et des écuries pareilles à celles que nous possédons dans le parc! Cela bouleverse un homme. »

En vérité, ce refus inattendu avait complétement brouillé les quelques idées qui formaient le mince contingent de l'esprit du jeune baronnet.

Il avait toujours été éperdument amoureux d'Alicia depuis la dernière saison des chasses, époque à laquelle il l'avait rencontrée à un bal du comté. Sa passion, nourrie pendant la durée monotone d'un long été, avait éclaté plus vive dans les joyeux mois d'hiver, et la timidité du jeune homme, seule, avait retardé l'offre de sa main. Mais il n'avait jamais supposé un instant qu'il pût être refusé ; il était si accoutumé à l'adulation des mères qui avaient des filles à marier, et même à celle des filles ; il avait été si habitué à se sentir le principal personnage dans toute réunion, quand même la moitié des beaux esprits du temps aurait été là, et quoiqu'il ne prononçât jamais que des « haô, certainement ! » et « par Jupiter ! » Il avait été si gâté par les flatteries des yeux brillants qui regardaient ou semblaient regarder avec plus de feu lorsqu'il approchait, que, sans être possédé d'une ombre de vanité personnelle, il en était venu à croire qu'il n'avait qu'à s'offrir à la plus jolie fille de l'Essex, pour se voir immédiatement accepté.

Certes il aurait pu dire complaisamment à un des satellites qui l'admiraient : « Je sais que je suis un bon parti, et je sais pourquoi les jeunes filles me font la révérence. Elles sont vraiment jolies, et sont très-disposées à accepter un bon garçon ; mais je ne me soucie pas d'elles. Elles se ressemblent toutes, — elles ne sont bonnes qu'à baisser les yeux et à dire : « Oh ! sir Harry, pourquoi appelez-vous ce chien noir frisé un *retriever* ? » Ou : « Oh ! sir Harry, est-ce que la pauvre jument a réellement une entorse au paturon de sa jambe de devant ? » Je n'ai pas beaucoup d'esprit moi-même, je le sais, aurait pu ajouter le baronnet en se le reprochant, et je n'ai pas besoin d'une femme esprit fort qui écrive des livres et porte des lunettes vertes ; Dieu m'en préserve ! Je préfère une jeune fille qui parle de ce qu'elle connaît. »

Aussi lorsqu'Alicia dit : « Non, » ou plutôt fit ce joli discours sur l'estime et le respect que les filles bien élevées substituent au désagréable monosyllabe, sir Harry Towers sentit que tout l'échafaudage d'avenir qu'il avait si complaisamment élevé était renversé et n'était plus qu'un tas de tristes ruines.

Sir Michaël lui prit cordialement la main juste avant

que le jeune homme montât sur son cheval dans la
cour.

« J'en suis fâché, Towers, dit-il; vous êtes le meilleur garçon qui puisse jamais exister, et vous auriez
fait un excellent mari pour ma fille. Mais vous savez
qu'il y a un cousin, et je crois que....

— Ne me dites pas cela, sir Michaël, interrompit
énergiquement le chasseur de renards. Je puis passer
par-dessus n'importe quoi, mais pas sur cela. Un individu dont la main appuyée sur la gourmette pèse
presque une demi-tonne (oui, il a mis en pièces la
bouche de *Cavalier*, sir Michaël, le jour où vous lui
avez laissé monter ce cheval), un individu qui rabat
son col de chemise et mange du pain avec de la marmelade !.... Non, non, sir Michaël, il y a des choses
étranges dans le monde, mais je ne puis penser cela
de miss Audley. Il doit y avoir quelqu'un sur le tapis,
mais ce ne peut être le cousin. »

Sir Michaël secoua la tête comme partait l'amoureux repoussé.

« Je ne comprends rien à cela, murmura-t-il; Bob
est un excellent garçon, et la jeune fille pourrait faire
un plus mauvais choix; mais il recule comme s'il ne
se souciait pas d'elle. Il y a là quelque mystère.... il
y a là quelque mystère! »

Le vieux baronnet faisait ses réflexions de ce ton à
demi indifférent que nous employons pour parler des
affaires d'autrui. Les ombres d'un rapide crépuscule
d'hiver, se condensant sous le plafond bas du vestibule recouvert de chêne et sous le cintre élégant
de la porte d'entrée en arceau, entouraient sa tête
d'une obscurité profonde; mais la lumière de sa vie
décroissante, sa belle et jeune femme chérie, était
près de lui, et il ne voyait plus d'ombres lorsqu'elle
était à ses côtés.

Elle traversa en sautillant le vestibule pour venir le

trouver, et, secouant ses boucles d'or, enfouit sa tête lumineuse dans le sein de son époux.

« Ainsi, le dernier de nos invités est parti, cher, et nous voilà tout seuls, dit-elle, n'est-ce pas vrai?

— Oui, chérie, répondit-il avec passion en caressant ses beaux cheveux.

— Excepté M. Robert Audley. Combien de temps ce neveu à vous doit-il rester ici?

— Aussi longtemps qu'il voudra, ma mignonne; il est toujours le bienvenu, » dit le baronnet; puis, se reprenant, il ajouta avec tendresse : « A moins, cependant, que sa visite ne vous soit pas agréable, chérie; à moins que ses habitudes paresseuses, sa fumée, ses chiens, ou quelque chose en lui ne vous déplaise. »

Lady Audley plissa ses lèvres rosées, et fixa le sol d'un air rêveur.

« Ce n'est pas cela, dit-elle en hésitant, M. Audley est un jeune homme très-agréable et un jeune homme très-honorable ; mais vous comprenez, sir Michaël, je suis une bien trop jeune tante pour un tel neveu, et....

— Et quoi, Lucy? demanda brusquement le baronnet.

— La pauvre Alicia est presque jalouse de quelques attentions que M. Audley a pour moi, et.... et... je crois qu'il vaudrait mieux, pour son bonheur, qu'il mît un terme à son séjour ici.

— Il partira ce soir, Lucy, s'écria sir Michaël; j'ai été un aveugle, un fou, un imprudent de ne pas avoir pensé à cela. Ma délicieuse petite amie, il convenait à peine d'exposer Bob, ce pauvre garçon, à votre puissance fascinatrice. Je le connais pour le garçon le meilleur et le plus loyal qui puisse jamais exister, mais.... mais il partira ce soir.

— Mais vous n'avez pas besoin d'être trop brusque, cher, ne soyez pas rude.

— Rude, non, Lucy. Je l'ai laissé en train de fumer sous l'allée des tilleuls. Je vais aller lui dire de quitter la maison dans une heure. »

Ainsi, dans cette avenue aux arbres dépouillés, sous les ombrages épais de laquelle George Talboys avait stationné dans cette soirée orageuse qui précéda le jour de sa disparition, sir Michaël Audley dit à son neveu que le château n'était pas un lieu bon pour lui, et que milady était trop jeune et trop jolie pour accepter les petits soins d'un beau neveu de vingt-huit ans.

Robert se contenta de hausser les épaules et de lever ses épais sourcils noirs, tandis que sir Michaël lui insinuait ces remarques avec délicatesse.

« En effet, j'ai eu de l'attention pour milady, dit-il, elle m'intéresse vivement, elle m'intéresse étrangement; » et puis, avec un changement dans la voix et une émotion qui lui était peu habituelle, il se tourna vers le baronnet, et, saisissant sa main, s'écria : « A Dieu ne plaise, mon cher oncle, que j'apporte jamais le chagrin dans un cœur aussi noble que le vôtre ! A Dieu ne plaise que la plus légère ombre de déshonneur tombe jamais sur votre tête honorée, et au moins que cela ne soit pas de mon fait. »

Le jeune homme prononça ces quelques mots d'une voix faible et entrecoupée que sir Michaël ne lui connaissait pas ; puis, détournant la tête, il s'éloigna d'un air abattu.

Il quitta le château à la nuit, mais il n'alla pas loin. Au lieu de prendre le train du soir pour Londres, il monta droit au petit village de Mount Stanning, et, entrant dans l'auberge proprement tenue, il demanda à Phœbé si elle pourrait lui fournir un appartement.

CHAPITRE XVII

A l'auberge du *Château.*

La petite salle dans laquelle Phœbé Marks introduisit le neveu du baronnet était située au rez-de-chaussée, et séparée seulement par une cloison en lattes et en plâtre du petit comptoir occupé par l'aubergiste et sa femme.

Il semblait que l'avisé architecte qui avait présidé à la construction de l'auberge eût pris un soin particulier de ne choisir, pour les matériaux employés dans sa construction, que les matériaux les plus fragiles et les plus légers, afin que le vent, qui avait une fantaisie spéciale pour ce lieu inabrité, pût avoir ses coudées franches et satisfaire tous ses caprices.

A cette fin, une misérable construction en bois avait été élevée au lieu d'une maçonnerie solide; des plafonds mal assemblés avaient été posés sur de frêles chevrons et sur des poutres qui menaçaient à chaque nuit d'orage de tomber sur la tête des personnes qui étaient au-dessous; les portes, dont la spécialité était de n'être jamais fermées, battaient toujours violemment; les croisées, construites dans le but particulier de laisser entrer la pluie lorsqu'elles étaient fermées, empêchaient l'air de s'introduire lorsqu'elles étaient ouvertes. La main du démon avait bâti cette solitaire auberge de campagne ; et il n'y avait pas un pouce de charpente ou une truellée de plâtre employés dans toute cette construction rachitique qui ne présentassent un endroit particulièrement faible à chaque assaut de son ennemi infatigable.

Robert jeta les yeux autour de lui avec un léger sourire de résignation.

C'était décidément un changement avec le luxe confortable du château d'Audley, et c'était presque une étrange fantaisie de la part du jeune avocat d'aimer mieux séjourner dans cette triste hôtellerie de village, que de retourner à ses petites et commodes chambres de Fig-Tree Court.

Mais il avait emporté ses lares et ses pénates avec lui sous la forme de sa pipe allemande, de son pot à tabac, d'une demi-douzaine de romans français et de ses deux chiens mal bâtis, ses favoris, qui se tenaient grelottants devant le petit foyer fumeux, jetant de temps en temps des aboiements courts et aigus, manière de réclamer quelque léger réconfortant.

Tandis que M. Robert Audley examinait son nouveau domicile, Phœbé Marks appela un petit garçon du village qui avait l'habitude de courir faire ses commissions, et, le prenant à part dans la cuisine, lui donna un petit billet soigneusement plié et cacheté.

« Tu connais le château d'Audley?

— Oui, madame.

— Si tu cours jusque-là ce soir avec cette lettre, et si tu réussis à la remettre sûrement entre les mains de lady Audley, je te donnerai un shilling.

— Oui, madame.

— Tu comprends? Demande à voir milady ; tu ne diras pas que tu as un message, ni un billet, entends-tu? mais une commission de la part de Phœbé Marks:

12

et quand tu la verras, tu lui remettras ceci en mains propres.

— Oui, madame.

— Tu n'oublieras pas?

— Non, madame.

— Alors, va-t'en. »

L'enfant n'attendit pas un second ordre de départ, et il fut en un instant sur la grande route, courant vers la descente rapide qui conduit à Audley.

Phœbé Marks se mit à la croisée, et suivit au dehors la forme noire de l'enfant qui se hâtait à travers l'obscurité de la soirée d'hiver.

« Si sa venue ici cache quelque mauvais dessein, pensait-elle, milady saura la nouvelle à temps, quoi qu'il arrive. »

Phœbé elle-même apporta le plateau à thé soigneusement disposé, et le petit plat couvert de jambon et d'œufs, qui avaient été préparés pour son hôte inattendu. Ses cheveux, d'un blond pâle, étaient aussi bien tressés, et sa robe gris clair ajustée avec autant de précision qu'autrefois. Les mêmes teintes neutres envahissaient sa personne et son costume; pas de rubans aux couleurs voyantes, pas de robe de soie faisant frou-frou pour proclamer la prospérité de la femme de l'aubergiste. Phœbé Marks était une personne qui n'avait pas perdu son cachet d'individualité. Silencieuse et contenue, elle semblait tout tenir d'elle-même et n'emprunter aucune couleur au monde extérieur.

Robert l'examinait avec attention tandis qu'elle étendait la nappe et tirait la table plus près du feu.

« Voilà, pensait-il, une femme capable de garder un secret. »

Les chiens jetaient des regards presque soupçonneux sur le visage calme de mistress Marks, qui glissait doucement, dans la pièce, de la théière à la boîte à thé, et de la boîte à thé à la bouilloire qui chantait sur la plaque du foyer.

« Voulez-vous jeter mon thé pour moi, mistress Marks? dit Robert en s'asseyant dans un fauteuil à bras rembourré de crin et recouvert de peau de vache, qui l'enfermait étroitement de tous côtés, comme si on l'avait fait sur sa mesure.

— Vous êtes venu directement du château, monsieur? dit Phœbé en présentant le sucrier à Robert.

— Oui, il y a seulement une heure que j'ai quitté mon oncle.

— Aussi gai, aussi heureux que jamais?

— Aussi gai, aussi heureux que jamais. »

Phœbé se retira respectueusement après avoir servi le thé à M. Audley; mais comme elle s'était arrêtée, la main sur le loquet de la porte, il lui adressa de nouveau la parole :

« Connaissiez-vous lady Audley lorsqu'elle était miss Lucy Graham? la connaissiez-vous? demanda-t-il.

— Oui, monsieur. J'habitais dans la maison des Dawson quand milady y était institutrice.

— En vérité! Resta-t-elle longtemps dans la famille du chirurgien?

— Une année et demie, monsieur.

— Et elle était venue de Londres?

— Oui, monsieur.

— Et elle était orpheline, je crois?

— Oui, monsieur.

— Toujours aussi enjouée que maintenant?

— Toujours, monsieur. »

Robert vida sa tasse de thé et la tendit à mistress Marks. Leurs yeux se rencontrèrent : — ceux du jeune homme avaient un regard insouciant, ceux de Phœbé un regard perçant et inquisiteur.

« Cette femme ferait bien sur le banc des témoins,

pensa-t-il. Il faudrait un habile homme de loi pour l'embarrasser dans son interrogatoire. »

Il but sa seconde tasse de thé, recula le couvert, donna à manger à ses chiens, et alluma sa pipe, tandis que Phœbé emportait le plateau à thé.

Le vent arrivait en sifflant à travers la campagne glacée et les bois sans feuillage, et secouait avec fracas les châssis des fenêtres.

« Il y a un courant d'air triangulaire formé par la porte et les deux fenêtres, qui est loin d'ajouter au confortable de cet appartement, murmura Robert, et il y a certainement des sensations plus agréables que celle de rester dans l'eau glacée jusqu'aux genoux. »

Il attisa le feu, caressa ses chiens, endossa son surtout, roula un vieux sofa démantibulé près du foyer, enveloppa ses jambes dans sa couverture de voyage, et, s'étendant tout de son long sur l'étroit sofa rembourré de crin, fuma sa pipe et considéra les spirales bleuâtres de fumée tourbillonnant lentement vers le sombre plafond.

« Non, murmura-t-il de nouveau, c'est une femme qui peut garder un secret. Un juge d'instruction lui arracherait très-peu de chose. »

J'ai dit que le comptoir était seulement séparé du salon occupé par Robert par une cloison en lattes et en plâtre. Le jeune avocat pouvait entendre les deux ou trois marchands du village et quelques fermiers riant et causant autour du comptoir, tandis que Luke Marks leur servait quelques-unes de ses liqueurs.

Souvent même il pouvait distinguer leurs paroles, surtout celles du propriétaire, car celui-ci parlait d'une voix rude et élevée, et avait dans le ton plus de jactance que ses chalands.

« L'homme est un fou et un butor, dit Robert en déposant sa pipe. Je vais causer avec lui tout à l'heure. »

Il attendit que les quelques visiteurs de l'auberge se fussent retirés un à un; et quand Luke Marks eut verrouillé la porte d'entrée sur le dernier de ses chalands, il pénétra paisiblement dans le parloir, où l'aubergiste était assis avec sa femme.

Phœbé travaillait devant une petite table sur laquelle se trouvait une élégante boîte à ouvrage où chaque bobine de coton et un poinçon d'acier brillant étaient dans leurs cases respectives. Elle était occupée à ravauder les grossiers bas gris qui avaient l'habitude d'orner les pieds maladroits de son époux, mais elle faisait sa besogne avec autant de goût que si elle eût travaillé à un délicat corsage de soie de milady

J'ai dit qu'elle ne recevait aucune couleur des objets extérieurs, et l'air d'élégance vague dont sa nature était imprégnée restait attaché à ses manières, aussi bien dans la société de son brutal époux, à l'auberge, que dans le délicieux boudoir de lady Audley, au château.

Elle leva la tête subitement comme Robert entrait dans le parloir. Il y avait dans ses yeux gris une certaine ombre de dépit qui se changea en une expression d'anxiété... non, plutôt presque en une expression de terreur.... comme elle jetait les yeux de M. Audley à Luke Marks.

« Je suis entré pour causer quelques minutes avant d'aller me mettre au lit, dit Robert en s'installant commodément devant le foyer joyeux. Vous opposeriez-vous à un cigare, mistress Marks? je veux dire, naturellement, à ce que j'en fumasse un? ajouta-t-il d'une manière explicative.

— Non, pas du tout, monsieur.

— Ce serait une belle chose qu'elle s'opposât à un peu de fumée de tabac, gronda M. Marks, quand moi et les pratiques fumons toute la journée! »

Robert alluma son cigare avec une allumette en

papier fabriquée par Phœbé, qui ornait le chambranle de la cheminée, et tira une demi-douzaine de bouffées pleines de réflexion avant de parler.

« Je voudrais que vous me dissiez tout ce qui a rapport à Mount Stanning, monsieur Marks, dit-il bientôt.

— Ce sera, ma foi, bientôt dit, répliqua Luke avec un rire dur et amer. De tous les tristes endroits dans lesquels un homme ait jamais mis les pieds, celui-ci est à peu près le plus triste. Non pas que les affaires ne donnent pas de jolis bénéfices; je ne me plains nullement de cela, mais je préférerais une auberge à Chelmsford, ou à Brentwood, ou à Romford, ou dans quelque endroit où il y aurait un peu de vie dans les rues; et j'aurais pu avoir cela, ajouta-t-il d'un air mécontent, si les gens que cela regarde n'avaient pas été des ladres si fieffés. »

Comme son mari murmurait cette plainte en grognant et à voix basse, Phœbé leva les yeux de dessus son ouvrage et s'adressa à lui.

« Nous oublions la porte de la brasserie, Luke, dit-elle; veux-tu venir avec moi, pour m'aider à placer la barre?

— La porte de la brasserie peut rester ouverte pour ce soir, dit M. Marks, je n'ai pas envie de me déranger, maintenant que je me suis assis pour fumer une bonne pipe. »

Il prit, en parlant, une longue pipe de terre au coin du garde-feu, et se mit résolûment à la bourrer.

« Je ne me sens pas tranquille sur cette porte de la brasserie, Luke, observa de nouveau sa femme; il y a des rôdeurs aux environs, et ils peuvent entrer aisément quand la barre n'est pas placée.

— Vas-y, et pose la barre toi-même, alors; est-ce que tu ne peux pas? répondit M. Marks.

— Elle est trop lourde à soulever pour moi.

— Alors, laisse-la tranquille, si tu es trop grande

dame pour aller y voir. Tu es devenue bien subitement inquiète sur cette porte de la brasserie. Je suppose que tu n'as pas l'intention de m'empêcher d'ouvrir la bouche pour répondre à ce gentleman qui est là? Oh! tu n'as pas besoin de me regarder en fronçant le sourcil pour me faire cesser de parler! Tu es toujours à placer ton mot dans mes phrases et à les rogner avant que je les aie à moitié terminées; mais je je veux pas supporter cela, entends-tu? Je ne veux pas le supporter. »

Phœbé Marks haussa les épaules, plia son ouvrage, ferma son nécesaire, et, croisant ses mains sur sa poitrine, resta ses yeux gris fixés sur la face de taureau de son mari :

« Alors, vous ne vous souciez pas beaucoup de vivre à Mount Stanning? dit Robert poliment, comme s'il était désireux de changer le sujet de la conversation.

— Oh! certainement non, répondit Luke, et je me soucie peu qu'on le sache; et si, comme je vous l'ai déjà dit, les gens que cela regarde n'avaient pas été des ladres si fieffés, j'aurais pu avoir une auberge dans une ville à marché, au lieu de cette vieille baraque démolie dans laquelle un homme a ses cheveux emportés de la tête pendant les jours de vent. Qu'est-ce que cinquante livres ou même cent livres ?...

— Luke! Luke!

— Non, tu ne réussiras pas à fermer ma bouche avec tous tes Luke! Luke! répondit M. Marks à la remontrance de sa femme. Je le répète de nouveau, qu'est-ce que cent livres?

— Rien, répondit Robert Audley, parlant avec une merveilleuse netteté et adressant ses paroles à Luke Marks, tout en fixant ses yeux sur le visage inquiet de Phœbé. Qu'est-ce, en vérité, que cent livres pour un homme possédant le pouvoir que vous avez, ou plutôt que votre femme a sur la personne en question? »

Le visage de Phœbé, en tout temps presque sans couleurs, semblait difficilement capable de devenir plus pâle ; mais, comme ses yeux s'abaissaient sous le regard inquisiteur de Robert Audley, un changement visible s'opéra dans les teintes pâles de son teint.

« Minuit un quart, dit Robert regardant sa montre ; heure avancée pour un village aussi paisible que celui de Mount Stanning. Bonne nuit, mon digne hôte. Bonne nuit, mistress Marks. Vous n'avez pas besoin de m'envoyer mon eau pour la barbe avant neuf heures, demain matin. »

CHAPITRE XVIII

Robert reçoit une visite à laquelle il ne devait guère
s'attendre.

Onze heures sonnaient le lendemain matin et trouvaient M. Robert Audley encore installé devant son
déjeuner gentiment dressé sur une petite table, un de
ses chiens de chaque côté de son fauteuil à bras, le
regardant l'œil tendu et la bouche béante, aux aguets
d'un morceau de jambon ou de rôtie impatiemment
attendu. Robert avait un journal du comté sur les genoux et faisait de temps en temps un faible effort pour
lire la première page, remplie d'annonces de fermages,
de remèdes de charlatans et autres sujets intéressants.

Le temps avait changé, et la neige, qui, pendant les
derniers jours, en s'amoncelant, avait noirci le ciel
glacé, tombait en flocons légers contre les croisées et
couvrait, en s'accumulant, le petit jardin.

La longue et solitaire route conduisant à Audley
paraissait vierge de toute trace de pas au moment où
Robert regardait au dehors le paysage d'hiver.

« Superbe, dit-il, pour un homme accoutumé aux
enchantements de Temple Bar. »

Comme il regardait les flocons de neige tombant à
chaque instant plus épais et plus serrés sur la route

déserte, il fut surpris d'apercevoir un brougham montant lentement la côte.

« Je me demande quel pauvre diable a l'esprit assez
tourmenté pour ne pas rester au logis par une matinée pareille, » murmura-t-il en retournant à son fauteuil à côté du feu.

Il était à peine assis depuis quelques minutes, lorsque Phœbé Marks entra dans la chambre pour annoncer lady Audley.

« Lady Audley! Priez-la d'entrer, » dit Robert.

Puis, Phœbé ayant quitté la chambre pour y introduire la visite inattendue, il murmura entre ses
dents :

« Un faux mouvement, milady, et un mouvement
auquel je ne me serais pas attendu de votre part. »

Lucy Audley était rayonnante par cette neigeuse et
glaciale matinée de janvier. Les nez des autres auraient
été fortement assaillis par les doigts cruels de son
affreuse majesté la glace, mais non pas celui de milady; les lèvres des autres auraient passé du pâle au
bleu sous l'influence glacée de la rude température,
mais le joli petit bouton de rose de la bouche de milady conservait ses couleurs les plus brillantes et sa
fraîcheur la plus riante.

Elle était enveloppée dans les mêmes fourrures que
Robert Audley lui avait rapportées de Russie, et elle
portait un manchon qui parut être au jeune homme
presque aussi gros qu'elle.

Elle avait l'apparence d'une petite créature enfantine, chétive et tournant au *baby*; Robert la considérait avec une certaine nuance de pitié dans les yeux,
tandisqu'elle s'approchait du foyer près duquel il était
debout, et qu'elle réchauffait ses petits doigts gantés
à la flamme.

« Quelle matinée, monsieur Audley ! dit-elle, quelle
matinée !

— Oui, vraiment. Quel motif a pu vous faire sortir par un temps pareil?

— Parce que je désirais vous voir... en particulier.

— En vérité?

— Oui, dit milady avec un air d'embarras extrême, jouant avec le bouton de son gant et l'arrachant presque dans son agitation, oui, monsieur Audley, j'ai senti que vous n'aviez pas été bien traité, que... vous aviez, en un mot, raison de vous plaindre, et que des excuses vous étaient dues.

— Je ne désire aucune excuse, lady Audley.

— Mais vous y avez des droits, répondit milady avec calme. Pourquoi, mon cher Robert, serions-nous vraiment si cérémonieux l'un à l'égard de l'autre? Vous étiez bien à Audley; nous étions très-enchantés de vous y posséder; mais mon cher et extravagant mari n'a-t-il pas été mettre dans sa folle tête qu'il était dangereux pour le repos de l'esprit de sa petite femme d'avoir un neveu de vingt-huit ou vingt-neuf ans, occupé à la regarder en fumant des cigares dans son boudoir, et voilà notre charmante petite réunion de famille dispersée. »

Lucy Audley parlait avec cette vivacité particulière aux enfants, qui semblait chez elle si naturelle. Robert considérait d'un œil abattu et presque triste son visage brillant et animé.

« Lady Audley, dit-il, Dieu nous préserve vous ou moi d'attirer le chagrin et le déshonneur sur la tête de mon généreux oncle; mieux vaut peut-être que je sois hors de la maison... mieux eût valu, peut-être, que je n'y fusse jamais entré. »

Milady avait tenu ses yeux fixés sur le feu, tandis que son neveu parlait; mais, à ses derniers mots, elle releva subitement la tête, et le regarda en plein visage avec une expression étonnante, — un regard fiévreux et interrogateur, dont le jeune avocat comprit toute la signification.

« Oh ! je vous en prie, ne soyez pas alarmée, lady Audley, dit-il gravement. Vous n'avez pas de sottise sentimentale ou d'absurde folie, empruntées à Balzac ou à Dumas fils, à craindre de ma part. Les premiers avocats d'Inner Temple pourront vous dire que Robert Audley n'est pas atteint d'une de ces épidémies dont les symptômes extérieurs sont les cols de chemise rabattus et les cravates à la Byron. J'affirme que je voudrais n'être jamais entré dans la maison de mon oncle pendant l'année dernière; mais je donne à cette affirmation une signification beaucoup plus sérieuse que sentimentale. »

Milady haussa les épaules.

« Si vous persévérez à parler par énigmes, monsieur Audley, dit-elle, vous devez pardonner à une pauvre petite femme si elle refuse d'y répondre. »

Robert ne fit pas de réplique à ce propos.

« Mais avouez-moi, dit milady avec un complet changement de ton, ce qui peut vous avoir poussé à venir dans ce misérable endroit.

— La curiosité.

— La curiosité ?

— Oui; je m'intéresse vivement à cet homme au cou de taureau, avec sa chevelure fauve et ses yeux gris méchants... un homme dangereux, milady,... un homme au pouvoir duquel je ne voudrais pas être. »

Une altération subite s'opéra sur le visage de lady Audley; la jolie teinte rosée s'évanouit de ses joues et les laissa blanches comme de la cire, et des étincelles de colère brillèrent dans ses yeux bleus.

« Que vous ai-je fait, Robert Audley, s'écria-t-elle irritée, que vous ai-je fait pour me haïr ainsi? »

Il lui répondit avec beaucoup de gravité.

« J'avais un ami, lady Audley, que j'aimais très-profondément, et depuis que je l'ai perdu, je crains que

mes sentiments envers les autres personnes ne se
soient étrangement remplis d'amertume.

— Vous voulez parler de ce M. Talboys qui est parti
pour l'Australie?

— Oui, je veux parler de ce M. Talboys que je vous
ai dit être parti pour Liverpool avec le dessein d'aller
en Australie.

— Et vous ne croyez pas à son embarquement pour
l'Australie?

— Je n'y crois pas.

— Mais pourquoi pas?

— Pardonnez-moi, lady Audley, de refuser de répondre à cette question.

— Comme il vous plaira, dit-elle avec insouciance.

— Une semaine après la disparition de mon ami,
continua Robert, j'expédiai un avertissement aux journaux de Sydney et de Melbourne, par lequel je le
priais, s'il était dans l'une des deux villes lorsque
l'avis paraîtrait, de m'écrire et de me faire savoir ce
qui le concernait, et je priais aussi quiconque l'aurait
rencontré, soit dans les colonies, soit hors des colonies, de me donner quelque renseignement sur son
compte. George Talboys a quitté l'Essex ou a disparu
de l'Essex dans la journée du 6 septembre dernier. Je
dois recevoir une réponse quelconque à cet avertissement vers la fin de ce mois. C'est aujourd'hui le 27:
elle est donc à la veille d'arriver.

— Et si vous ne recevez pas de réponse? demanda
lady Audley.

— Si je ne reçois pas de réponse, je penserai que
mes craintes n'ont pas été sans fondement, et je ferai
de mon mieux pour agir.

— Qu'entendez-vous par ces paroles?

— Ah! lady Audley, vous me rappelez combien je
suis inhabile en cette matière. Mon ami peut avoir été
assassiné dans cette auberge même, frappé à mort

sur cette pierre de foyer sur laquelle je suis maintenant, et je peux rester ici douze mois et partir à la fin
aussi ignorant de son sort que si je n'eusse jamais
passé le seuil de cette porte. Que pouvons-nous savoir
des mystères qui peuvent être attachés aux maisons
dans lesquelles nous entrons? Si j'allais demain dans
ce lieu ordinaire, dans cette maison du peuple à huit
étages, dans laquelle Maria Manning et son mari ont
égorgé leur hôte, je n'aurais aucune terrible intuition
de cette horreur passée. De vilaines actions ont été
accomplies sous les toits les plus hospitaliers, d'atroces
crimes ont été commis au milieu des plus beaux sites
de la nature, sans y laisser de trace. Je ne crois pas à
la mandragore, ni aux taches de sang que le temps ne
peut effacer. Je crois plutôt que nous pouvons marcher
en toute ignorance dans une atmosphère de crimes, et
n'en pas moins respirer librement. Je crois que nous
pouvons regarder la figure souriante d'un meurtrier
et admirer sa beauté tranquille. »

Milady pouffa de rire au sérieux de Robert.

« Vous paraissez avoir une vraie passion pour discuter ces horribles sujets, dit-elle presque d'un air
dédaigneux, vous auriez dû être juge d'instruction.

— Je pense quelquefois que j'en aurais fait un excellent.

— Pourquoi?

— Parce que je suis patient.

Mais pour revenir à M. George Talboys, que
nous avons perdu dans votre éloquente discussion,
que ferez-vous si vous ne recevez pas de réponse à
vos avertissements?

— Je me considèrerai alors comme déchargé, en
concluant que mon ami est mort.

— Oui et alors?...

— J'examinerai les effets qu'il a laissés dans mon
appartement.

— En vérité, et de quoi se composent-ils ? de redin-
gotes, de gilets, de bottes vernies et de pipes en
écume, je présume ?... dit lady Audley en riant.

— Non, de lettres.... de lettres de ses amis, de ses
anciens camarades d'école, de son père, des officiers
ses collègues.

— Oui !

— De lettres aussi.... de sa femme. »

Milady garda le silence quelques instants, les yeux
fixés sur le feu et pensive.

« Avez-vous jamais vu quelqu'une des lettres écrites
par feue mistress Talboys ? ajouta-t-elle bientôt.

— Jamais, pauvre femme ! Ses lettres ne sont probablement pas de nature à jeter beaucoup de lumière
sur le sort de mon ami. Je crois pouvoir affirmer
qu'elle écrivait avec ce gribouillage particulier aux
femmes. Il y en a vraiment peu qui aient pour écrire
une main aussi charmante et aussi peu ordinaire que
la vôtre, lady Audley.

— Ah ! vous connaissez donc mon écriture ?

— Oui, je la connais parfaitement bien. »

Milady réchauffa ses mains une fois encore, et, prenant le gros manchon qu'elle avait posé à côté d'elle
sur une chaise, elle se prépara à partir.

« Vous avez refusé d'accepter mes excuses, monsieur Audley, dit-elle, mais j'ai confiance que vous
n'en êtes pas moins assuré de mes sentiments à votre
égard.

— Parfaitement assuré, l'ady Audley.

— Alors, au revoir, et laissez-moi vous recomman-
der de ne pas rester longtemps dans cette méchante
demeure humide, si vous ne voulez pas rapporter
avec vous des rhumatismes à Fig-Tree Court.

— Je retournerai à Londres demain matin pour chercher mes lettres.

— Alors, une fois encore, au revoir. »

Elle lui tendit la main ; il la prit mollement dans la sienne. Il semblait que cette petite main si frêle, il eût pu l'écraser dans sa solide poigne, s'il eût été sans miséricorde.

Il l'accompagna à sa voiture, et considéra l'équipage, qui ne partit pas du côté d'Audley, mais dans la direction de Brentwood, qui est à peu près à six milles de Mount Stanning.

Une heure et demie environ après cette visite, comme Robert se tenait à la porte de l'auberge, fumant un cigare et regardant tomber la neige dans les champs qu'elle blanchissait en face de lui, il aperçut le brougham revenir, vide cette fois, vers la porte de l'auberge.

« Avez-vous ramené lady Audley au château? dit-il au cocher qui s'était arrêté pour demander un pot de bière chaude épicée.

— Non, monsieur, je reviens à l'instant de la station de Brentwood. Milady est partie pour Londres par le train de midi quarante minutes.

— Pour Londres?

— Oui, monsieur.

— Milady partie pour Londres ! dit Robert en rentrant dans la petite salle. Alors je veux la suivre par le prochain train, et si je ne me trompe fort, je sais où la trouver. »

Il fit son porte-manteau, paya sa note, dont le montant fut reçu avec empressement par Phœbé Marks, attacha ses chiens ensemble avec deux colliers en cuir et une chaîne, et monta dans l'accélérée aux essieux criards, remisée à l'auberge du *Château* pour la convenance de Mount Stanning. Il prit l'express qui partait de Brentwood à trois heures, et, s'asseyant confortablement dans un wagon vide de première classe, empaqueté dans une couple d'épaisses couvertures de voyage, il se mit à fumer paisiblement un cigare, sans s'inquiéter des autorités.

« La Compagnie peut faire autant d'ordonnances qu'il lui plaira, murmura-t-il, mais je prendrai la liberté de jouir de la divine plante aussi longtemps que j'aurai une demi-couronne de reste pour payer l'amende. »

———

CHAPITRE XIX

La méprise du serrurier.

Il était quatre heures cinq minutes précises comme
M. Robert Audley se trouvait sur la plate-forme de la
gare de Shoreditch, attendant paisiblement le temps
convenable pour que ses chiens et son porte manteau
pussent être délivrés au facteur zélé qui avait arrêté
son cab et s'était chargé de la conduite générale de
ses affaires, avec cette courtoisie désintéressée qui fait
infiniment honneur à cette classe de serviteurs,
auxquels il est défendu d'accepter le tribut de la reconnaissance du public. Robert Audley attendit avec
une patience consommée pendant un temps considérable ; mais l'express est généralement un train d'une
certaine longueur, et dans celui-ci il y avait une grande
quantité de voyageurs du Norfolk avec fusils et chiens
de chasse, et autre attirail de description critique. Il
fallut un temps assez long pour satisfaire toutes les
réclamations, et la séraphique indifférence de l'avocat
pour les affaires de ce monde ne put elle-même se
soutenir.

« Peut-être, lorsque ce gentleman qui est en train
de faire un tel vacarme pour un chien d'arrêt aux

taches fauves, aura découvert le chien d'arrêt particulier avec les taches qu'il réclame, — heureuse com-
binaison de circonstances qui semble à peine croyable,
— ils consentiront à me donner mes bagages et à me
laisser aller. Les rusés coquins ont vu d'un coup
d'œil que j'étais né pour être dupe, et que, me fou-
lassent-ils même aux pieds jusqu'à m'ôter la vie sur
cette plate-forme, je n'aurais jamais le courage d'in-
tenter une action à la Compagnie. »

Une idée soudaine sembla le frapper, et il laissa le
facteur lutter pour recouvrer son bien, et fit le tour
pour rejoindre l'autre côté de la station.

Il avait entendu sonner une cloche, et, regardant
l'horloge, il s'était souvenu que le train descendant à
Colchester allait se mettre en marche en ce moment.
Il avait appris à poursuivre ardemment un but depuis
la disparition de George Talboys, et il atteignit le
côté opposé de la gare à temps pour voir les voyageurs prendre leurs places.

Il y avait une dame qui venait d'arriver tout juste à
la station, car elle s'élança dans la gare à l'instant
même où Robert approchait du train, et heurta presque ce gentleman dans sa grande précipitation.

« Je vous demande pardon, » commença-t-elle avec
cérémonie; puis, levant les yeux au-dessus du gilet
de M. Audley, qui était à peu près au niveau de son
joli visage, elle s'écria: « Robert! vous à Londres!
déjà!

— Oui, lady Audley; vous avez parfaitement raison,
l'auberge du *Château* est une triste résidence, et....

— Vous vous en êtes lassé. Je savais qu'il en serait
ainsi. Faites-moi le plaisir d'ouvrir pour moi la portière de la voiture : le train va partir dans deux minutes. »

Robert Audley examinait la femme de son oncle
avec une contenance et une expression embarrassées

« Que signifie cela ? pensait-il. Elle a un air tout à fait différent de celui qu'avait la créature malheureuse et désespérée qui laissait tomber son masque pour un moment, et jetait sur moi des regards dignes de pitié, dans la petite chambre de Mount Stanning, il y a quatre heures ! Qu'est-il arrivé pour opérer ce changement ? »

Il lui ouvrit la portière, tout en faisant ces réflexions, et l'aida à s'installer à sa place, étalant ses fourrures sur ses genoux et arrangeant l'épais manteau de velours dans lequel sa gracieuse petite figure était presque cachée.

« Je vous remercie infiniment; que de bontés vous avez pour moi! dit-elle, tandis qu'il se livrait à ces petits soins. Vous devez me croire vraiment folle de voyager un pareil jour, sans même que mon cher mari le sache; mais je suis venue à Londres pour acquitter une très-formidable note de modiste que je désirais ne pas montrer à mon mari, le meilleur des maris, car, indulgent comme il est, il aurait pu me taxer intérieurement d'extravagance, et je ne puis supporter de perdre son estime même dans sa pensée.

— Dieu nous préserve que cela arrive jamais, lady Audley, » dit Robert gravement.

Elle le regarda un instant avec un sourire qui avait quelque chose de défiant dans sa gaieté.

« Que Dieu nous en préserve, en vérité, murmurat-elle. Je ne pense pas que cela arrive jamais. »

La cloche sonna pour la seconde fois, et le train s'ébranla comme elle parlait. La dernière chose que Robert vit d'elle fut ce gai sourire défiant.

« Quel que soit le dessein qui l'a amené à Londres, elle l'a accompli avec plein succès, pensa-t-il. M'aurait-elle joué par quelque tour d'adresse féminine? Ne dois-je jamais approcher plus près de la vérité, et serais-je destiné à être tourmenté toute ma vie par de

vagues doutes et de misérables soupçons qui pourraient m'envahir au point de me rendre fou ? Pourquoi est-elle venue à Londres ? »

Il était encore à s'adresser mentalement cette question, comme il montait son escalier de Fig-Tree Court,
un de ses chiens sous chaque bras et sa couverture
de voyage sur son épaule.

Il trouva son logis dans l'ordre accoutumé. Les géraniums avaient été soigneusement entretenus, et les
canaris avaient été abrités pour la nuit sous un carré
de serge verte, témoignage des soins de l'honnête
mistress Maloney. Robert jeta un coup d'œil rapide
autour du salon, puis, déposant les chiens sur le tapis
du foyer, marcha droit vers la petite chambre inté-
rieure qui lui servait de cabinet de toilette.

C'était dans cette chambre qu'il mettait les porte-
manteaux hors de service, les boîtes du Japon délabrées et autres objets de rebut, et c'était là que George
Talboys avait laissé ses bagages. Robert enleva un
porte-manteau de dessus une grande malle, et se mettant à genoux devant, une bougie allumée à la main,
il examina attentivement la serrure.

Selon toute apparence, elle était exactement dans la
même condition où George l'avait laissée lorsqu'il
avait mis de côté ses vêtements de deuil et les avait
placés dans ce pauvre reliquaire avec tous les autres
souvenirs de sa défunte femme. Robert passa la
manche de son habit sur le couvercle recouvert de
cuir usé, sur lequel étaient inscrites les initiales G T
en gros clous à tête de cuivre; mais mistress Maloney,
la femme de ménage, avait été la plus soigneuse des
ménagères, car ni le porte manteau ni la malle n'é-
taient couverts de poussière.

M. Audley dépêcha un enfant pour chercher sa domestique écossaise, et arpenta son salon de long en
large, en attendant impatiemment son arrivée.

Elle entra au bout de dix minutes environ, et après avoir exprimé le plaisir que lui causait le retour du *maître*, elle attendit humblement ses ordres.

« Je vous ai fait venir seulement pour vous demander si quelqu'un est entré ici, c'est-à-dire si quelqu'un s'est adressé à vous pour avoir la clef de mes chambres aujourd'hui.... quelque dame ?

— Une dame ? non, vraiment, votre honneur ; il n'est venu aucune dame demander la clef, à moins que votre honneur ne veuille parler du serrurier.

— Le serrurier !

— Oui, le serrurier à qui votre honneur a commandé de venir aujourd'hui.

— J'ai commandé un serrurier ! s'écria Robert. J'ai laissé une bouteille d'eau-de-vie française dans le buffet, pensa-t-il, et mistress M.... s'est évidemment mise en gaieté.

— Certainement, et à qui votre honneur a dit d'inspecter les serrures, répliqua mistress Maloney. C'est celui qui demeure dans une des petites rues près du pont, » ajouta-t-elle en faisant une description très-claire de tout ce qui concernait l'homme.

Robert leva ses sourcils dans un muet désespoir.

« Si vous voulez bien vous asseoir et reprendre vos esprits, mistress M..., dit-il, — il abrégeait ainsi son nom en la première lettre, pour éviter une peine inutile, — peut-être pourrons-nous tout à l'heure nous comprendre mutuellement. Vous dites qu'un serrurier est venu ici ?

— Certainement, je l'ai dit, monsieur.

— Aujourd'hui ?

— Parfaitement exact, monsieur. »

Peu à peu M. Audley lui arracha les informations suivantes. Un serrurier était passé chez mistress Maloney cette après-midi, à trois heures, et avait demandé la clef des chambres de M. Audley, afin de pouvoir inspecter les serrures des portes, qu'il disait être toutes complétement dérangées. Il affirma qu'il agissait d'après les ordres de M. Audley, qui lui avaient été transmis par une lettre venant du pays où le gentleman passait ses fêtes de Noël. Mistress Maloney, croyant à la véracité de cette déclaration, avait introduit l'ouvrier dans l'appartement, où il était resté environ une demi-heure.

« Mais vous étiez avec lui pendant qu'il examinait les serrures, je suppose? demanda M. Audley.

— Assurément, j'y étais, monsieur, entrant et sortant, comme vous pouvez penser, tout le temps; car je devais nettoyer l'escalier cette après-midi, et j'ai saisi l'occasion du moment pendant lequel cet homme travaillait pour commencer ma besogne.

— Oh! vous entriez et sortiez tout le temps! Si vous pouviez convenablement me faire une réponse précise, mistress M..., je serais enchanté de savoir quel a été le temps le plus long que vous avez passé dehors pendant que le serrurier était dans mes chambres.... »

Mais mistress Maloney ne pouvait donner une réponse positive. Ce pouvait avoir été dix minutes, quoi qu'elle ne pensât pas que ce fût autant; ce pouvait avoir été un quart d'heure, mais elle était sûre que ce n'était pas plus. Pour elle, cela lui avait semblé être au plus cinq minutes. « Ces escaliers, votre honneur.... » et là elle se lança dans une dissertation sur le nettoyage des escaliers en général, et particulièrement des escaliers en dehors des chambres de Robert.

M. Audley poussa un profond soupir de morne résignation.

« Vous n'avez pas réfléchi, mistress M..., dit-il; le serrurier avait amplement le temps de faire tout ce qu'il pouvait désirer pendant ce temps : certainement vous n'avez pas agi en cela avec beaucoup de prudence. »

Mistress Maloney fixa son maître avec une expression mêlée de surprise et d'alarme.

« Pour sûr, il n'y avait pas grand'chose à voler, votre honneur, en dehors des oiseaux et des géraniums, et...

— Non, non, je comprends: c'est assez, mistress M.... Dites-moi où demeure cet individu, et je vais aller le trouver.

— Mais vous prendrez bien quelque chose du dîner d'abord, monsieur?

— Je veux aller voir le serrurier avant de songer au dîner. »

Il prit son chapeau en annonçant sa détermination, et il se dirigea vers la porte.

« L'adresse de l'homme, mistress M.... »

La vieille Écossaise l'accompagna jusqu'à une petite rue derrière l'église de Saint-Bride, et de là Robert continua tranquillement son chemin dans l'espèce de boue noirâtre que les bons habitants de Londres appellent de la neige.

Il trouva le serrurier, et, au préjudice de la forme de son chapeau, parvint à entrer, par une porte basse et étroite, dans une petite boutique ouverte. Un jet de gaz brûlait dans la croisée sans vitrage, et il y avait très-joyeuse compagnie dans la petite pièce derrière la boutique. Personne ne répondit au holà! de Robert, et la raison en était suffisamment claire. La joyeuse compagnie était si absorbée dans sa réjouissante occupation, qu'elle était sourde à toutes les interpellations vulgaires du monde extérieur, et ce fut seulement quand Robert, pénétrant plus avant dans la petite boutique caverneuse, eut assez d'audace pour ouvrir la porte à moitié vitrée qui le séparait de la joyeuse société, qu'il réussit à attirer son attention.

A l'ouverture de la porte, un tableau plein de gaieté, ressemblant à une peinture de l'école de Téniers, s'offrit à la vue de Robert Audley.

Le serrurier avec sa femme et sa famille et deux ou trois convives du sexe féminin étaient rangés autour d'une table ornée de deux bouteilles, non pas de vulgaires bouteilles de cet extrait sans couleur de baies de genévrier, très-recherché par les masses ; mais *bonâ fide*, de porto et de sherry, — de sherry fièrement fort qui laissait un fier goût dans la bouche ; d'un sherry couleur brou de noix, — d'un brun s'éloignant de sa couleur naturelle plutôt qu'autre chose, — et de superbe vieux porto, non pas de ce vin maladif, décoloré et affaibli par un âge excessif, mais riche, corsé, doux, substantiel et monté en couleur.

Le serrurier parlait au moment où Robert Audley ouvrit la porte.

« Et après cela, dit-il, elle s'éloigna aussi gracieuse que possible. »

La société fut toute confuse de l'apparition de M. Audley ; mais il faut observer que le serrurier était plus embarrassé que ses invités. Il posa son verre si précipitamment qu'il répandit son vin, et il essuya sa bouche, d'un air contrarié, avec le revers de sa main sale.

« Vous êtes venu chez moi aujourd'hui, dit Robert avec calme. Ne vous dérangez pas, mesdames. — Ces mots étaient à l'adresse des convives. — Vous êtes venu chez moi aujourd'hui, monsieur White, et.... »

L'homme l'interrompit.

« J'espère, monsieur, que vous serez assez bon pour passer sur cette méprise, dit-il en balbutiant ; soyez persuadé, monsieur, que je suis très-fâché que cela soit arrivé. On m'avait envoyé chercher pour l'appartement d'un autre gentleman, M. Aulwin, à Garden Court, et le nom échappa de ma mémoire ; et comme j'avais fait autrefois quelques petits travaux pour vous, j'ai pensé que ce pouvait bien être vous qui aviez besoin de moi aujourd'hui, et je me suis adressé à mistress Maloney pour me procurer la clef; mais bientôt, en voyant les serrures de vos chambres, je me suis dit : « Les serrures du gentleman ne sont pas dérangées, le gentleman n'a nullement besoin de faire réparer ses serrures.

— Mais vous êtes resté une demi-heure.

— Oui, monsieur, parce qu'il y avait une serrure dérangée.... à la porte la plus proche de l'escalier.... et je l'ai enlevée pour la nettoyer, et ensuite je l'ai remise en place. Je ne vous demande rien pour cet ouvrage, et j'espère que vous serez bon pour passer sur la méprise qui a eu lieu, chose qui ne m'était jamais arrivée depuis trente ans au mois de juillet prochain que je travaille, et....

— Rien de ce genre n'est jamais arrivé auparavant, dit Robert gravement. Non, c'est tout à fait une espèce particulière de besogne, qui vraisemblablement ne se présente pas chaque jour. Vous êtes en train de vous divertir ce soir, je vois, monsieur White. Vous avez donné un bon cou de collier aujourd'hui.... ou plutôt je parierais.... que vous avez eu un coup de chance, et vous faites ce qu'on appelle un bon régal, eh ? »

Robert Audley, en parlant, regardait en face l'homme à la figure barbouillée. Le serrurier n'était pas un individu de mauvaise apparence, et il n'y avait rien de bien remarquable sur son visage, hors la saleté, et cela, comme dit la mère d'Hamlet, *is common;* mais nonobstant cela, les cils de M. White se baissèrent en présence du regard calme et scrutateur du jeune homme, et il balbutia quelques paroles en forme d'apologie sur les messieurs et dames ses voisins, et sur le vin de Porto et sur le sherry, avec autant de trouble que si, lui, honnête artisan d'un pays libre, eût été obligé de s'excuser envers M. Robert Audley d'être surpris à se divertir dans son propre parloir.

Robert l'interrompit d'un signe de tête nonchalant.

« Ne vous excusez pas, je vous en prie, dit-il, j'aime

à voir les gens du peuple se divertir. Bonsoir, monsieur White.... bonsoir.... mesdames. »

Il tira son chapeau aux messieurs et aux dames, les voisins, qui étaient grandement émerveillés de ses maximes aisées et de sa belle tournure, et quitta la boutique.

« Et ainsi, murmura-t-il en lui-même tandis qu'il retournait à son appartement, « et après cela elle s'éloigna aussi gracieuse que possible. » Qui était la personne qui s'éloigna? et quelle était l'histoire que le serrurier était en train de raconter quand je l'ai interrompu à cette phrase? Oh! George Talboys, George Talboys, réussirai-je jamais à faire un pas de plus dans la connaissance du secret de votre destin? En approcherai-je aujourd'hui davantage, lentement et sûrement? Le rayon se raccourcira-t-il de plus en plus jusqu'au point de tracer un cercle lugubre autour de la demeure de ceux que j'aime? Comment tout cela finira-t-il? »

Il soupira d'un air fatigué en regagnant lentement son appartement solitaire à travers les terrains détrempés du Temple.

Mistress Maloney lui avait préparé ce dîner de garçon qui, quoique excellent et nutritif en lui-même, n'a pas droit au charme spécial de la nouveauté. Elle avait fait cuire pour lui une côtelette de mouton, qui était tenue chaudement entre deux plats sur la petite table, près du feu.

Robert Audley poussa un soupir en s'asseyant devant le mets familier, et en se ressouvenant de la cuisine de son oncle avec un vif chagrin plein de regrets.

« Les côtelettes à la Maintenon faisaient paraître le mouton supérieur au mouton; un mets sublime, qu'on pourrait à peine croire venir d'une bête à laine de ce monde! murmura-t-il sentimentalement; et les côte-

lettes de mistress Maloney sont capables d'être dures.
Mais voilà la vie; qu'importe tout cela? »

Il recula son assiette avec impatience après avoir
mangé quelques bouchées.

« Je n'ai jamais fait un bon dîner à cette table depuis que j'ai perdu George Talboys, dit-il; l'appartement semble aussi lugubre que si le pauvre ami était
mort dans la chambre à côté, et n'en eût jamais été
enlevé pour être enseveli. Qu'elle me paraît éloignée
cette après-dînée de septembre, lorsque je jette les
yeux en arrière! cette après-dînée de septembre dans
laquelle je partis avec lui, vivant et en bonne santé!
Et je l'ai perdu soudainement et d'une manière inexplicable, comme si une trappe se fût ouverte dans les
fondements de la terre, et l'eût englouti pour l'entraî-
ner aux antipodes. »

CHAPITRE XX

Ce qui était écrit sur le livre.

M. Audley se leva de table et se dirigea vers l'armoire dans laquelle il conservait le document qu'i avait rédigé concernant George Talboys. Il ouvrit les tiroirs, prit le papier dans le tiroir étiqueté *Important,* et s'assit devant le bureau pour écrire. Il ajouta plusieurs paragraphes à ceux qui composaient déjà le document, numérotant les nouveaux avec autant de soin qu'il avait numéroté les anciens.

« Que le ciel nous garde tous, murmura-t-il un instant; ce papier, auquel nul attorney n'a jamais mis la main, serait-il destiné à devenir ma première cause? »

Il écrivit pendant une demi-heure environ, puis replaça le document dans le casier, et ferma l'armoire. Lorsqu'il eut terminé ses opérations, il s'arma d'un ffambeau et alla dans la chambre où se trouvaient ses porte-manteaux et la malle appartenant à George Talboys.

Il prit un trousseau de clefs dans sa poche, les essaya l'une après l'autre. La serrure de la vieille malle délabrée était une serrure ordinaire, et à la cinquième tentative la clef tourna facilement.

« N'importe qui pourrait, sans la fracturer, ouvrir une serrure pareille, » murmura Robert en levant le co vercle de la malle.

Il la vida lentement, mettant soigneusement chaque objet sur une chaise à côté de lui. Il prenait les objets avec une tendresse respectueuse, comme s'il eût soulevé le cadavre de son ami perdu. Un à un il plaça sur la chaise les vêtements de deuil parfaitement pliés. Il trouva de vieilles pipes en écume, des gants salis et racornis qui étaient sortis frais d'une fabrique parisienne ; de vieux programmes de théâtre, dont les plus grosses lettres formaient les noms d'acteurs qui étaient morts et oubliés ; de vieux flacons à parfums, avec des essences odoriférantes dont la mode était passée ; de gentils paquets de lettres, scrupuleusement étiquetés avec le nom de celui qui les avait écrites, des fragments de vieux journaux, et un petit tas de livres dépareillés, tombant en lambeaux, dont les feuillets détachés s'éparpillèrent entre les mains imprévoyantes de Robert comme un paquet de cartes. Mais parmi toute cette masse de choses en désordre et sans valeur dont chaque débris avait eu dans son temps son utilité spéciale, Robert Audley chercha en vain ce qu'il désirait : le paquet de lettres écrites à son ami par sa femme. Il avait entendu George faire plus d'une fois allusion à l'existence de ces lettres. Il l'avait vu un jour sortir ces papiers fanés avec une sorte de vénération et les replacer dans la malle, soigneusement attachés avec un ruban qui avait appartenu à Hélen, au milieu des vêtements de deuil. Les avait-il retirées plus tard, ou avaient-elles été retirées depuis sa disparition par quelque autre main, voilà ce qui n'était pas facile à savoir ; mais elles n'y étaient plus.

Robert Audley poussa un profond soupir, replaçant les objets un à un dans la caisse vide de la même manière qu'il les avait sortis. Il s'arrêta, le petit amas de livres tout déchirés entre les mains, et hésita un instant.

« Je veux garder ceci dehors, murmura-t-il; il peut y avoir dans l'un de ces débris quelque renseignement qui me vienne en aide. »

La bibliothèque de George ne se composait pas d'une très-brillante collection d'ouvrages littéraires. Il y avait un Ancien Testament en grec et la grammaire latine d'Éton, une brochure française sur l'exercice du sabre dans la cavalerie, et un petit volume de *Tom Jones* avec la moitié de sa couverture de cuir qui ne tenait que par un fil, un *Don Juan* de Byron, imprimé en caractères si fins qu'ils devaient avoir été inventés au profit spécial des oculistes et des opticiens, et un gros volume relié en rouge avec des dorures passées.

Robert Audley ferma la malle à clef et prit les livres sous son bras. Mistress Maloney était occupée à enlever les restes de son dîner quand il rentra dans le salon. Il plaça les livres à l'écart sur une petite table dans un coin à côté de la cheminée, et attendit patiemment que la femme de ménage eût terminé son ouvrage. Il n'était même pas en humeur de recourir à sa consolatrice, la pipe en écume. Les romans à couverture jaune qui étaient sur les rayons au-dessus de sa tête lui semblaient surannés et sans intérêt. Il ouvrit un volume de Balzac; mais les boucles dorées de la femme de son oncle voltigeaient et frémissaient, dans un brouillard lumineux, sur la diablerie métaphysique de la *Peau de chagrin* et les hideuses horreurs sociales de la *Cousine Bette*. Le volume tomba de sa main, et il resta à observer impatiemment mistress Maloney relevant les cendres du foyer, regarnissant le feu, tirant les rideaux de damas sombre, approvisionnant les canaris, et mettant son bonnet dans le cabinet qui n'avait jamais entendu de consultation,

avant de souhaiter une bonne nuit à son maître. Dès
que la porte fut fermée sur la vieille Écossaise, il se
leva de sa chaise avec impatience et parcourut sa
chambre de long en large.

« Pourquoi continuer de poursuivre ces recherches,
dit-il, quand je comprends qu'elles me conduisent,
pas à pas, jour par jour, heure par heure, à cette conclusion que je voudrais éviter entre toutes? Suis-je
attaché à une roue, et dois-je suivre chacune de ses
révolutions et me laisser emporter partout où elle voudra? Où puis-je m'asseoir ici, ce soir, et me dire que
j'ai fait mon devoir à l'égard de mon ami disparu; que je
l'ai cherché avec persévérance, mais que je l'ai cherché
en vain? Serai-je justifié par cette conduite? Serai-je
justifié en laissant la chaîne que j'ai lentement recon-
struite, anneau par anneau, se démembrer à ce point?
Ou dois-je ajouter de nouveaux anneaux à cette fatale
chaîne jusqu'à ce que le dernier clou soit rivé à sa
place et que le cercle soit complet? Je pense et je crois
que je ne reverrai plus la figure de mon ami, et qu'aucune tentative de ma part ne pourra jamais être d'aucun avantage pour lui. En un mot, le plus cruel des
mots, je crois qu'il est mort. Suis-je tenu de découvrir
comment et en quel lieu il est mort? Ou, étant comme
je le crois, sur la voie de cette découverte, ferai-je tort
à la mémoire de George Talboys en retournant sur
mes pas ou en m'arrêtant désormais? Que dois-je faire?
que dois-je faire? »

Il resta les coudes sur ses genoux et la figure enfouie
dans ses mains. La seule résolution qui eût lentement
surgi dans sa nature paresseuse au point de devenir
assez puissante pour opérer un changement dans cette
même nature, le rendit ce qu'il n'avait jamais été auparavant.... un chrétien, ayant conscience de sa propre faiblesse; scrupuleux d'observer la stricte ligne du
devoir; effrayé d'affranchir sa conscience de l'étrange

tâche qui lui avait été imposée, et se soumettant à une main plus puissante que la sienne pour lui indiquer le chemin qu'il devait poursuivre. Peut-être, dans ses réflexions, prononça-t-il cette même nuit sa première fervente prière, assis à côté du foyer solitaire, en pensant à George Talboys. Lorsqu'il releva la tête après cette longue et silencieuse rêverie, ses yeux avaient un regard brillant et déterminé, et chaque trait de son visage semblait avoir une expression nouvelle.

« Justice pour le mort premièrement, dit-il ; pitié pour les vivants ensuite. »

Il roula son fauteuil vers la table, arrangea la lampe et se disposa à procéder à l'examen des livres.

Il les prit l'un après l'autre, et les inspecta attentivement, regardant d'abord la page sur laquelle est ordinairement inscrit le nom du propriétaire, puis recherchant quelque morceau de papier qui eût pu être laissé dans l'intérieur des feuillets. A la première page de la grammaire latine d'Éton, le nom de master Talboys était écrit d'une main qui sentait l'écolier commençant ; la brochure française avait un G. T., négligemment tracé au crayon sur la couverture, de la grosse et lâche écriture de George ; le *Tom Jones* avait été évidemment acheté à l'étalage d'un bouquiniste et portait une inscription datée du 14 mars 1788 indiquant que l'ouvrage était un tribut respectueux adressé à M. Thomas Scrowton par son obéissant serviteur James Anderley ; le *Don Juan* et l'Ancien Testament étaient blancs. Robert Audley respira plus librement ; il était arrivé au dernier des livres, sauf un, sans aucune espèce de résultat, et il ne restait plus que le gros volume relié en rouge avec des dorures fanées à examiner, pour que sa tâche fût finie.

C'était un annuaire de l'année 1845. Les gravures sur cuivre, représentant les charmantes ladies qui avaient brillé à cette époque, étaient jaunies et ta-

14

chées de piqûres ; les costumes étaient étrangers et
grotesques, les beautés flétries et communes. Les petites légendes en vers même (dans lesquelles la faible
flamme du poète jetait sa triste clarté sur les intentions
obscures de l'artiste) avaient une saveur de vieille
mode, comme les accords d'une harpe dont les cordes
seraient détendues par l'action humide du temps.
Robert Audley ne s'arrêta pas à lire quelqu'une de ces
productions doucereuses. Il parcourut rapidement les
feuillets, cherchant quelque morceau d'écriture ou
quelque fragment de lettre qui eût pu avoir été employé pour servir de marque. Il ne trouva rien qu'une
belle boucle de cheveux dorés, de cette brillante
nuance qu'on voit rarement ailleurs que sur la tête
d'un enfant... une boucle lumineuse qui s'enroulait
naturellement comme une vrille de vigne, et était
d'une contexture très-opposée, quoique de nuance
semblable à la soyeuse et plate tresse que la propriétaire de Ventnor avait donné à George Talboys après
la mort de sa femme. Robert Audley suspendit son
examen, et plia cette boucle blonde dans une feuille
de papier à lettre, qu'il scella du cachet de sa bague,
et la posa à part, avec le memorandum concernant
George Talboys et la lettre d'Alicia dans le casier étiqueté *Important*. Il allait replacer le gros annuaire
parmi les autres livres, lorsqu'il s'aperçut que les
deux feuillets blancs du commencement étaient collés
ensemble. Il était si résolu à poursuivre ses investiga-
tions jusqu'à la dernière limite, qu'il prit la peine de
séparer ces feuillets avec l'extrémité tranchante de son
couteau à papier, et il fut récompensé de sa persévérance en trouvant une inscription sur l'un d'eux. Cette
inscription était en trois parties et de trois écritures
différentes. Le premier paragraphe était daté de l'année même où l'annuaire avait été publié, et constatait
que le livre était la propriété d'une certaine miss

Élizabeth Ann Bince, qui avait obtenu le précieux volume comme récompense de ses habitudes d'ordre, et de son obéissance aux autorités du couvent de Camford-house, Torquay. Le second paragraphe était daté de cinq ans plus tard et était écrit de la main de miss Bince elle-même, qui offrait le livre comme un témoignage d'éternelle affection et d'impérissable estime (Miss Bince était évidemment d'un caractère romanesque) à sa chère amie Helen Maldon. Le troisième paragraphe était daté, septembre 1853 et était de la main d'Helen Maldon, qui donnait l'annuaire à George Talboys; et ce fut à la vue de ce troisième paragraphe que le visage de M. Robert Audley passa de sa couleur naturelle à une maladive pâleur de plomb.

« Je pensais qu'il en serait ainsi, dit le jeune homme en fermant le livre avec un douloureux soupir, Dieu sait que j'étais préparé à tout ce qu'il y a de pire, et le pire est venu. Je puis tout comprendre maintenant, ma prochaine visite sera à Southampton. Je dois placer l'enfant dans de meilleures mains. »

CHAPITRE XXI

Mistress Plowson.

Dans le paquet de lettres que Robert Audley avait trouvé dans la malle de George, il y en avait une étiquetée avec le nom du père de l'absent, — de ce père qui n'avait jamais été un ami indulgent pour son fils unique et qui avait profité avec plaisir de l'excuse fournie par l'imprudent mariage de George pour abandonner le jeune homme à ses propres ressources. Robert Audley n'avait jamais vu M. Harcourt Talboys; mais quelques paroles indifférentes de George sur son père avaient donné à son ami quelque notion du caractère de ce gentleman. Il avait écrit à M. Talboys immédiatement après la disparition de George, élaborant soigneusement son épître, qui dénotait chez l'auteur une crainte vague que quelque vilain tour eût été joué dans cette mystérieuse affaire; et qu'après un laps de plusieurs semaines, il avait reçu une lettre formelle, dans laquelle M. Harcourt Talboys déclarait positivement qu'il s'était lavé les mains de toute responsabilité dans les affaires de son fils George, depuis le jour du mariage du jeune homme, et que son absurde disparition était en rapport avec son ridicule mariage. L'auteur de cette lettre paternelle ajoutait en *post-scriptum*, que si M. George Talboys avait eu quelque méprisable dessein d'alarmer ses amis par cette disparition prétendue, et par suite de mettre en jeu leurs sentiments dans le but d'en tirer un avantage pécuniaire, il s'était énormément trompé sur le caractère des personnes auxquelles il avait affaire.

Robert Audley avait répondu à cette lettre par quelques lignes indignées, informant M. Talboys qu'il était peu croyable que son fils se cachât pour accomplir quelque dessein bassement tramé contre les poches de ses parents, car il avait laissé vingt mille livres dans les mains de son banquier au moment de sa disparition. Après avoir expédié cette lettre, Robert avait abandonné tout espoir de recevoir assistance de l'homme qui, dans l'ordre naturel des choses, aurait dû être le plus intéressé au destin de George; mais aujourd'hui qu'il se trouvait avancer lui-même chaque jour d'un pas vers la fin qui se présentait si noire devant lui, son esprit retournait à ce M. Harcourt Talboys si indifférent et si dénué de cœur.

« J'irai dans le Dorsetshire après mon départ de Southampton, dit-il, pour voir cet homme. S'il est satisfait de laisser le sort de son fils plongé dans l'ombre et dans le cruel mystère qui l'enveloppe pour tous ceux qui l'ont connu.... s'il est satisfait de descendre dans la tombe, incertain de la fin de ce pauvre ami... pourquoi essayerais-je de débrouiller l'écheveau emmêlé, d'adapter les pièces de la terrible intrigue, et de mettre ensemble les fragments épars qui, réunis, peuvent former un certain tout hideux? Je veux aller à lui et émettre franchement, en sa présence, mes soupçons les plus terribles. Ce sera à lui de dire ce que je dois faire. »

Robert Audley partit par un express matinal pour Southampton. La neige s'étendait en couches blanches et épaisses sur le charmant pays qu'il traversait, et le jeune avocat s'était enveloppé d'une si grande quantité de *comforters* et de couvertures qu'il paraissait une masse ambulante d'articles de laine plutôt qu'un membre vivant d'une profession libérale. Il regardait tristement par la portière couverte de vapeurs, rendue opaque par sa respiration et celle d'un vieil officier des Indes, son seul compagnon, et considérait le paysage fuyant, qui lui apparaissait comme un fantôme dans son linceul de neige. Il était enveloppé dans sa couverture, grelottait d'un air hargneux, et se sentant disposé à chercher querelle au destin qui le forçait de voyager par un train si matinal et par une si pitoyable journée d'hiver.

« Qui aurait jamais pensé que je pusse devenir si attaché à ce garçon, murmura-t-il, ou que je pusse me sentir si isolé sans lui ? J'ai une confortable petite fortune en trois pour cent, je suis l'héritier présomptif du titre de mon oncle, et je connais une certaine petite jeune fille qui, je crois, ferait de son mieux pour me rendre heureux ; mais je déclare que j'abandonnerais volontiers le tout et resterais sans un sou dans le monde demain, si ce mystère pouvait être éclairci d'une manière satisfaisante et si George Talboys pouvait être à côté de moi. »

Il arriva à Southampton entre onze heures et midi, traversa la plate-forme de la gare, la figure fouettée par la neige, et se dirigea vers la jetée du port et l'extrémité la plus basse de la ville. La cloche de l'église Saint-Michel sonnait midi comme il traversait l'élégant vieux square dans lequel cet édifice s'élève, et il chercha, en tâtonnant, son chemin dans les petites rues qui conduisent au bord de l'eau.

M. Maldon avait établi ses pénates dans un de ces tristes passages que des constructeurs, par spéculations, aiment à bâtir sur quelque misérable partie de terrain accolée aux limites d'une cité florissante. Brig-some's Terrace était peut-être un des blocs de bâti-ments les plus lugubres qui eût jamais été élevé avec des briques et du mortier, depuis que le premier ma-çon a manié la truelle et que le premier architecte a dessiné son plan. L'entrepreneur qui avait fait la spé-culation des huit étages dix fois plus tristes que des prisons, s'était lui-même pendu derrière la porte du parloir d'une taverne voisine, alors que la charpente n'était pas encore terminée. L'individu qui avait acheté les carcasses de briques et de mortier, avait passé par la Cour des banqueroutiers pendant que les tapissiers étaient encore occupés dans Brigsome's Terrace et avait blanchi ses plafonds, et lui-même, simultané-ment. L'insolvabilité et le malheur étaient attachés à ces misérables habitations. Le baillif et le prêteur sur gages étaient aussi bien connus que le boucher et le boulanger par les enfants bruyants qui jouaient sur le terrain en face des croisées du parloir. Les locataires solvables étaient troublés à des heures indues par le bruit des tapissières remplies d'ameublements fantas-tiques qui glissaient furtivement par les nuits sans lune. Les locataires insolvables défiaient ouvertement, de leurs forteresses à dix étages, le percepteur de la taxe sur l'eau, et existaient des semaines entières sans aucun moyen visible de se procurer ce liquide in-dispensable.

Robert Audley regarda autour de lui en frissonnant comme il tournait du côté de l'eau dans cette localité atteinte par la misère. Un enterrement d'enfant sortait d'une des maisons au moment où il approchait et il pensa avec un frémissement d'horreur que si le petit cercueil eût contenu le fils de George, il eût été en quelque sorte responsable de la mort de l'enfant.

« Le pauvre petit ne dormira pas une nuit de plus dans ce misérable bouge, pensa-t-il tandis qu'il frap-

pait à la porte de la maison de M. Maldon. Il est le lé-
gataire de mon pauvre ami, et je dois garantir sa sécurité. »

Une jeune servante en savates ouvrit la porte et examina M. Audley presque d'un air soupçonneux en lui
demandant, d'une voix très-nasillarde, ce qu'il désirait.
La porte du petit salon était entre-bâillée, et Robert
put entendre le cliquetis des couteaux et des fourchet-
tes, ainsi que la voix du petit George qui babillait gaiement. Il dit à la servante qu'il venait de Londres, qu'il
avait besoin de voir master Talboys et qu'elle voulût
bien l'annoncer ; et, passant devant elle sans autre cérémonie, il ouvrit la porte du parloir. La jeune fille le
fixa, pétrifiée par sa manière d'agir ; et, comme frap-
pée par quelque conviction soudaine, elle jeta son
tablier par-dessus sa tête, et sortit en courant dans la
neige. Elle s'élança à travers le terrain désert, plongea
dans une allée étroite, et ne respira plus que lorsqu'elle se trouva sur le seuil d'une certaine taverne
appelée *Coach and Horses*, très-fréquentée par M. Maldon. La fidèle domestique du lieutenant avait pris Robert Audley pour quelque nouveau et déterminé percepteur de la taxe des pauvres, et avait regardé le
récit débité par ce gentleman comme un adroit mensonge inventé pour la ruine des paroissiens en défaut,
et s'était précipitée dehors pour avertir à temps son
maître de l'approche de l'ennemi.

Quand Robert entra dans le salon, il fut surpris de
trouver le petit George assis en face d'une femme occupée à faire les honneurs d'un méchant repas étalé
sur une nappe sale et flanqué d'une mesure en étain
remplie de bière. La femme se leva à l'entrée de Robert et fit une très-humble révérence au jeune avocat.
Elle paraissait âgée d'environ cinquante ans et portait
la robe de deuil, couleur rouillée des veuves. Son
teint était fadement beau, et les deux bandeaux unis

de cheveux sous son bonnet étaient de cette nuance
terne du lin qui généralement accompagne des joues
roses et des cils blancs. Elle avait été peut-être une
beauté campagnarde dans son temps, mais ses traits,
quoique passablement réguliers dans leur contour,
avaient un air chétif et pincé comme s'ils eussent été
trop étroits pour sa figure. Ce défaut était particuliè-
rèment remarquable dans sa bouche qui était évidemment une ouverture trop petite pour renfermer la
rangée de dents qu'elle possédait. Elle sourit en faisant la révérence à M. Robert Audley, et ce sourire
qui mit à découvert la plus grande partie de cette rangée de dents carrées, à l'aspect affamé, n'ajouta en
aucune façon à la beauté de sa personne.

« M. Maldon n'est pas au logis, monsieur, dit-elle,
avec une politesse insinuante ; mais si c'est pour la
taxe de l'eau, il m'a prié de vous dire que.... »

Elle fut interrompue par le petit George Talboys,
qui descendit comme il put de la chaise haute sur
laquelle il avait été perché et courut à Robert Audley.

« Je vous connais, dit-il, vous êtes venu à Ventnor
avec le gros monsieur et vous êtes venu ici une fois,
et vous m'avez donné quelque argent, et je l'ai donné
à grand-papa pour le conserver, et grand-papa l'a
gardé, et il le garde toujours. »

Robert Audley prit l'enfant dans ses bras, et le
porta sur une petite table devant la croisée.

« Tenez-vous là, Georgey, dit-il, j'ai besoin de jeter
un bon coup d'œil sur vous. »

Il tourna la figure de l'enfant à la lumière et repoussa les boucles brunes de son petit front avec les
deux mains.

« Vous ressemblez chaque jour davantage à votre
père, Georgey, et vous allez devenir tout à fait un
homme comme lui, dit-il; aimeriez-vous aller à l'école?

— Oh oui, s'il vous plaît; j'aimerais bien cela, répondit le petit garçon avec vivacité. J'ai été une fois à l'école de miss Pevins, — une école de jour, vous savez —, à côté du coin de la rue voisine ; mais j'attrapai la rougeole et grand-papa ne voulut plus m'y laisser retourner, crainte que je n'attrapasse de nouveau la rougeole ; et grand-papa ne veut pas me permettre de jouer avec les petits garçons dans la rue, parce que ce sont des garçons grossiers ; il dit des polissons, mais il dit que je ne dois pas dire polissons parce que cela est vilain. Il dit Dieu me damne et le diable m'emporte, mais il dit qu'il le peut parce qu'il est âgé. Je dirai Dieu me damne et le diable m'emporte quand je serai grand, et je voudrais aller à l'école, s'il vous plaît, et je puis y aller aujourd'hui si vous le voulez ; mistress Plowson voudra bien me préparer mes habits, n'est-ce pas que vous le voulez bien, mistress Plowson ?

— Certainement, master Georgey, si votre grand-papa le désire, répondit la femme, jetant un regard presque troublé sur M. Robert Audley.

— Quel rôle peut jouer ici cette femme ? pensa Robert, en tournant les yeux de l'enfant vers la veuve aux beaux cheveux, qui elle-même se faufilait lentement vers la table sur laquelle le petit George Talboys était debout, causant avec son tuteur. Me prend-elle toujours pour un percepteur de taxes rempli d'intentions hostiles pour son misérable avoir et son trésor, ou le motif de ses manières inquiètes aurait-il une cause plus profonde ? C'est une chose à peine croyabel, car quels que soient les secrets que puisse avoir le lieutenant Maldon, il n'est pas très-probable que cette femme en ait connaissance. »

Mistress Plowson s'était faufilée près de la petite table pendant ce temps, et était occupée à faire descendre furtivement l'enfant, lorsque Robert se retourna brusquement.

« Que voulez-vous faire de l'enfant ? dit-il.

— Je voulais seulement le prendre pour laver sa jolie figure, monsieur, et arranger ses cheveux, répondit la femme, du même ton caressant avec lequel elle avait parlé de la taxe de l'eau. Vous ne pouvez pas le voir à son avantage, monsieur, tandis que sa charmante figure est sale. Je n'ai pas besoin de cinq minutes pour le rendre aussi net qu'une épingle neuve. »

Elle mettait ses bras longs et maigres autour de l'enfant, tandis qu'elle parlait, et se préparait évidemment à le prendre et à l'emporter, quand Robert l'arrêta.

« Je préfère le voir comme il est, je vous remercie, dit-il. Mon séjour à Southampton ne doit pas être long, et j'ai besoin d'entendre tout ce que ce petit homme peut me raconter. »

Le petit homme se glissa plus près de Robert et examina avec confiance les yeux gris de l'avocat.

« Je vous aime beaucoup, dit-il, j'avais peur de vous quand vous veniez autrefois, parce que j'étais sauvage. Je ne suis plus sauvage maintenant, je vais avoir six ans. »

Robert caressa la tête de l'enfant d'une manière encourageante, mais il n'avait pas les yeux fixés sur le petit George; il observait la veuve aux beaux cheveux qui s'était approchée de la croisée et était occupée à regarder dehors la pièce de terrain inculte.

« Vous êtes inquiète de quelqu'un, madame, j'en ai peur, » dit Robert.

Son visage se colora vivement, au moment où l'avocat fit cette remarque, et elle lui répondit d'une manière embarrassée.

« J'épiais l'arrivée de M. Maldon, monsieur, dit-elle. Il sera si contrarié s'il ne vous voit pas.

— Vous savez qui je suis, alors ?

— Non, monsieur, mais.... »

L'enfant l'interrompit en tirant un petit bijou de montre de son sein et, le montrant à Robert :

« C'est la montre que la jolie dame m'a donnée, dit-il. Je l'ai maintenant, mais je ne l'ai pas eue depuis longtemps, parce que le bijoutier qui l'a nettoyée est un paresseux, dit grand-papa, et qu'il la garde toujours assez longtemps, et grand-papa dit qu'il veut encore la faire nettoyer à cause des taxes ; mais il dit que s'il devait la perdre, la jolie dame m'en donnerait une autre. Connaissez-vous la jolie dame ?

— Non, George ; mais racontez-moi tout ce que vous savez sur elle. »

Mistress Plowson fit une autre tentative sur l'enfant. Elle était armée d'un mouchoir de poche cette fois, et déployait une grande inquiétude sur l'état du petit nez de Georgey, mais Robert prévint l'attaque de cette arme redoutable, et tira l'enfant des mains de son bourreau.

« L'enfant se comportera très-bien, madame, dit-il, si vous voulez être assez bonne pour le laisser seul pendant cinq minutes. Maintenant, Georgey, asseyez-vous sur mes genoux pour me dire ce que vous savez sur la jolie dame. »

L'enfant descendit comme il put de la table sur les genoux de M. Audley, saisissant sans aucune cérémonie, pour s'aider dans sa descente, le collet de son tuteur.

« Je vais tout vous raconter sur la jolie dame, dit-il, parce que je vous aime beaucoup. Grand-papa m'a dit de n'en parler à personne, mais je vous le dirai à vous, vous savez, parce que je vous aime, et parce que vous allez me mettre à l'école. La jolie dame est venue ici un soir.... il y a bien longtemps.... oh ! bien longtemps, dit l'enfant, secouant sa tête avec un air dont la solennité exprimait quelque époque prodigieusement reculée. Elle est venue quand je n'étais

pas à beaucoup près aussi grand qu'aujourd'hui....
et elle est venue à la nuit, après que j'étais allé me
coucher, et elle est entrée dans ma chambre, et elle
s'est assise sur le lit et elle a pleuré.... et elle m'a
laissé la montre sous mon traversin, et elle.... Pourquoi me faites-vous de gros yeux, mistress Plowson?
Je puis dire cela au monsieur, » ajouta Georgey, s'a-
dressant subitement à la veuve, qui était debout derrière les épaules de Robert.

Mistress Plowson marmotta confusément quelque
excuse sur ce qu'elle craignait que master George ne
fût ennuyeux.

« Veuillez attendre que je m'en plaigne, madame,
avant que de fermer la bouche de mon petit ami, dit
Robert Audley durement. Une personne défiante pourrait penser, d'après vos manières, que M. Maldon et
vous êtes impliqués dans quelque complot et que vous
êtes effrayée de ce babil de l'enfant pourrait laisser
deviner. »

Il se leva de sa chaise en disant ces mots, regarda
mistress Plowson en face. Le visage de la veuve était
aussi blanc que son bonnet quand elle essaya de lui répondre, et ses lèvres pâles étaient si desséchées qu'elle
fut obligée de les mouiller avec sa langue avant que
les mots pussent arriver.

Le petit garçon vint au secours de son embarras.

« Ne soyez pas chagrine, mistress Plowson, dit-il ;
mistress Plowson est très-bonne pour moi, mistress
Plowson est la mère de Matilda. Vous n'avez pas
connu Matilda ; pauvre Matilda, elle était toujours à se
plaindre, elle était malade, elle.... »

L'enfant fut arrêté par la subite apparition de
M. Maldon qui, debout sur le seuil de la porte du parloir, considérait Robert Audley d'un air moitié ivre,
moitié terrifié, s'accordant difficilement avec la dignité d'un officier de marine retiré. La jeune servante,

essoufflée et haletante, se tenait serrée derrière son maître. Quoique la journée ne fût pas avancée, le vieillard avait la langue épaisse et la parole embarrassée en s'adressant durement à mistress Plowson.

« Vous êtes une créature bien venue à vous dire femme de sens ! dit-il ; pourquoi n'avez-vous pas pris l'enfant à part et ne lui avez-vous pas lavé la figure ? Avez-vous besoin de me ruiner ? Voulez-vous ma perte ? Emmenez l'enfant ! Monsieur Audley, je suis vraiment enchanté de vous voir, très-heureux de vous recevoir dans mon humble demeure, » ajouta le vieillard avec une politesse d'ivrogne, en tombant sur une chaise en parlant, et en essayant de garder une contenance digne devant son visiteur inattendu.

« Quels que soient les secrets de cet homme, pensa Robert, tandis que mistress Plowson poussait le petit George Talboys hors de la chambre, cette femme en sait une partie qui n'est pas sans importance. Quel que puisse être le mystère, il devient à chaque pas plus noir et plus ténébreux ; mais j'essayerais en vain de rétrograder ou de m'arrêter court sur la route, car une main plus forte que la mienne m'indique du doigt le chemin du tombeau ignoré de l'ami que j'ai perdu. »

CHAPITRE XXII

Le petit Georgey quitte son ancien logis.

« Je suis venu pour emmener votre petit-fils avec moi, monsieur Maldon, » dit gravement Robert, tandis que mistress Plowson se retirait avec l'enfant qui lui était confié.

L'imbécillité du vieillard produite par l'ivresse se dissipa lentement, comme les lourdes vapeurs d'un brouillard de Londres, que le faible éclat du soleil perce difficilement. La très-incertaine lumière de l'intelligence du lieutenant Maldon exigea un temps considérable pour percer les vapeurs brumeuses du rhum mélangé d'eau; mais le rayon vacillant brilla faiblement à la fin à travers les nuages, et le vieillard put fixer son pauvre esprit sur le point saillant.

« Oui, oui, dit-il faiblement, prendre l'enfant à son pauvre vieux grand-père; j'avais toujours pensé que cela arriverait ainsi.

— Vous aviez toujours pensé que je vous le retirerais? demanda Robert, cherchant à sonder la contenance de l'ivrogne avec son œil inquisiteur; pourquoi avez-vous pensé ainsi, monsieur Maldon? »

Les fumées de l'ivresse s'épaissirent davantage autour du flambeau de sa raison pendant un moment, et le lieutenant répondit vaguement :

« Pensé ainsi?.... parce que j'ai pensé ainsi. »

Rencontrant le coup d'œil impatient et courroucé du jeune avocat, il fit un nouvel effort et la lumière brilla de nouveau.

« Parce que je pensais que vous ou son père voudriez l'emmener d'ici.

— La dernière fois que je vins dans cette maison, monsieur Maldon, vous m'avez dit que George Talboys s'était embarqué pour l'Australie.

— Oui, oui..., je sais, je sais, répondit le vieillard d'un air troublé, mêlant ses rares mèches de cheveux gris avec ses deux mains agitées ; je sais, mais il aurait pu être de retour.... N'aurait-il pas pu?... Il était remuant, et.... et.... peut-être d'un esprit bizarre quelquefois.... Il aurait pu revenir.... »

Il répéta ces mots deux ou trois fois d'un ton faible et semblable à un murmure, chercha en tâtonnant sur le chambranle de la cheminée, tout en désordre, une pipe en terre de sale apparence, la bourra et l'alluma d'une main tremblante.

Robert Audley considérait ces pauvres doigts desséchés et tremblotants, qui laissaient tomber des brins de tabac sur le tapis du foyer, et étaient à peine capables d'allumer une allumette à cause de leur agitation. Ensuite, se promenant deux ou trois fois de long en large dans la petite pièce, il laissa le vieillard prendre quelques bouffées du grand consolateur.

Bientôt, se retournant subitement vers le lieutenant en demi-solde, avec une sombre solennité sur son beau visage :

« Monsieur Maldon, dit-il lentement, observant l'effet de chaque syllabe qu'il prononçait, George Talboys ne s'est pas embarqué pour l'Australie, j'en suis certain ; plus que cela, il n'est pas venu à Southampton, et ce mensonge que vous m'avez fait le 8 septembre dernier vous était dicté par une dépêche télégraphique que vous avez reçue ce jour-là. »

La sale pipe de terre s'échappa de sa main tremblante et vint se briser contre le garde-feu en fer; mais le vieillard ne fit aucun effort pour en trouver une nouvelle; il s'assit, tremblant de tous ses membres en regardant Robert Audley, Dieu sait de quel air pitoyable.

« Le mensonge vous était dicté, et vous avez répété la leçon. Mais vous n'avez pas plus vu George Talboys ici, le 7 septembre, que je ne le vois dans cette chambre en ce moment. Vous avez cru brûler la dépêche télégraphique, mais vous n'en avez brûlé qu'une partie, le reste est en ma possession. »

Le lieutenant Maldon était complétement dégrisé maintenant.

« Qu'ai-je fait? murmura-t-il tout consterné; ô mon Dieu! qu'ai-je fait?

— A deux heures, dans la journée du 7 septembre dernier, continua la voix accusatrice et sans pitié, George Talboys a été vu, vivant et bien portant, dans une maison du comté d'Essex. »

Robert s'arrêta pour voir l'effet de ces paroles. Elles n'avaient produit aucun changement dans le vieillard: il était toujours tremblant de la tête aux pieds, avec ce regard fixe et hébété de quelque misérable sans espoir dont tous les sens s'engourdissent graduellement par la terreur.

« A deux heures de ce jour, répéta Robert Audley, mon pauvre ami a été vu vivant et bien portant dans la maison dont je parle. A partir de cette heure jusqu'à celle-ci, je n'ai jamais pu apprendre qu'il ait été vu par une créature vivante. J'ai fait des démarches telles, qu'elles auraient dû avoir pour résultat de me procurer des renseignements sur son compte s'il était vivant.

J'ai accompli tout cela scrupuleusement, avec persévérance; en premier lieu, même avec beaucoup d'espoir. Maintenant je comprends qu'il est mort! »

Robert Audley s'était attendu à quelque agitation
extraordinaire dans les manières du vieillard, mais il
n'était pas préparé à la terrible détresse, à la terreur
affreuse qui bouleversa la figure effarée de M. Maldon
lorsqu'il articula les derniers mots.

« Non.... non.... non.... non.... répéta le lieutenant
d'une voix glapissante à demi criarde, non.... non!
pour l'amour de Dieu, ne dites pas cela!... ne pensez
pas cela!... ne me laissez pas penser cela!... ne me
laissez pas rêver à cela!... pas mort... n'importe quoi,
mais pas mort.... tenu caché, peut-être..., séquestré,
gardé à l'écart, peut-être, mais pas mort..., pas mort...,
pas mort! »

Il prononça ces paroles en criant, comme une personne hors d'elle-même, frappant de ses mains sa tête
grise, et se balançant d'arrière en avant sur sa chaise.
Ses mains débiles ne tremblaient plus..., elles étaient
raidies par quelque force convulsive qui leur donnait
une puissance nouvelle.

« Je crois, dit Robert, de la même voix solennelle
et impitoyable, que mon ami n'a pas quitté l'Essex; et
je crois qu'il est mort le 7 septembre dernier. »

Le misérable vieillard, frappant toujours de ses
mains sa rare chevelure grise, glissa de sa chaise sur
le plancher et s'accroupit aux pieds de Robert.

« Oh! non, non.... pour l'amour de Dieu, non! cria-
t-il d'une voix rauque, non, vous ne savez pas ce que
vous dites..., vous ne savez pas ce que vous voulez me
faire croire..., vous ne savez pas la signification de
vos paroles!

— Je ne connais leur poids et leur valeur que trop
bien, aussi bien que je vous vois, monsieur Maldon;
que Dieu nous garde tous.

— Oh! que dois-je faire, que dois-je faire? murmura le vieillard d'une voix faible; puis, se relevant avec effort, il se dressa de toute sa hauteur et dit d'une manière qui était nouvelle chez lui, et qui n'était pas sans une certaine dignité personnelle, — cette dignité qui doit toujours être attachée à une ineffable misère, sous quelque forme qu'elle puisse paraître, — il dit gravement : « Vous n'avez pas le droit de venir ici terrifier un homme qui est ivre et qui ne se possède pas lui-même. Vous n'avez pas le droit de faire cela, monsieur Audley. Même le..., l'officier de police, monsieur, qui..., qui.... » Il ne balbutiait pas, mais ses lèvres tremblaient si fort, que ses mots semblaient être mis en pièces par leur mouvement. « L'officier de police, je répète, monsieur, qui arrête un.... un voleur, ou un.... » Il s'arrêta pour essuyer ses lèvres et pour les calmer, s'il le pouvait, en agissant ainsi, ce qu'il ne put pas faire. « Un voleur..., ou un meurtrier.... » Sa voix mourut subitement sur le dernier mot, et c'était seulement par le mouvement de ses tremblantes lèvres que Robert comprit ce qu'il disait. « Il lui donne l'avertissement, monsieur, l'admirable avertissement, qu'il ne doit rien dire qui puisse le compromettre lui-même.... ou.... d'autres personnes. La.... la.... loi, monsieur, a ce langage de miséricorde pour un.... un.... être soupçonné criminel. Mais vous, monsieur, vous.... vous venez dans ma maison et vous venez dans un moment où..., où..., contraire-ment à mes habitudes ordinaires.... qui, comme on vous le dira, sont des habitudes de sobriété.... vous venez, et, vous apercevant que je ne suis pas entière-ment dans mon sang-froid.... vous saisissez.... la.... l'opportunité de.... m'effrayer.... et cela n'est pas bien, monsieur.... cela est.... »

Quel que soit ce qu'il voulut dire, ses paroles moururent en soupirs inarticulés qui semblaient l'ébranler, et, s'affaissant sur une chaise, il laissa tomber sa tête sur la table et pleura à chaudes larmes. Peut-être, dans toutes les tristes scènes de misère domestique qui se sont passées dans ces pauvres et sinistres maisons, dans toutes les basses infortunes, les hontes brûlantes, les chagrins cruels, les amères disgrâces qui reconnaissent pour mère commune la pauvreté, il n'y a pas eu une scène semblable à celle-ci... Un vieillard cachant sa face de la lumière du jour, et gémissant tout haut dans sa maison.

« Si je m'étais attendu à cela, pensa-t-il, je l'aurais épargné. Il aurait mieux valu, peut-être, l'avoir épargné. »

La sombre pièce, avec sa malpropreté et son désordre ; l'aspect du vieillard, avec sa tête grise sur la nappe souillée, parmi les débris confus d'un méchant dîner, disparaissaient devant les yeux de Robert Audley lorsqu'il pensait à un autre homme, aussi âgé que celui-là ; mais combien était grande la différence ! Qui pourrait arriver un jour à éprouver les mêmes douleurs et même une pire détresse, et verser, peut-être, des larmes plus amères ! Le temps pendant lequel les larmes montèrent à ses yeux et attristèrent la pitoyable scène qui se passait devant lui, fut assez long pour le ramener dans l'Essex, et lui montrer l'image de son oncle, frappé par l'infortune et le déshonneur.

« Pourquoi poursuivre cette affaire ? pensa-t-il. Pourquoi suis-je impitoyable ? Pourquoi suis-je inexorablement poussé en avant ? Ce n'est pas moi, c'est la main qui me fait signe d'avancer plus loin et plus loin encore sur la route sinistre à la fin de laquelle je n'ose pas songer. »

Telles étaient ses pensées, et cent fois plus nombreuses, tandis que le vieillard restait la figure toujours cachée, luttant avec ses angoisses, mais sans pouvoir les dompter.

« Monsieur Maldon, dit Robert Audley après un
instant de silence, je ne vous demande pas de me
pardonner ce que j'ai attiré sur vous, car il y a en
moi la forte conviction que cela devait vous arriver
tôt ou tard... sinon par mon entremise, au moins
par l'entremise d'une autre personne. Il y a... » Il
s'arrêta un instant, et il hésita. Les sanglots ne cessaient pas, tantôt bas, tantôt élevés, éclatant avec
une nouvelle violence ou mourant pendant un instant, mais ils ne cessaient jamais. « Il y a des choses
qui, comme dit le peuple, ne peuvent être cachées. Je
pense qu'il y a une vérité dans ce dicton vulgaire qui
a son origine dans la vieille sagesse du monde, que le
peuple recueille de l'expérience et non des livres. Si...
si j'avais pu laisser mon ami reposer dans sa tombe
inconnue, il est peu vraisemblable que quelque étranger, qui n'a jamais entendu le nom de George Talboys,
soit tombé par le plus extraordinaire accident sur le
secret de sa mort. Demain, peut-être, ou dans dix ans
d'ici, ou dans une autre génération, quand la... la
main qui l'a frappé sera aussi froide que la sienne. Si
je *pouvais* laisser dormir la chose; si... si je pouvais
quitter pour jamais l'Angleterre et, de propos délibéré,
éviter la possibilité de jamais rencontrer quelque indice du secret, je le ferais... je le ferais avec plaisir,
avec des actions de grâce, mais je ne puis ! Une main,
qui est plus forte que la mienne, me fait signe d'aller
en avant. Je ne veux tirer aucun indigne avantage de
vous moins que de tout autre; mais je dois marcher,
je dois marcher. S'il y a quelque avertissement que
vous désiriez donner à quelqu'un, donnez-le... si le
secret vers lequel j'avance de jour en jour, d'heure en
heure, enveloppe quelqu'un pour qui vous ayez de
l'intérêt, que cette personne fuie avant que j'arrive à
la fin, qu'elle quitte ce pays, qu'elle quitte tous ceux
qui la connaissent... tous ceux dont la paix peut être

mise en danger par son action criminelle ; qu'elle
parte... elle ne sera pas poursuivie. Mais si on fait peu
de cas de votre avertissement... si on essaye de conserver la position qu'on occupe actuellement, comme
un défi à ce que vous pourrez dire... qu'on prenne
garde à moi ; car, lorsque l'heure sera venue, je jure de
n'épargner personne. »

Le vieillard releva la tête pour la première fois, et
essuya sa figure ridée avec un foulard de soie déchiré.

« Je vous déclare que je ne vous comprends pas,
dit-il. Je vous déclare solennellement que je ne puis
vous comprendre, et que je ne crois pas que George
Talboys soit mort.

— Je donnerais dix années de ma propre vie si je
pouvais le voir vivant, répondit tristement Robert. Je
suis fâché pour vous, monsieur Maldon... je suis fâché
pour nous tous.

— Je ne crois pas que mon gendre soit mort, dit le
lieutenant, je ne crois pas que le pauvre garçon soit
mort. »

Il s'efforçait faiblement de prouver à Robert Audley
que son extravagante explosion de douleur avait été
causée par le chagrin qu'il éprouvait de la perte de
George Talboys ; mais ce prétexte était misérable.

Mistress Plowson rentra dans le salon, conduisant
le petit Georgey, dont le visage brillait de ce poli éclatant que le savon jaune et le frottement peuvent produire sur la figure humaine.

« Cher cœur de ma vie ! s'écria mistress Plowson,
que pouvait donc avoir le pauvre vieux gentleman ?
Nous l'entendions dans le corridor sangloter terri-
blement. »

Le petit Georgey grimpa sur son grand-père et caressa sa face ridée, mouillée de pleurs, de sa petite
main d'enfant.

« Ne pleurez pas, grand-papa, dit-il, ne pleurez pas

Vous aurez ma montre à faire nettoyer, et le brave
bijoutier vous donnera de l'argent pour payer l'homme
à la taxe, tandis qu'il nettoiera la montre... Je n'é-
coute rien, grand-papa. Allons chez le bijoutier... le
bijoutier dans Hygh Street, vous savez, qui a des
globes dorés peints sur sa porte, pour montrer qu'il
vient de Lambar... Lambarshire, dit l'enfant en faisant
une pause pour trouver le nom. Allons, grand-papa. »

Le petit enfant prit le bijou dans son coin, et se dirigea vers la porte, fier d'être en possession d'un talis-
man qui avait si souvent rendu de si grands services.

« Il y a des loups à Southampton, dit-il, faisant un
signe de tête presque triomphant à Robert Audley. Mon
grand-papa dit, quand il prend ma montre, qu'il fait
cela pour tenir le loup éloigné de la porte. Y a-t-il des
loups où vous êtes ? »

Le jeune avocat ne répondit pas à la question de
l'enfant, mais l'arrêta comme il entraînait son grand-
père vers la porte.

« Votre grand-papa n'a pas besoin de la montre aujourd'hui, Georgey, dit-il gaiement.

— Pourquoi a-t-il du chagrin, alors ? demanda
Georgey naïvement... Quand il a besoin de la montre,
il est toujours chagrin et il frappe son pauvre front
ainsi... L'enfant s'interrompit pour imiter l'action avec
ses petits poings... Et dit que la... la jolie dame, je
crois, le traite bien durement et qu'il ne peut tenir le
loup éloigné de la porte. Et alors je dis : « Grand-papa,
prenez la montre. » Et alors il me prend dans ses bras
et dit : « Oh! mon ange béni ! comment puis-je voler
mon ange béni ? » Et puis il pleure, mais non pas
comme aujourd'hui... pas tout haut, vous savez ; rien
que des pleurs qui coulent sur ses pauvres joues; non
pas comme aujourd'hui que vous pouviez l'entendre
dans le corridor. »

Le babil de l'enfant, tout pénible qu'il était pour Ro-

bert Audley, semblait être une consolation pour le
vieillard. Il ne parut pas écouter le caquetage de l'enfant, mais se promena deux ou trois fois en long et en
large dans la petite chambre, lissa ses cheveux en
désordre et se laissa arranger sa cravate par mistress
Plowson, qui paraissait très-soucieuse de découvrir la
cause de son agitation.

« Pauvre cher vieux monsieur, dit-elle, jetant les
yeux sur Robert. Qu'est-il arrivé, pour le mettre ainsi
hors de lui?

— Son gendre est mort, répondit M. Audley, en
fixant ses yeux sur le visage plein de sympathie de
mistress Plowson. Il est mort un an et demi à peu près
après la mort d'Helen Talboys, qui est ensevelie dans
le cimetière de Ventnor. »

Le visage sur lequel il tenait son regard attaché
changea très-légèrement; mais les yeux qui s'étaient
fixés sur lui se détournèrent, tandis qu'il parlait, et
mistress Plowson, une fois de plus, fut obligée d'hu-
mecter ses lèvres pâles avec sa langue avant de lui répondre.

« Ce pauvre M. Talboys est mort, dit-elle, voilà vraiment une mauvaise nouvelle, monsieur. »

Le petit Georgey lança un regard plein d'intelligence du côté de son tuteur, pendant que ces paroles
étaient prononcées.

« Qui est mort, dit-il, George Talboys est mon nom,
qui est mort?

— Un autre individu dont le nom est Talboys,
Georgey.

— Pauvre individu! Ira-t-il dans le trou? »

L'enfant avait cette idée ordinaire de la mort que les
judicieux parents donnent généralement aux enfants,
et qui les conduit toujours à penser à l'ouverture de la
fosse, mais rarement porte leurs esprits vers un point
plus élevé.

« Je voudrais le voir mettre dans le trou, » remarqua Georgey, après un moment de silence.

Il avait accompagné plusieurs convois d'enfants du voisinage, et était considéré comme un pleureur important à cause de sa figure intéressante. Il en était venu, par conséquent, à considérer la cérémonie d'un enterrement comme une réjouissance solennelle dans laquelle, gâteaux, vins et voitures étaient les principaux événements.

« Vous n'avez pas d'objections à ce que j'emmène Georgey avec moi, monsieur Maldon ? » demanda Robert Audley.

L'agitation du vieillard s'était beaucoup calmée pendant ce temps. Il avait trouvé une autre pipe cachée derrière le cadre brillant de la glace et était en train d'essayer de l'allumer avec un morceau de journal tordu.

« Vous ne vous y opposez pas, monsieur Maldon ?

— Non, monsieur..., non, monsieur...; vous êtes son tuteur et vous avez le droit de l'emmener où il vous plaira. Il a été pour moi une très-grande consolation dans ma vieillesse abandonnée, mais j'ai été préparé à le perdre. J'ai.... je.... peux n'avoir pas toujours rempli mon devoir envers lui, monsieur, sous.... sous le rapport de l'instruction et.... et de la chaussure. Le nombre de brodequins que peuvent user les enfants de son âge est difficile à imaginer pour l'esprit d'un jeune homme comme vous ; il est resté éloigné de l'école, peut-être trop souvent, et il a porté accidentellement des brodequins déchirés, quand nos fonds étaient bas ; mais il n'a pas été maltraité. Non, monsieur, vous pourriez le questionner durant une semaine, je ne crois pas que vous puissiez apprendre que son pauvre vieux grand-père lui ait jamais dit une parole dure. »

Sur ces entrefaites, Georgey, apercevant la détresse

de son vieux protecteur, poussa un gémissement terrible, et déclara qu'il ne voulait jamais le quitter

« Monsieur Maldon, dit Robert Audley d'un ton qui
était moitié triste, moitié plein de compassion, quand
j'ai considéré ma position, la nuit dernière, je ne
croyais pas que je pusse jamais venir à penser que je
trouverais cela plus pénible que je le pensais alors. Je
ne puis dire qu'une chose.... que Dieu ait pitié de nous
tous. Je crois de mon devoir d'emmener l'enfant, mais
je le conduirai directement de votre maison à la meilleure pension de Southampton, et je vous donne ma
parole d'honneur que je n'essayerai pas de l'arracher à
son innocente simplicité qui puisse en aucune façon....
J'atteste, dit-il en s'interrompant brusquement, j'atteste que.... Je ne chercherai pas à avancer d'un pas
vers le secret en le questionnant. Je.... je ne suis pas
un officier de justice, et je ne pense pas que l'officier
de justice le plus consommé voulût obtenir ses informations d'un enfant. »

Le vieillard ne répondit pas; il restait assis, la figure cachée d'une main et sa pipe éteinte entre les
doigts de l'autre.

« Enlevez l'enfant, mistress Plowson, dit-il après un
instant, enlevez l'enfant et mettez-lui ses affaires. Il
doit aller avec M. Audley.

— Ce que j'affirme, c'est que ce n'est pas aimable
de la part de ce gentleman d'enlever son mignon chéri
à grand-papa, s'écria mistress Plowson subitement,
avec une indignation pleine de respect.

— Paix, mistress Plowson, répondit le vieillard d'un
ton digne de pitié, M. Audley est le meilleur juge.
Je.... je.... n'ai pas beaucoup d'années à vivre, et je
ne serai plus longtemps un embarras pour personne. »

Les pleurs filtraient lentement à travers les doigts
sales avec lesquels il cachait ses yeux injectés de
sang, en prononçant ces paroles.

« Dieu sait que je n'ai jamais fait de tort à votre ami, monsieur, dit-il, quand mistress Plowson et George furent revenus, ni ne lui ai jamais souhaité aucun mal. C'était un bon gendre pour moi, meilleur que beaucoup de fils; je ne lui ai jamais causé de préjudice avec intention, monsieur.... J'ai.... j'ai dépensé son argent, peut-être, mais j'en suis fâché, très-fâché aujourd'hui. Mais je ne crois pas qu'il soit mort ; non, monsieur, non, je ne le crois pas, s'écria le vieillard en retirant sa main de ses yeux, et en regardant Robert Audley avec une nouvelle énergie. Je.... je ne crois pas cela, monsieur ! Comment.... comment serait-il mort ? »

Robert ne répondit pas à cette question brûlante. Il secoua la tête d'un air morne, et, s'approchant de la petite croisée, regarda dehors, à travers une rangée de géraniums desséchés, la triste pièce de terrain inculte sur laquelle les enfants étaient à jouer.

Mistress Plowson revint avec le petit Georgey emmitouflé dans une jaquette et une couverture de voyage, et Robert prit la main de l'enfant.

« Dites bonsoir à votre grand-papa, Georgey. »

Le petit garçon s'élança vers le vieillard, et, s'attachant à lui, baisa les larmes sales de ses joues fanées.

« Ne vous chagrinez pas pour moi, grand-papa, dit-il ; je vais aller à l'école pour apprendre à devenir un homme savant, et je reviendrai à la maison pour vous voir et mistress Plowson aussi, n'est-ce pas ? ajouta-t-il en se tournant du côté de Robert.

— Oui, mon cher enfant, de temps en temps.

— Emmenez-le, monsieur, emmenez-le, cria M. Maldon; vous me brisez le cœur. »

Le petit garçon sautillait en s'éloignant d'un air joyeux à côté de Robert. Il était enchanté à l'idée d'aller en pension, quoiqu'il eût été assez heureux chez son vieil ivrogne de grand-père, qui avait tou-

jours montré une stupide affection pour le joli petit
garçon, et avait fait de son mieux pour gâter Georgey,
en lui laissant faire sa volonté en toute chose : en conséquence de cette indulgence, master Talboys avait
acquis le goût de veiller tard, des soupers chauds
indigestes, et de boire de petits coups de rhum et
d'eau dans le verre de son grand-papa.

Il communiqua ses idées sur beaucoup de sujets à
Robert Audley, tandis qu'ils se dirigeaient vers l'hôtel
du *Dauphin;* mais l'avocat ne l'encourageait pas à
parler.

Ce n'était pas chose difficile que de trouver une
bonne pension dans un endroit comme Southampton.
Robert Audley fut envoyé à une jolie maison entre Barrière et l'Avenue, et confiant Georgey aux soins d'un
garçon d'hôtel avenant, qui semblait n'avoir autre
chose à faire que de regarder par la croisée, et d'en
lever la poussière invisible sur le poli brillant des
tables, l'avocat monta vers Hight Street, pour atteindre l'institution pour jeunes gentlemen dirigée par
M. Marchmont.

Il trouva dans M. Marchmont un homme très-
sensé, et il rencontra une file de jeunes gentlemen
bien alignés, allant du côté de la ville sous l'escorte
de deux professeurs, au moment où il entrait dans la
maison.

Il dit au chef d'institution que le petit George Talboys avait été laissé à sa charge par un de ses meilleurs amis, qui s'était embarqué quelques mois auparavant pour l'Australie, et qu'il croyait mort. Il confia
l'enfant aux soins particuliers de M. Marchmont, et il
le pria en outre de n'admettre aucun visiteur à voir le
petit garçon, à moins qu'il ne fût autorisé par une
lettre de lui. Après avoir arrangé l'affaire en quelques
mots, comme une transaction commerciale, il revint
à l'hôtel chercher Georgey.

Il trouva le petit homme en grande intimité avec le garçon paresseux, qui avait dirigé l'attention de master Georgey sur différents objets dignes d'intérêt dans Hight Street.

Le pauvre Robert avait autant idée des besoins d'un enfant que de ceux d'un éléphant blanc. Il avait acheté des vers à soie, des cochons d'Inde, des loirs, des canaris et des chiens en quantité durant sa jeunesse, mais il n'avait jamais été appelé à pourvoir aux besoins d'une jeune créature de cinq ans.

Il retourna en arrière de vingt-cinq années et essaya de se rappeler sa propre manière de vivre à l'âge de cinq ans.

« J'ai un vague souvenir d'avoir eu une grande quantité de pain avec du lait et du mouton bouilli, pensa-t-il, et j'ai un vague souvenir que je n'aimais pas toutes ces choses. Je me demande si cet enfant aime le lait avec du pain et le mouton bouilli. »

Il se tint debout pendant quelques minutes, tirant son épaisse moustache et fixant l'enfant d'un air de réflexion avant d'aller plus loin.

« Je crois que vous avez faim, Georgey, » dit-il à la fin.

L'enfant fit signe que oui, et le garçon ôta quelque poussière très-invisbile de la table, comme disposition préparatoire pour étaler une nappe.

« Peut-être aimeriez-vous à luncher ? » suggéra M. Audley en tirant toujours sa moustache.

L'enfant éclata de rire.

« Luncher, cria-t-il, pourquoi ? c'est l'après-midi, et j'ai dîné. »

Robert Audley se sentit de nouveau plongé dans l'embarras. Quel rafraîchissement pouvait-il donner à un enfant qui appelait trois heures, l'après-midi?

« Vous aurez un peu de pain et de lait, Georgey,

dit-il après un instant. Garçon, du pain et du lait, et une pinte de vin du Rhin. »

Master Talboys fit la grimace.

« Je ne mange jamais de pain avec du lait, dit-il ; je n'aime pas cela ; je préfère ce que grand-papa appelle quelque chose de savoureux. J'aimerais mieux une côtelette de veau. Grand-papa m'a raconté qu'il avait dîné ici une fois, et que les côtelettes de veau étaient délicieuses, grand-papa l'a dit. Faites-moi donner une côtelette de veau, s'il vous plaît, avec des œufs et du pain rond, et un peu de jus de citron, vous savez ? ajouta-t-il au garçon. Grand-papa connaît le cuisinier d'ici. Le cuisinier ressemble à un beau gentleman, et il m'a donné une fois un shilling, quand grand-papa m'a amené ici. Le cuisinier porte de plus beaux habits que grand-papa.... plus beaux même que les vôtres, » dit master Georgey, indiquant du doigt le grossier paletot de Robert avec un signe de dédain.

Robert Audley resta pétrifié. Comment devait-il agir avec cet épicurien âgé de cinq ans, qui refusait du pain avec du lait et demandait des côtelettes de veau ?

« Je vous dirai quelle est mon intention pour vous, petit Georgey, s'écria-t-il au bout d'un instant. *Je veux vous faire servir à dîner.* »

Le garçon fit un signe joyeux d'assentiment.

« Sur ma parole, monsieur, dit-il d'un air d'approbation, je crois que le petit gentleman saura le manger.

— Je veux vous donner à dîner, Georgey, répéta Robert : une petite julienne, de l'anguille à l'étuvée, un plat de côtelettes, un oiseau rôti et un pudding. Que dites-vous de cela, Georgey ?

— Je ne pense pas que le jeune gentleman s'oppose à ce menu lorsqu'il le verra, monsieur, dit le garçon : anguille, julienne, côtelettes, oiseau, pudding. Je vais

avertir le cuisinier, monsieur.... A quelle heure,
monsieur ?

— Eh bien, eh bien, commandez pour six heures,
et master Georgey ira à sa nouvelle institution pour
l'heure du coucher. Vous pouvez parvenir à amuser
l'enfant cette après-dînée, j'ose le croire. J'ai quelques
affaires à terminer, et je ne pourrais pas le promener.
Je coucherai ici cette nuit. Au revoir, Georgey, prenez
garde à vous, et tâchez d'avoir bon appétit pour six
heures. »

Robert Audley laissa l'enfant à la charge du garçon
paresseux et descendit du côté de l'eau, choisissant
cette rive déserte qui conduit jusque sous les murs
tombant en poussière de la ville, dans la direction du
petit village situé près de la partie plus étroite de la
rivière.

Il avait fui, avec intention, la société de l'enfant, et
il marcha à travers un léger amas de neige jusqu'à ce
que la première obscurité l'atteignît.

Il retourna à la ville, et s'informa de la station d'où
partaient les trains pour le Dorsetschire.

« Je partirai de bonne heure demain matin, pensa-
t-il, pour voir le père de George avant la tombée de la
nuit. Je lui dirai tout.... tout, excepté l'intérêt que je
prends à.... à la personne soupçonnée, et il décidera
ensuite ce qu'il convient de faire. »

Master Georgey fit parfaitement honneur au dîner
que Robert avait commandé. Il but du *Bass's pale ale*
en si grande quantité, qu'il alarma grandement son
tuteur, et se divertit étonnamment, en faisant une ap-
préciation du faisan rôti et de la sauce au pain qui
était au-dessus de son âge. A huit heures une voiture
fut mise à son service, et il partit très-bien disposé,
avec un souverain dans sa poche et une lettre de Robert à M. Marchmont, renfermant un billet de banque
pour le trousseau du jeune gentleman.

« Je suis enchanté, je vais avoir des habits neufs, dit-il, comme il faisait ses adieux à Robert; car mistress Plowson a raccommodé les vieux si souvent, qu'elle peut s'en servir maintenant pour Billy.

— Qui est Billy? demanda Robert en riant du babil de l'enfant.

— Billy est le petit frère de la pauvre Matilda; c'est un enfant commun, vous savez. Matilda était commune, mais elle.... »

Mais le cocher faisait claquer son fouet en ce moment; le vieux cheval partit et Robert Audley n'entendit plus rien sur Matilda.

CHAPITRE XXIII

Visite à un homme immuable.

M. Harcourt Talboys vivait dans une belle habitation carrée, en briques rouges, à un mille d'un petit
village appelé Grange Heath, dans le Dorsetschire. La
belle habitation carrée, en briques rouges, s'élevait
au centre de beaux terrains carrés, à peine assez éten-
dus pour être appelés un parc, trop grands pour être
appelés autre chose : ainsi ni la maison, ni les terrains n'avaient de nom, et le domaine était simplement
désigné par ces mots : le domaine du squire Talboys.

M. Harcourt Talboys était peut-être bien la dernière
personne dans ce monde à laquelle il fût possible d'associer le simple, le loyal, l'agreste, le vieux titre anglais de squire. Il ne chassait ni ne cultivait ; il n'avait
jamais porté de sa vie de couleurs cramoisies ou de
bottes à revers. Un vent du sud et un ciel nuageux
étaient choses fort indifférentes pour lui, autant
qu'elles ne devaient en aucune sorte intervenir dans son
propre bien-être si précieux ; il ne se souciait de l'é-
tat des récoltes qu'autant que l'y intéressait le risque
de certaines rentes qu'il recevait pour les fermages de
son domaine. C'était un homme âgé d'environ cin-

16

quante ans, grand, osseux, droit et anguleux, avec
une figure carrée et pâle, des yeux gris-clair, et de
courts cheveux noirs, ramenés par la brosse, de chaque
oreille sur une couronne chauve, ce qui donnait à sa
physionomie quelque faible ressemblance avec celle
d'un terrier, — un rude, peu accommodant terrier à
tête dure, — un terrier à ne pouvoir être pris par le
plus habile voleur de chiens qui se soit jamais distingué dans sa profession.

Personne ne se souvenait d'avoir jamais aperçu ce
cui est vulgairement appelé le défaut de la cuirasse
d'Harcourt Talboys. Il ressemblait à la construction
barrée, faisant face au nord, de sa demeure sans ombrages. Il n'y avait dans son caractère aucun pli caché
dans lequel on pût se glisser pour se mettre à l'abri
de sa dure clarté. Il était tout lumière. Il considérait
toute chose avec le même regard ouvert de son intelligence lumineuse, et n'aurait supporté aucune ombre
adoucissante qui aurait pu altérer les durs contours
des événements cruels, dût-elle les embellir. Je ne
sais si j'exprime ce que je pense, en disant qu'il n'y
avait pas de courbes dans son caractère ; que son esprit allait en ligne droite, ne déviant jamais à droite
ou à gauche pour arrondir ses angles inflexibles. Avec
lui le vrai était le vrai, et le faux était le faux. Il n'avait
jamais eu, dans son impitoyable et consciencieuse
existence, l'idée que les circonstances pussent mitiger
la gravité d'un tort ou affaiblir la force du droit. Il avait
chassé de sa présence son fils unique, parce que son
fils unique lui avait désobéi, et il était prêt à chasser
sa fille unique après cinq minutes d'examen pour la
même raison.

Si cet homme, carrément construit et entêté, eût pu
être possédé d'une faiblesse telle que la vanité, il eût
certainement été vain de sa dureté ; il eût été vain de
cette inflexible carrure d'intelligence qui faisait de lui

la plus désagréable créature qui existât; il eût été vain de cette invariable obstination dont aucune influence d'amour ou de pitié n'avait jamais été reconnue capable de plier les résolutions sans remords; il eût été vain de la force négative d'une nature qui n'avait jamais connu la faiblesse des affections ou l'énergie qui peut prendre naissance dans cette même faiblesse.

S'il avait regretté le mariage de son fils, ou la rupture, par son fait, entre lui et George, sa vanité avait été plus puissante que son regret, et l'avait rendu capable de le cacher. En vérité, tout invraisemblable qu'il paraisse au premier abord, qu'un tel homme pût être vain, je doute peu que la vanité ne fût le centre duquel rayonnaient toutes les lignes désagréables du caractère de M. Harcourt Talboys. J'ose dire que Junius Brutus était rempli de vanité, et fut heureux de l'approbation de Rome saisie d'une respectueuse crainte lorsqu'il ordonna l'exécution de ses fils. Harcourt Talboys aurait chassé le pauvre George de sa présence entre les faisceaux renversés des licteurs, et aurait farouchement savouré sa propre douleur. Le ciel connaît seul combien cet homme dur pouvait avoir ressenti amèrement la séparation entre lui et son fils unique, ou combien l'angoisse produite par cet inflexible amour-propre qui en cachait la torture, en avait été plus terrible.

« Mon fils m'a fait une injure impardonnable en épousant la fille d'un ivrogne pauvre, avait dit M. Talboys à quiconque avait eu la témérité de lui parler de George; et de cette heure je n'ai plus de fils. Je ne lui souhaite aucun mal; il est simplement mort pour moi. J'ai du chagrin pour lui, comme j'ai du chagrin pour sa mère qui est morte il y a dix-huit ans. Si vous me parlez de lui comme vous parleriez d'un mort, je suis prêt à vous entendre. Si vous me parlez de lui

comme vous parleriez d'un vivant, je dois refuser d'é-
couter. »

Je crois qu'Harcourt Talboys s'applaudissait de la
sombre grandeur romaine de ce discours, et qu'il eût
aimé avoir une toge et se draper sévèrement dans ses
plis, en tournant le dos à celui qui intercédait en faveur
du pauvre George. Ce dernier n'avait jamais fait per-
sonnellement aucune tentative pour adoucir le verdict
de son père ; il le connaissait assez bien pour comprendre que le cas était désespéré.

« Si je lui écris, il pliera ma lettre et mettra l'enveloppe dans l'intérieur et la classera avec mon nom et
la date de son arrivée, disait le jeune homme, et il
prendra à témoin tout le monde de la maison en témoignage qu'il n'a laissé paraître ni souvenir ému, ni
pensée de pitié ; il restera attaché à sa résolution jusqu'au jour de sa mort. J'ose dire que, si la vérité pouvait être connue, qu'il était enchanté que son fils l'eût
offensé et lui eût offert l'occasion de faire parade de
ses vertus romaines. »

George avait répondu en ces termes à sa femme
quand elle et son père l'avaient pressé de demander
assistance à Harcourt Talboys.

« Non, ma chérie, avait-il dit en concluant. Il est
bien dur peut-être d'être pauvre, mais nous le suppor-
terons. Nous n'irons pas avec des figures dignes d'ins-
pirer la pitié devant un père sévère, lui demander des
aliments et un abri, uniquement pour éprouver un
refus fait en longues sentences johnsoniennes, et servir d'exemple classique au profit du voisinage. Non,
ma jolie petite, il est aisé de mourir de faim, mais il
est difficile de s'humilier. »

Peut-être la pauvre mistress George ne donna-t-elle
pas très-volontiers son agrément à la première de ces
deux propositions. Elle n'avait pas grande envie de
mourir de faim, et elle se désola piteusement quand

les jolies bouteilles de champagne, ayant les marques
de Cliquot et de Moet sur leurs bouchons, se changè-
rent en pintes d'ale à six pence, apportées de la brasserie voisine par une domestique en savates. George
avait été obligé de porter son propre fardeau et de
prêter une main secourable à celui de sa femme, qui
n'avait aucune idée de tenir secrets ses regrets et ses
désappointements.

« Je croyais que les dragons étaient toujours riches,
avait-elle coutume de dire de mauvaise humeur. Les
jeunes filles veulent toujours épouser des dragons, les
marchands veulent toujours être les fournisseurs des
dragons, les maîtres d'hôtel avoir en pension chez
eux des dragons, et les entrepreneurs de théâtre être
patronés par des dragons. Qui aurait pu s'attendre à
ce qu'un dragon boirait de l'ale à six pence, fumerait
d'horrible tabac, à tuer les oiseaux au vol, et laisserait
porter à sa femme un chapeau délabré? »

S'il se manifestait quelque sentiment égoïste déployé
dans de semblables discours, George Talboys n'avait
jamais songé à le découvrir. Il avait aimé sa femme et
avait eu confiance en elle de la première à la dernière
heure de sa courte vie de mariage. L'amour, qui n'est
pas aveugle, n'est peut-être qu'une divinité fausse
après tout; car lorsque Cupidon laisse tomber le ban-
deau de ses yeux, c'est une indication fatale et certaine qu'il est prêt à étendre ses ailes pour s'envoler.
George n'avait jamais oublié l'heure où pour la première fois il avait été fasciné par la jolie fille du
lieutenant Maldon, et malgré le changement qui pouvait s'être opéré en elle, l'image qui l'avait charmé
alors n'était pas changée et se présentait toujours la
même à son cœur.

Robert Audley quitta Southampton par un train qui
partit avant le jour, et atteignit la station de Wareham de bonne heure dans la matinée. Il loua un vé-

hicule à Wareham pour le conduire à Grange Heath.

La neige s'était durcie sur le sol, et le jour était pur et froid, chaque objet du paysage se dessinait en lignes dures sur le fond d'un ciel bleu glacé. Les sabots des chevaux résonnaient sur la route encombrée de glaces, les fers frappant sur le sol qui était presque aussi dur qu'eux. Ce jour d'hiver avait quelque ressemblance avec l'homme qu'il allait voir. Comme lui, il était acéré, glacial, rigoureux; comme lui, il était sans pitié pour la détresse, et impénétrable à la douce influence du soleil. Il n'acceptait d'autres rayons que ceux d'un soleil de janvier suffisants pour éclairer le pays morne et nu sans l'inonder de lumière, et ainsi était Harcourt Talboys, qui prenait le côté le plus austère de chaque vérité et déclarait hautement au monde incrédule qu'il n'y avait jamais eu et qu'il ne pouvait jamais y avoir d'autre côté à considérer.

Le courage de Robert Audley s'affaiblit au moment où le mauvais véhicule de louange s'arrêta devant une grille de sévère apparence; le cocher descendit pour ouvrir une large porte en fer, qui tourna sur ses gonds à grand bruit et fut saisie par un grand crochet de fer planté dans le sol, qui happa un des barreaux inférieurs, comme s'il eût voulu le mordre.

Cette porte en fer ouvrait sur une maigre plantation de sapins à tige droite qui secouaient leur vigoureux feuillage d'hiver d'un air de défi au souffle mordant de la brise glacée. Un chemin droit et sablé pour les voitures, courait entre ces arbres perpendiculaires et une pelouse unie et bien entretenue qui menait à une habitation carrée en briques rouges, dont chaque fenêtre scintillait et éblouissait sous l'éclat d'un soleil de janvier comme si elle venait d'être nettoyée par quelque infatigable servante.

Je ne sais si Junius Brutus fut une plaie dans sa propre maison; mais, parmi les vertus de ce Romain,

M. Talboys avait pris une aversion extrême pour le désordre et était la terreur de tous ses domestiques.

Les fenêtres étincelaient, et les marches du perron de pierre scintillaient au soleil; les principales allées du jardin étaient si fraîchement couvertes de gravier qu'elles donnaient à ce lieu un aspect sablonneux et de gingembre, rappelant une désagréable chevelure de couleur rouge. La pelouse était ornée principalement de noirs arbrisseaux d'un aspect funéraire, plantés en carrés qui ressemblaient à des formules d'algèbre, et le perron en pierre conduisant à la porte carrée à demi vitrée du vestibule était bordé de caisses en bois vert foncé contenant les mêmes vigoureux arbrisseaux toujours verts.

« Si l'homme a quelque ressemblance avec sa maison, pensa Robert, je ne m'étonne pas que le pauvre George et lui se soient séparés. »

A l'extrémité d'une maigre avenue, le chemin pour les voitures faisait un angle droit (il eût été tracé en courbe sur le terrain de tout autre individu) et passait devant les fenêtres inférieures de la maison. Le cocher descendit devant le perron, monta les marches et sonna, à l'aide d'une poignée de cuivre qui rentra dans son emboîture avec un bruit de ressort irrité, comme s'il eût reçu un affront par le contact plébéien de la main de cet homme.

Un domestique en pantalon noir et en veste de toile rayée, qui sortait évidemment depuis peu des mains de la blanchisseuse, ouvrit la porte. M. Talboys était à la maison. Le gentleman voulait-il lui faire remettre sa carte?

Robert attendit dans la salle d'attente que sa carte fût portée au maître de la maison.

Ce vestibule était spacieux, élevé, pavé de pierre. Les panneaux de la boiserie en chêne brillaient du même poli rigoureux qui reluisait sur chaque objet à

l'intérieur et à l'extérieur de l'habitation en briques
rouges.

Quelques personnes ont assez de faiblesse d'esprit
pour aimer les peintures et les statues. M. Harcourt
Talboys était bien trop pratique pour donner dans des
fantaisies aussi absurdes. Un baromètre et un porte-
parapluies étaient les seuls ornements de son vestibule.

Robert considérait ces meubles pendant que l'on
soumettait son nom au père de George.

Le domestique à la veste de toile revint bientôt.
C'était un homme maigre, au visage pâle, de quarante
ans à peu près, et qui avait l'air d'avoir foulé aux pieds
toute émotion à laquelle l'humanité peut être sujette.

« Si vous voulez venir par ici, monsieur, dit-il,
M. Talboys vous recevra, quoiqu'il soit à déjeuner. Il
m'a prié de constater qu'il pensait que tout le monde
dans le Dorsetschire était au courant de l'heure de son
déjeuner. »

Ces mots étaient dits dans l'intention de lancer un
superbe reproche à M. Robert Audley. Ils firent pourtant un très-mince effet sur le jeune avocat. Il leva
purement ses sourcils en signe d'indifférence de lui-
même et des autres.

« Je n'habite pas le Dorsetschire, dit-il. M. Talboys
aurait pu savoir cela, s'il m'avait fait l'honneur d'exercer sa puissance de raisonnement. Conduisez-moi,
mon ami. »

L'homme sans émotions jeta sur Robert Audley un
froid regard d'horreur non déguisé, ouvrit une des
lourdes portes en chêne et l'introduisit dans une vaste
salle à manger meublée avec la sévère simplicité d'un
appartement dans lequel on a l'intention de manger et
non de vivre habituellement. Au bout d'une table qui
aurait pu contenir dix-huit personnes, Robert Audley
aperçut M. Harcourt Talboys.

M. Talboys était vêtu d'une robe de chambre d'étoffe grise, serrée au milieu du corps par une ceinture. C'était un vêtement à l'aspect sévère, et était, peut-être, ce qui pouvait se rapprocher le plus de la toge parmi la série des costumes modernes. Il portait un gilet de peau de buffle, une cravate de batiste empesée, et un irréprochable col de chemise. Le gris froid de sa robe de chambre était presque le même que le gris froid de ses yeux, et le pâle buffle de son gilet était aussi pâle que son teint.

Robert Audley ne s'était pas attendu à trouver Harcourt Talboys complétement semblable à George dans ses manières et dans sa conformation, mais il s'était attendu à trouver quelque air de famille entre le père et le fils : il n'y en avait aucun ; il aurait été impossible d'imaginer quelqu'un plus dissemblable que George à l'auteur de ses jours. Robert ne s'étonna plus de la lettre cruelle qu'il avait reçue de M. Talboys quand il en vit l'auteur. Un tel homme pouvait difficilement avoir écrit autrement.

Il y avait dans la vaste pièce une seconde personne vers laquelle Robert lança un coup d'œil, après avoir salué Harcourt Talboys, incertain de la manière dont il devait commencer. Cette seconde personne était une femme, qui, assise à la dernière des quatre croisées qui se suivaient, était occupée à quelque ouvrage d'aiguille, du genre communément appelé ouvrage uni, et avait à côté d'elle une large corbeille en osier remplie de calicot et de flanelle.

Toute la longueur de l'appartement séparait cette dame de Robert ; mais il put voir qu'elle était jeune et qu'elle ressemblait à George Talboys.

« Sa sœur, pensa-t-il dans le court moment durant lequel il porta son œil hors du maître de la maison vers la figure de femme près de la croisée, sa sœur, sans aucun doute. Il était fou d'elle, je le sais ; pour sûr, elle n'est pas complétement indifférente à son sort! »

La dame se leva à demi de son siége, laissant tomber de ses genoux, dans son mouvement, son ouvrage large et commun, et laissant échapper une bobine de coton qui roula au loin sur le chêne poli du parquet au-delà du bord du tapis de Turquie.

« Asseyez-vous, Clara, » dit la voix dure de M. Talboys.

Ce gentleman ne parut pas s'adresser à sa fille et ne tourna pas la tête de son côté quand elle se leva. Il semblait qu'il eût su ce qui se passait par quelque affinité magnétique qui lui était particulière; et il paraissait, comme ses domestiques étaient disposés à le remarquer irrévérencieusement, qu'il eût des yeux dans la partie postérieure de la tête.

« Asseyez-vous, Clara, répéta-t-il, et gardez votre coton dans votre boîte à ouvrage. »

La dame rougit à ce reproche et se baissa pour chercher le coton. M. Robert Audley, qui était tout interdit par l'air sévère du maître de la maison, s'agenouilla sur le tapis, trouva la bobine et la rendit à sa propriétaire. Harcourt Talboys considéra cette manière d'agir avec une expression de suprême étonnement.

« Peut-être, monsieur.... monsieur Robert Audley, dit-il, en jetant les yeux sur la carte qu'il tenait entre l'index et le pouce, peut-être, quand vous aurez fini de chercher des bobines de coton, voudrez-vous être assez bon pour me dire ce qui me procure l'honneur de cette visite? »

Il fit avec sa main bien faite un geste qu'on eût pu admirer dans le majestueux John Kemble, et le domestique, comprenant le geste, avança une lourde chaise en maroquin rouge.

La manière fut si lente et si solennelle que Robert avait d'abord pensé que quelque chose d'extraordinaire allait s'accomplir; mais la vérité se fit jour à la fin, et il se laissa aller sur le siége massif.

« Vous pouvez attendre, Wilson, dit M. Talboys, comme le domestique se disposait à se retirer; M. Audley prendra peut-être du café. »

Robert n'avait rien mangé le matin; mais il jeta un coup d'œil sur la longue étendue de la triste nappe, sur le service à thé et à café en argent, sur la splendeur austère et la très-maigre apparence de quelque substantielle chère, et il refusa l'invitation de M. Talboys.

« M. Audley ne veut pas prendre de café, Wilson, dit le maître de la maison; vous pouvez vous retirer. »

L'homme s'inclina et sortit, ouvrant et fermant la porte avec autant de précaution que s'il se fût permis une grande liberté en agissant ainsi, ou que le respect dû à M. Talboys exigeât qu'il disparût directement à travers le panneau de chêne comme un fantôme des contes allemands.

M. Harcourt Talboys resta, ses yeux gris fixés sévèrement sur son visiteur, ses coudes appuyés sur le maroquin rouge des bras de son fauteuil, et les extrémités de ses doigts réunies. C'était l'attitude dans laquelle, eût-il été Junius Brutus, il se fût assis au procès de ses fils. Si Robert Audley eût été facile à embarrasser, M. Talboys eût réussi à le troubler en se posant ainsi; mais comme le jeune homme serait volontiers resté avec une tranquillité parfaite sur un baril de poudre à canon à allumer son cigare, il ne fut pas le moins du monde ému en cette occasion. La dignité du père lui paraissait une chose très-minime quand il pensait aux causes possibles de la disparition du fils.

« Je vous ai écrit il y a quelque temps, monsieur Talboys, » dit-il avec calme, quand il vit que celui-ci attendait qu'il entamât la conversation.

Harcourt Talboys s'inclina; il savait que c'était de son fils perdu que Robert allait parler.

« Fasse le ciel que son stoïcisme glacé soit l'affectation mesquine d'un homme vaniteux plutôt qu'un manque complet de cœur! » pensa Robert.

Il fit une inclination de tête à son visiteur derrière le bout de ses doigts, et Junius Brutus fut satisfait de lui-même.

« J'ai reçu votre communication, monsieur Audley, dit-il; elle est classée parmi d'autres lettres d'affaires; il y a été répondu régulièrement.

— Cette lettre concernait votre fils. »

Il y eut un petit frôlement à la croisée où était assise la dame au moment où Robert dit ces mots. Il regarda de son côté instantanément, mais elle ne semblait pas avoir remué; elle ne tremblait pas, et elle était parfaitement calme.

« Elle est aussi dépourvue de cœur que son père, je crois, quoiqu'elle ressemble à George, pensa M. Audley.

— Votre lettre concernait la personne qui fut autrefois mon fils, peut-être, monsieur, dit Harcourt Talboys. Je dois vous prier de vous souvenir que je n'ai plus de fils.

— Vous n'avez aucune raison de me le rappeler, monsieur Talboys, répondit gravement Robert; je ne m'en souviens que trop bien. J'ai une fatale raison de croire que vous n'avez plus de fils. J'ai un cruel motif de penser qu'il est mort. »

Il se peut que le teint de M. Talboys fût passé à une nuance plus pâle que le buffle, tandis que Robert prononçait ces paroles; mais il s'était contenté d'élever le poil hérissé de ses sourcils gris, et de secouer doucement la tête.

« Non, dit-il, non; je vous assure, non.

— Je crois que George Talboys est mort dans le mois de septembre. »

La jeune fille qui avait été interpellée sous le nom de Clara resta, son ouvrage soigneusement plié sur ses genoux, les mains entrelacées reposant sur son travail, et ne bougea pas tout le temps que Robert parla de la mort de son ami. Il ne pouvait voir distinctement sa figure, car elle était assise à quelque distance de lui, et tournée vers la croisée.

« Non, non, je vous assure, reprit M. Talboys; vous êtes dans une fâcheuse erreur.

— Vous croyez que je suis dans l'erreur en pensant que votre fils est mort? demanda Robert.

— Très-certainement, répliqua M. Talboys avec un sourire, expression du calme de la sagesse, très-certaiment, mon cher monsieur; la disparition est un subterfuge habile, sans aucun doute, mais il n'est pas suffisamment habile pour me tromper. Vous devez me permettre de comprendre cela un peu mieux que vous, monsieur Audley, et vous devez aussi me permettre de vous assurer de trois choses : en premier lieu, votre ami n'est pas mort; en second lieu, il se tient caché à l'écart dans le dessein de m'alarmer, de mettre en jeu mes sentiments comme.... comme homme qui fut autrefois son père, et d'obtenir au bout du compte mon pardon; en troisième lieu, il n'obtiendra pas ce pardon, pour si longtemps qu'il lui plaise de se tenir caché, et il agirait donc prudemment en retournant sans délai à sa résidence ordinaire et à ses plaisirs.

— Alors vous pensez qu'il se cache avec intention, à tous ceux qui le connaissent, dans le dessein de....

— Dans le dessein de m'influencer, s'écria M. Talboys qui, puisant son jugement dans sa propre vanité, considérait chaque événement de la vie dans son centre unique, et refusait obstinément de l'examiner d'un autre point de vue. Dans le dessein de m'influencer. Il connaît l'inflexibilité de mon caractère; à un certain degré, il connaît mon caractère, et il sait que

toutes les tentatives ordinaires pour adoucir ma décision ou ébranler en moi la résolution arrêtée de ma
vie, feraient défaut. Il a, en conséquence, essayé de
moyens extraordinaires; il s'est tenu caché à l'écart
afin de m'alarmer; et quand après un temps convenable il s'apercevra qu'il ne m'a pas alarmé, il reviendra
à ses anciennes habitudes. Quand il agira ainsi, dit
M. Talboys en s'élevant au sublime, je lui pardonnerai. Oui, monsieur, je lui pardonnerai; et je lui dirai :
« Vous avez essayé de me tromper, vous avez essayé
de m'effrayer, et je vous ai convaincu que je ne suis
pas capable d'être effrayé; vous n'avez pas voulu croire
à ma générosité, je veux vous montrer que je puis
être généreux. »

Harcourt Talboys débita ces superbes périodes avec
une manière étudiée, montrant qu'elles avaient été
soigneusement élaborées depuis longtemps.

Robert Audley poussa un soupir en les entendant.

« Fasse le ciel que vous puissiez avoir l'occasion de
dire ces paroles à votre fils, monsieur, répondit-il tristement. Je suis très-heureux d'apprendre que vous
êtes disposé à lui pardonner, mais je crains que vous
ne puissiez jamais le revoir sur cette terre. J'ai beaucoup de choses à vous dire sur ce.... ce lamentable
sujet, monsieur Talboys; mais je préfèrerais vous les
dire à vous seul, ajouta-t-il en jetant un regard sur la
dame assise à côté de la croisée.

— Ma fille connaît mes idées à ce sujet, monsieur
Audley, dit Harcourt Talboys; il n'y a aucune raison
qui l'empêche d'entendre ce que vous avez à dire. Miss
Clara Talboys, M. Robert Audley, » ajouta-t-il en
étendant majestueusement la main.

La jeune fille inclina la tête en reconnaissance du
salut de Robert.

« Qu'elle entende donc, pensa-t-il. Si elle a assez
peu de sensibilité pour ne montrer aucune émotion à

ce triste sujet, qu'elle entende le pire que j'ai à raconter. »

Il y eut quelques minutes de silence, durant lesquelles Robert tira quelques papiers de sa poche;
parmi eux était le document qui avait été rédigé immédiatement après la disparition de George.

« Je réclamerai toute votre attention, monsieur Talboys, dit-il, car ce que j'ai à vous dévoiler est d'une
nature pénible. Votre fils était mon ami le plus cher,
cher pour plusieurs raisons. Peut-être parce que je
l'ai vu et connu au moment du grand chagrin de sa vie,
et qu'il restait relativement seul dans le monde....
chassé d'auprès de vous, qui eussiez été son meilleur
ami, privé de la seule femme qu'il eût jamais aimée.

— La fille d'un ivrogne pauvre, remarqua en passant M. Talboys.

— Fût-il mort dans son lit, comme je pense quelquefois qu'il l'eût désiré, continua Robert Audley, des
suites de son chagrin, j'eusse pleuré sur lui très-sin-
cèrement, lors même que j'eusse fermé ses yeux de
ma propre main et l'eusse vu couché en repos dans
sa paisible demeure. J'eusse éprouvé du chagrin pour
mon vieux camarade de collége et pour le compagnon
qui m'avait été si cher. Mais cette peine eût été très-
peu de chose en comparaison de celle que je ressens
aujourd'hui, car je ne suis que trop fermement convaincu que mon pauvre ami a été assassiné.

— Assassiné ! »

Le père et la fille répétèrent simultanément cet horrible mot. Le visage du père se couvrit d'une pâleur
livide. La tête de la fille tomba sur ses mains convulsivement serrées, et ne se releva plus pendant tout le
temps de l'entrevue.

« Monsieur Audley, vous êtes fou, s'écria Harcourt
Talboys, vous êtes fou, ou bien vous avez été envoyé
par votre ami pour vous jouer de mes sentiments. Je

proteste contre ce procédé comme étant un complot, et je.... je révoque mes intentions de pardon pour la personne qui fut autrefois mon fils. »

Il redevint lui-même en disant ces paroles. Le coup avait été rude, mais ses effets n'avaient été que momentanés.

« Il est très-loin de ma pensée de vous alarmer sans nécessité, monsieur, répondit Robert. Fasse le ciel que vous puissiez avoir raison et que j'aie tort. Je prie pour cela, mais je ne puis le croire.... je ne puis l'espérer. Je suis venu à vous pour avoir un avis. Je veux vous exposer simplement et sans passion les circonstances qui ont éveillé mes soupçons. Si vous me dites que ces soupçons sont absurdes et sans fondement, je suis prêt à me soumettre à votre jugement plus sage que le mien. Je quitte l'Angleterre et j'abandonne la poursuite d'une évidence qui manque pour.... pour confirmer mes craintes. Si vous me dites poursuivez, je poursuivrai. »

Rien ne pouvait être plus flatteur pour la vanité de M. Harcourt Talboys que cet appel. Il déclara être prêt à écouter entièrement ce que Robert pouvait avoir à dire, et à l'assister de tout son pouvoir.

Il prononça avec emphase ces derniers mots d'assurance, rabaissant la valeur de ses avis avec une affectation qui était aussi transparente que son amour-propre lui-même.

Robert Audley rapprocha sa chaise du fauteuil de M. Talboys, et commença un récit minutieusement détaillé de tout ce qui était arrivé à George depuis le moment de son arrivée en Angleterre jusqu'à l'heure de sa disparition, aussi bien que tout ce qui s'était passé depuis sa disparition et ne touchait en aucune manière à ce sujet particulier. Harcourt Talboys l'écouta avec une attention manifeste, interrompant de temps en temps le narrateur pour lui adresser quel-

que question d'un genre magistral. Clara Talboys ne
releva jamais sa tête de ses mains jointes.

Les aiguilles de la pendule marquaient onze heures
un quart quand Robert commença son histoire. Midi
sonna comme il finissait.

Il avait soigneusement supprimé les noms de son
oncle et de la femme de son oncle en relatant les cir-
constánces dans lesquelles ils étaient impliqués.

« Maintenant, monsieur, dit-il quand l'histoire eut
été racontée, j'attends votre décision. Vous avez entendu mes raisons conduisant à cette terrible conclusion. Quelle impression ces raisons ont-elles faite sur
vous?

— Elles ne me détournent nullement de ma première
opinion, répondit M. Harcourt Talboys avec l'orgueil
déraisonnable d'un homme obstiné. Je crois encore,
comme je croyais auparavant, que mon fils est vivant,
et que sa disparition est un complot contre moi. Je refuse de devenir la victime de ce complot.

— Et vous me dites de m'arrêter? demanda Robert
d'un ton solennel.

— Je ne vous dis que ceci : Si vous poursuivez,
poursuivez pour votre satisfaction et non pour la
mienne. Je ne vois rien dans ce que vous m'avez raconté de propre à m'alarmer pour la sécurité de....
votre ami.

— Qu'il en soit ainsi, alors ! s'écria Robert subitement. De ce moment, je me lave les mains de cette
affaire ; de ce moment, le but de ma vie sera de l'ou-
blier. »

Il se leva en disant ces mots et prit son chapeau
sur la table sur laquelle il l'avait posé; il jeta un regard sur Clara Talboys. Son attitude n'était pas changée depuis qu'elle avait laissé tomber sa tête dans ses
mains.

« Bonjour, monsieur Talboys, dit-il gravement, Dieu

veuille que vous ayez raison; Dieu veuille que j'aie tort. Mais j'ai peur qu'il n'arrive un jour où vous aurez sujet de regretter votre indifférence sur la destinée dernière de votre fils unique. »

Il s'inclina gravement devant M. Harcourt Talboys et la jeune fille, dont la figure était toujours cachée dans ses mains.

Il s'arrêta un instant à regarder miss Talboys, pensant qu'elle lèverait les yeux, qu'elle ferait quelque signe ou témoignerait quelque désir de le retenir.

M. Talboys sonna le domestique sans émotion, qui conduisit Robert à la porte du vestibule avec une solennité de manières qui eût été parfaitement en harmonie s'il l'eût accompagné à son exécution.

« Elle est comme son père, pensa M. Audley en regardant pour la dernière fois la tête baissée. Pauvre George, vous aviez besoin d'un ami dans ce monde, car vous avez eu fort peu de cœurs pour vous aimer. »

CHAPITRE XXIV

Clara.

Robert Audley trouva le cocher endormi sur le siége de son méchant véhicule. Celui-ci avait été régalé d'une bière assez forte pour occasionner une asphyxie temporaire au buveur assez hardi pour l'absorber, et il fut très-content de retourner pour recevoir le prix de sa course. Le vieux cheval blanc qui semblait avoir été poulain dans l'année où la voiture avait été construite, paraissait comme celle-ci avoir survécu à la mode ; il était aussi profondément assoupi que son maître et se réveilla en donnant une ruade au moment où Robert était arrivé au bas des marches du perron, accompagné par son exécuteur qui attendit respectueusement que M. Audley fût entré dans le véhicule et eût disparu au détour de l'allée.

Le cheval, excité par le claquement du fouet de son conducteur et par une violente secousse des rênes délabrées, avança à moitié endormi, et Robert, son chapeau complétement rabattu sur ses yeux, pensa à son ami absent.

Il avait joué dans ces jardins austères et sous ces tristes sapins, il y avait des années peut-être.... si c'était chose possible qu'une jeunesse très-folâtre pût jouer sous le feu des sévères yeux gris de M. Harcourt Talboys. Il avait joué sous ces arbres au feuillage sombre, peut-être avec la sœur qui avait entendu parler de son triste sort aujourd'hui sans verser une larme. Robert Audley jeta les yeux sur la froideur maniérée de ce terrain méthodiquement rangé, s'étonnant que George eût pu grandir dans une semblable résidence et être le franc, le généreux, l'insouciant ami qu'il avait connu. Comment s'était-il fait qu'ayant son père perpétuellement devant les yeux, il n'eût pas grandi sur le désagréable modèle de son père et ne fût pas devenu le tourment de ses camarades? Comment cela s'était-il fait? Parce que nous avons à remercier un être plus élevé que nos parents pour l'âme qui nous rend grands ou petits; et parce que, tandis que les nez de famille et les mentons de famille peuvent se transmettre par une succession régulière de père en fils, de grand-père en petit-fils, comme les formes des fleurs passées d'une année sont reproduites dans les fleurs qui poussent dans la suivante, l'esprit, plus subtil que la brise qui souffle parmi ces fleurs, indépendant de toute règle terrestre, ne reconnaît d'autre pouvoir que la loi harmonieuse du Créateur.

« Grâces à Dieu, pensait Robert Audley, grâces à Dieu ! c'est fini. Mon pauvre ami doit reposer dans sa tombe inconnue, et je n'aurai pas la douleur d'attirer l'infortune sur ceux que j'aime. Cela arrivera peut-être, tôt ou tard, mais cela n'arrivera point par mon entremise. La crise est passée, et je suis libre. »

Il trouva dans cette pensée une ineffable consolation. Sa généreuse nature répugnait au rôle auquel il s'était trouvé entraîné.... le rôle d'espion, et à recueillir des faits accusateurs qui conduisaient à des conséquences horribles.

Il poussa un long soupir.... un soupir de soulage-
ment pour cette délivrance. C'était entièrement fini
maintenant.

La voiture sortait de la porte de la plantation comme
il pensait à ces choses, et il se leva dans le véhicule
pour jeter un regard en arrière sur les tristes sapins,
les allées couvertes de gravier, la pelouse unie et la
grande maison en briques rouges, à l'aspect désolé.

Il fut surpris à la vue d'une femme qui courait, qui
volait presque, le long du chemin à voitures par lequel
il était venu, et agitait un mouchoir dans sa main.

Il considéra cette singulière apparition pendant quelques instants, dans un étonnement silencieux, avant
d'être capable d'exprimer en syllabes sa stupéfaction.

« Est-ce à moi qu'en veut cette femme qui semble
voler? s'écria-t-il à la fin. Vous feriez mieux d'arrêter
peut-être, ajouta-t-il au cocher. Nous sommes dans
une époque d'excentricité, dans une ère anomale de
l'histoire du monde. Elle peut avoir besoin de moi.
Très-probablement j'ai oublié mon mouchoir de poche, et M. Talboys a envoyé cette personne me le rapporter. Peut-être ferais-je mieux de descendre et
d'aller à sa rencontre. C'est une politesse de renvoyer
mon mouchoir. »

M. Robert Audley descendit résolûment de la voiture
et marcha lentement vers la forme féminine qui courait si vite et qui l'atteignit bientôt.

Il avait presque la vue courte, et ce ne fut que lorsqu'elle arriva près de lui qu'il vit qui elle était.

« Bonté du ciel! s'écria-t-il, c'est miss Talboys. »

C'était miss Talboys, rouge et hors d'haleine, avec
un châle de laine sur la tête.

Robert Audley maintenant voyait clairement son
visage pour la première fois, et il remarqua qu'il était
très-beau. Elle avait des yeux bruns, comme ceux de
George, un teint pâle (elle était colorée quand elle

s'approcha de lui, mais les couleurs s'évanouirent dès qu'elle eut recouvré sa respiration), des traits réguliers et une mobilité d'expression qui réfléchissait tout changement de sentiments. Il vit tout cela en quelques instants, et ne fit que s'étonner davantage du stoïcisme de sa conduite durant son entrevue avec M. Talboys. Il n'y avait pas de larmes dans ses yeux, mais ils brillaient d'un éclat fiévreux.... d'un éclat terrible et sec.... et il put voir que ses lèvres tremblaient lorsqu'elle s'adressa à lui.

« Miss Talboys, dit-il, que puis-je ?... pourquoi ?... »

Elle l'interrompit soudain, saisissant son poignet de sa main libre.... elle tenait son châle de l'autre.

« Oh ! laissez-moi vous parler, s'écria-t-elle, laissez-moi vous parler, ou je deviendrai folle. J'ai tout entendu. Je crois ce que vous croyez ; et je deviendrai folle, à moins que je ne puisse faire quelque chose.... quelque chose pour venger sa mort. »

Pendant quelques instants Robert Audley fut trop abasourdi pour répondre. De toutes les choses qui pussent arriver sur terre, il se serait attendu à voir celle-ci la dernière.

« Prenez mon bras, miss Talboys, dit-il ; calmez-vous, je vous en prie. Retournons un bout de chemin vers la maison et parlez tranquillement. Je n'aurais pas parlé comme je l'ai fait devant vous si j'avais su...

— Si vous aviez su que j'aimais mon frère, dit-elle avec calme. Comment auriez-vous pu savoir que je l'aimais ? comment quelqu'un aurait-il pu penser que je l'aimais, quand je n'ai jamais eu le pouvoir d'obtenir pour lui un bon accueil sous ce toit, ou un mot bienveillant de son père ? Comment aurais-je osé trahir mon affection pour lui dans cette maison quand je savais que même l'affection d'une sœur tournerait à son désavantage ? Vous ne connaissez pas mon père, monsieur Audley ; moi je le connais. Je savais qu'in-

terceder pour George eût été perdre sa cause; je savais
que laisser les choses dans les mains de mon père et
se confier au temps, était ma seule chance de revoir
mon cher frère. Et j'attendais.... j'attendais patiemment, espérant toujours, car je savais que mon père
aimait son fils unique. Je remarque votre sourire mo-
queur, monsieur Audley, et je conçois bien qu'il soit
difficile pour un étranger de croire que, sous ce stoïcisme affecté, mon père cache quelque degré d'affection pour ses enfants... non pas un très-vif attachement
peut-être, car il a été dirigé toute sa vie par la stricte
loi du devoir. Arrêtez, dit-elle subitement en posant
la main sur son bras et regardant derrière elle à travers l'avenue de pins; je suis sortie en courant par le
derrière de la maison. Papa ne doit pas m'apercevoir
vous parler, monsieur Audley, et il ne faut pas qu'il
voie la voiture stationner près de la porte. Voulez-
vous aller sur la grande route et dire au cocher de
faire avancer sa voiture jusqu'au bout du chemin? Je
sortirai par une petite porte qui est plus loin en montant, et je vous rejoindrai sur la route.

— Mais vous allez attraper froid, miss Talboys, observa Robert, la regardant d'un air inquiet, car il
voyait qu'elle était toute tremblante. Vous grelottez
maintenant.

— Ce n'est pas de froid, répondit-elle; je pensais à
mon frère George. Si vous avez quelque pitié pour
l'unique sœur de votre ami perdu, faites ce que je
vous demande, monsieur Audley. Il faut que je vous
parle.... il faut que je vous parle.... avec calme, si je
le puis. »

Elle posa la main sur son front comme si elle essayait de rassembler ses idées, puis elle montra du
doigt la grille. Robert salua et la laissa. Il dit au cocher
d'avancer lentement vers la station, et continua son
chemin en côtoyant la barrière goudronnée qui entou-

rait la propriété de M. Talboys. A une centaine de
mètres environ au-dessus de l'entrée principale, il
arriva à une petite porte en bois dans la barrière, et
attendit là miss Talboys.

Elle le rejoignit bientôt, son châle encore sur la tête,
et ses yeux brillants et toujours secs.

« Voulez-vous marcher avec moi dans l'intérieur de
la plantation? dit-elle, nous pourrions être observés
sur la grande route. »

Il s'inclina, passa la porte, et la ferma derrière lui.

Quand elle prit le bras qu'il lui offrait, il s'aperçut
qu'elle était encore tremblante.... qu'elle tremblait
très-violemment.

« Je vous prie, je vous supplie de vous calmer, miss
Talboys, dit-il, je puis m'être trompé dans l'opinion
que j'ai formée; je puis....

— Non, non, non, s'écria-t-elle, vous ne vous êtes
pas trompé, mon frère a été assassiné. Dites-moi le
nom de cette femme.... de la femme que vous soup-
çonnez être intéressée à sa disparition.... à son assas-
sinat....

— Je ne puis faire cela jusqu'à ce que....

— Jusqu'à quand?

— Jusqu'à ce que je sois certain qu'elle est coupable.

— Vous disiez à mon père que vous vouliez abandonner toute idée de découvrir la vérité... Que vous
vouliez vous tenir tranquille en laissant le sort de mon
frère rester à l'état d'horrible mystère jamais éclairci
sur cette terre; mais vous ne voulez pas agir ainsi,
monsieur Audley.... vous ne voulez pas manquer à la
mémoire de votre ami. Vous voulez voir punir ceux
qui l'ont tué. Voulez-vous faire cela, ou ne le voulez-
vous pas? »

Une ombre de tristesse s'étendit comme un voile
noir sur le beau visage de Robert Audley

Il se rappelait ce qu'il avait dit le jour précédent à Southampton....

« Une main qui est plus forte que la mienne me fait signe du doigt d'avancer sur la route sinistre. »

Un quart d'heure auparavant, il avait cru que tout était fini, et qu'il était délivré du terrible devoir de découvrir le secret de la mort de George. Maintenant cette jeune fille, cette jeune fille insensible en apparence, avait trouvé une voix, et le pressait de continuer la poursuite de sa destinée.

« Si vous saviez dans quel malheur je puis être enveloppé en découvrant la vérité, miss Talboys, dit-il, vous voudriez à peine me demander de faire un pas de plus dans cette affaire.

— Mais je ne vous interroge pas, répondit-elle avec une passion contenue. — Je ne vous interroge pas. Je vous demande de venger la mort prématurée de mon frère. Voulez-vous le faire, oui ou non ?

— Si je réponds non ?

— Alors je le ferai moi-même ! s'écria-t-elle en le fixant avec ses yeux bruns éclatants. Je suivrai moi-même la piste de ce mystère ; je trouverai cette femme.... oui, quoique vous refusiez de me dire dans quelle partie de l'Angleterre mon frère a disparu. Je voyagerai d'une extrémité du monde à l'autre pour découvrir le secret de son sort, si vous refusez de le découvrir pour moi. Je suis majeure ; je suis ma propre maîtresse ; je suis riche, car j'ai de l'argent que m'a laissé une de mes tantes. Je suis en position de bien payer ceux qui m'aideront dans mes recherches, et je le ferai pour qu'ils aient intérêt à me bien servir. Choisissez entre ces deux alternatives, monsieur Audley. Sera-ce vous qui trouverez le meurtrier de mon frère, ou sera-ce moi ? »

Il la regarda en face et vit que sa résolution n'était pas le fruit d'une exaltation passagère de femme, mais celle d'une volonté capable de se frayer un chemin malgré la main de fer de la difficulté. Ses admirables traits, d'une nature sculpturale dans leurs contours, semblaient transformés en marbre par la fermeté d'expression de sa physionomie. Le visage qu'il regardait était le visage d'une femme que la mort seule pouvait faire dévier de ses projets.

« J'ai grandi dans une atmosphère d'abnégation, dit-elle avec calme. J'ai refoulé et étouffé les sentiments naturels de mon cœur, au point de les rendre peu naturels dans leur intensité; je ne me suis donné ni amis ni amants. Ma mère mourut quand j'étais très-jeune. Mon père a toujours été pour moi ce que vous l'avez vu aujourd'hui. Je n'ai personne que mon frère. Tout l'amour que mon cœur peut contenir a été concentré sur lui. Vous étonnez-vous, alors, que lorsque j'apprends que sa jeune existence a été tranchée traîtreusement, je désire voir la vengeance s'appesantir sur le coupable? Oh! mon Dieu, s'écria-t-elle, en joignant subitement les mains et en levant les yeux vers le ciel d'hiver glacé, conduisez-moi au meurtrier de mon frère, et laissez ma main venger sa mort prématurée. »

Robert Audley resta immobile devant elle, la regardant avec une admiration respectueuse. Sa beauté s'était élevée jusqu'au sublime par la tension de sa passion comprimée. Elle ne ressemblait à aucune des femmes qu'il avait jamais vues. Sa cousine était jolie, la femme de son oncle était ravissante, mais Clara Talboys était admirable. Le visage de Niobé, embelli par la douleur, peut être à peine d'une beauté plus purement classique que le sien. Sa toilette même, puritaine dans la simplicité de sa couleur grise, rendait sa beauté plus éclatante que n'aurait pu le faire une toilette plus magnifique, eût-elle été femme moins admirable.

« Miss Talboys, dit Robert après un instant, votre frère ne restera pas sans vengeance. Il ne sera pas oublié. Je ne pense pas que l'assistance quelconque des hommes du métier que vous pourriez vous procurer vous fît trouver le secret de ce mystère aussi sûrement que je puis le faire, si vous êtes patiente et si vous avez confiance en moi.

— J'aurai confiance en vous, répondit-elle, car je vois que vous voulez m'aider.

— Je crois qu'il est dans ma destinée d'agir ainsi, » dit-il d'un ton solennel.

Dans tout le cours de sa conversation avec Harcourt Talboys, Robert Audley avait soigneusement évité de tirer aucune conséquence des événements qu'il avait relatés au père de George. Il avait simplement raconté l'histoire de la vie de l'homme absent, à partir de l'heure de son arrivée à Londres jusqu'à celle de sa disparition, mais il s'aperçut que Clara Talboys était arrivée à la même conclusion que lui-même, et qu'il y avait entre eux une intelligence tacite des choses.

« Avez-vous quelques lettres de votre frère, miss Talboys? demanda-t-il.

— Deux. Une, écrite peu de temps après son mariage, l'autre, écrite de Liverpool avant qu'il s'embarquât pour l'Australie.

— Voulez-vous me permettre de les voir?

— Oui, je vous les enverrai si vous me donnez votre adresse. Vous m'écrirez de temps en temps, n'est-ce pas? pour me dire si vous approchez de la vérité. Je serai obligée d'agir secrètement ici, mais je suis sur le point de quitter la maison dans deux ou trois mois, et je serai parfaitement libre alors d'agir comme il me plaira.

— Vous n'allez pas quitter l'Angleterre? demanda Robert.

— Oh non! je dois seulement aller rendre une visite

depuis longtemps promise à quelques amis dans l'Essex. »

Robert tressaillit si violemment à ces mots de Clara Talboys, qu'elle le regarda soudain en face. L'agitation visible sur sa figure trahissait une partie du secret.

« Mon frère George a disparu dans l'Essex, » dit-elle.

Il ne put la contredire.

« Je suis fâché que vous en ayez découvert autant, répliqua-t-il. Ma position devient chaque jour plus compliquée, chaque jour plus pénible. Au revoir. »

Elle lui donna machinalement sa main quand il tendit la sienne, mais cette main était plus froide que du marbre, et resta inanimée dans celle de Robert, et tomba comme un bloc à côté d'elle lorsqu'il l'abandonna.

« Je vous en prie, ne perdez pas de temps pour retourner au logis, dit-il vivement. J'ai peur que vous ne soyez souffrante après la fatigue de ce matin.

— Souffrante, s'écria-t-elle avec dédain, vous me parlez de souffrance, quand le seul être dans le monde qui m'ait jamais aimé a été enlevé dans la fleur de la jeunesse. Peut-il y avoir désormais pour moi autre chose que de la souffrance? Qu'est le froid pour moi? dit-elle, en rejetant son châle en arrière et en exposant sa magnifique tête à la bise amère. Je marcherais d'ici à Londres nu-pieds dans la neige, sans jamais m'arrêter en chemin, si je pouvais le ramener à la vie. Que ne ferais-je pas pour le ramener à la vie?... que ne ferais-je pas? »

Ses paroles finirent par un gémissement de douleur violente; et joignant les mains sur son visage, elle pleura pour la première fois de la journée. L'impétuosité de ses sanglots ébranlait son corps frêle, et elle fut obligée de s'appuyer contre le tronc d'un arbre pour se soutenir.

Robert la regardait d'un air de tendre compassion; elle était si bien le portrait de l'ami qu'il avait aimé et perdu, qu'il lui était impossible de la considérer comme une étrangère, impossible de se souvenir qu'ils s'étaient vus le matin pour la première fois.

« Je vous en prie, je vous en prie, calmez-vous, dit-il, espérons même contre tout espoir. Nous pouvons nous tromper l'un et l'autre, votre frère peut vivre encore.

— Oh! s'il en était ainsi, murmura-t-elle avec ardeur, s'il pouvait en être ainsi!

— Essayons d'espérer qu'il peut en être ainsi....

— Non, répondit-elle, le regardant à travers ses larmes, n'espérons rien que le venger. Au revoir, monsieur Audley. Attendez : votre adresse. »

Il lui donna une carte, qu'elle plaça dans la poche de sa robe.

« Je vous enverrai les lettres de George, dit-elle, elles peuvent vous être de quelque secours. Au revoir. »

Elle le laissa à demi bouleversé par l'énergie passionnée de ses manières et la noble beauté de son visage. Il l'observa comme elle disparaissait derrière les troncs des sapins, puis il sortit lentement de la plantation.

« Que le ciel assiste ceux qui se dressent entre moi et le secret, pensa-t-il, car ils seront sacrifiés à la mémoire de George Talboys. »

CHAPITRE XXV

Les lettres de George.

Robert Audley ne revint pas à Southampton, mais il prit un billet pour le premier train montant qui quitta Wareham et atteignit Waterloo Bridge une heure ou deux après la tombée de la nuit. La neige, qui était dure et craquante dans la Dorsetschire, était une fange noire et grasse dans Waterloo Road, fondue par les lampes des *gin-palaces* et le gaz flamboyant dans les boutiques des bouchers.

Robert Audley haussa les épaules, en regardant les rues sombres dans lesquelles le faisait passer le hansom, le cocher du cab, choisissant — avec ce délicieux instinct qui semble inné dans les conducteurs de voitures de louage — les passages noirs et hideux totalement inconnus au piéton ordinaire.

« Quelle agréable chose que la vie, pensait l'avocat, quel ineffable bienfait.... quelle suprême grâce ! Que chaque homme fasse une supputation de son existence, soustrayant les heures pendant lesquelles il a été *foncièrement* heureux.... réellement et entièrement à son aise, sans une arrière-pensée pour gâter son bonheur.... sans le plus petit nuage pour assom-

brir l'éclat de son horizon. Qu'il fasse cela, et positivement il rira avec la plus complète amertume de
l'âme quand il inscrira la somme de sa félicité et dé-
couvrira la pitoyable exiguïté du total. Il aura passé
une semaine ou dix jours agréablement, dans trente
ans, peut-être. Dans trente années de triste température de décembre, de tempêtes de mars, de pluies
d'avril et de ciels sombres de novembre, il peut y
avoir eu sept ou huit resplendissantes journées d'août
pendant lesquelles le soleil a brillé dans une atmosphère sans nuages, où des brises d'été nous ont ap-
porté des parfums continuels. Avec quelle ivresse
nous nous souvenons de ces jours isolés de plaisir,
espérons leur retour et essayons de tracer le plan des
circonstances qui les ont rendus brillants ; ah ! combien nous arrangeons, préméditons, et faisons de di-
plomatie avec le destin pour obtenir le renouvelle-
ment du plaisir présent à notre mémoire ! Comme si
quelque plaisir pouvait être fait de telles ou telles parties constituantes ! comme si le bonheur n'était pas
essentiellement accidentel.... un oiseau merveilleux
et passager, complétement irrégulier dans ses migra-
tions , au milieu de nous un jour d'été, et parti pour
jamais loin de nous le jour suivant ! Considérons le
mariage, par exemple , continuait le pensif Robert,
qui était à méditer dans le véhicule cahotant pour
lequel il devait payer six pence par mille, comme s'il
eût chevauché dans la vaste solitude des savanes.
Considérons le mariage ! qui peut dire quel sera le
seul choix judicieux contre les neuf cent quatre-vingt-
dix-neuf méprises ? Qui discernera au premier aspect
la visqueuse créature qui doit être la seule anguille
dans le colossal sac de serpents ? Cette jeune fille sur
le trottoir, qui est là à attendre pour traverser la rue
que ma voiture soit passée, est peut-être la seule
femme dans toutes les créatures féminines de ce

vaste univers qui pourrait faire de moi un homme heureux. Cependant je passe à côté d'elle.... je l'éclabousse avec la boue de mes roues, dans ma faible ignorance, dans ma soumission aveugle à la main redoutable de la fatalité. Si cette jeune fille, Clara Talboys, avait été cinq minutes en retard, j'aurais quitter le Dorsetschire, la croyant froide, dure, dépourvue des qualités de la femme, et je serais descendu dans la tombe cette erreur faisant partie inhérente de mon esprit. Je la prenais pour un automate magnifique et sans cœur. Je sais maintenant qu'elle est une noble et admirable femme. Quelle incalculable différence cela peut faire dans ma vie. Quand je quittai cette maison, je sortis par ce jour d'hiver bien déterminé à abandonner toute pensée ultérieure du secret de la mort de George. Je la vois et elle me force d'avancer dans le chemin qui me répugnait.... le chemin de traverse tortueux du soupçon et de l'espionnage. Comment pouvoir dire à cette sœur que mon ami est mort? Je crois que votre frère a été assassiné! Je crois savoir par qui, mais je ne veux faire aucune démarche pour endormir mes soupçons ou pour confirmer mes craintes! Je ne puis dire cela. Cette femme connaît mon secret à demi; elle sera bientôt en possession du reste et alors.... et alors.... »

Le cab s'arrêta au milieu de la méditation de Robert Audley, et il eut à payer le cocher et à se soumettre à toutes les tristes opérations de la vie, qui sont les mêmes, que nous soyons contents ou chagrins, — destinés au mariage ou à la potence, à nous élever jusqu'au sac de laine ou à être embarrassés par nos collègues les hommes de loi sur quelque cas mystérieux embrouillé de malfaiteur, qui est une énigme sociale pour les personnes en dehors de Middle Temple.

Nous sommes sujets à être chagrinés dans notre vie

par cette cruelle rigueur, — cette inflexible précision
dans les plus petites roues et dans le moindre méca-
nisme de la machine humaine qui ne connaît pas de
chômage ou de temps d'arrêt, quoique le ressort principal soit à jamais brisé et que les aiguilles indiquent
des caractères sans but, sur un cadran en morceaux.

Qui n'a éprouvé dans la première fureur du chagrin
une rage déraisonnable contre le mutisme des chaises
et des tables, l'immuable forme carrée des tapis de
Turquie, l'obstination inflexible de l'atirail extérieur
de la vie. Nous voudrions déraciner des arbres gigantesques dans une forêt vierge, arracher et séparer leurs
énormes branches dans notre étreinte convulsive; et le
plus que nous pouvons faire pour soulager notre passion, c'est de frapper sur un fauteuil, ou de briser un
objet de quelques shillings de la manufacture de Co-
peland.

Les maisons de fous ne sont que trop vastes et trop
nombreuses ; cependant il est étrange qu'elles ne
soient pas encore positivement plus vastes, quand nous
nous imaginons combien de misérables impuissants
doivent briser leurs cerveaux contre l'endurcissement
désespéré du méthodique monde extérieur, comparé
aux tourmentes et aux tempêtes, au bruit et à la confusion qui règnent dans leur intérieur ; quand nous nous
rappelons combien d'esprits doivent chanceler sur
l'étroite frontière qui sépare la raison et la folie, fou
aujourd'hui et jouissant de la raison demain, sage hier
et fou aujourd'hui.

Robert avait ordonné au cocher de le descendre au
coin de Chancery Lane, et il monta l'escalier brillam-
ment éclairé conduisant au salon du *Dîner de Londres*,
et il s'assit à une des gentilles tables avec un vague
sentiment de vide et de lassitude, plutôt qu'avec l'a-
gréable sensation d'appétit d'un homme bien portant.
Il était venu dîner à ce luxueux restaurant parce qu'il

18

était absolument nécessaire de manger quelque chose quelque part, et bien plus facile d'avoir un très-bon dîner de M. Sawyer, qu'un très-mauvais de mistress Maloney, dont l'imagination n'allait pas au-delà du hachis et des côtelettes, avec une légère variante de soles frites ou de maquereaux bouillis. Le garçon empressé essaya en vain de mettre le pauvre Robert à même de traiter convenablement la solenne question du dîner. Celui-ci murmura quelque chose à seule fin que l'individu lui apportât ce qu'il voudrait, et le garçon obligeant, qui connaissait Robert pour un habitué des petites tables, s'en alla dire à son maître avec une figure désolée, que M. Audley, de Fig-Tree Court, n'avait pas évidemment l'esprit à lui. Robert mangea son dîner et but sa pinte de vin de Moselle, mais il apprécia peu l'excellence des viandes et le délicat arome du vin. Le monologue mental recommença, et le jeune philosophe de l'école moderne se mit à débattre la question favorite moderne du néant de toutes choses, et de la folie de prendre trop de peine pour marcher sur une route qui ne conduit nulle part, ou mesurer un travail qui ne signifie rien.

« J'accepte la domination de cette pâle jeune fille, avec ses traits de statue et ses yeux bruns et calmes, pensait-il. Je reconnais le pouvoir d'un esprit supérieur au mien, et je me soumets, et je m'incline devant lui. J'ai agi par moi-même et pensé par moi-même pendant les quelques derniers mois, et je suis fatigué de cette besogne contre nature. J'ai été infidèle au principe de toute ma vie, et j'ai expié ma folie. J'ai trouvé enfin deux cheveux gris sur ma tête la semaine dernière, et un impertinent corbeau a planté une légère impression de sa patte sous mon œil droit. Oui, je suis en train de vieillir du côté droit; et pourquoi.... pourquoi en serait-il ainsi? »

Il repoussa son assiette et leva ses sourcils, les yeux

fixés sur les miettes de pain éparses sur le damassé brillant, tandis qu'il approfondissait cette question.

« Que diable suis-je allé faire dans cette galère ? se demandait-il. Mais j'y suis maintenant et ne puis en sortir : aussi vaut-il mieux me soumettre de moi-même à la jeune fille aux yeux bruns et faire ce qu'elle me dira avec patience et fidélité. Quelle prodigieuse solution de l'énigme de la vie il y a dans le gouvernement du jupon ! L'homme peut mentir à la face du soleil, manger le lotus de l'oubli et se livrer à la fantaisie toutes les après-dînées si sa femme le lui permet ! Mais elle ne lui permet pas habituellement : bénissons l'impulsion de son cœur et l'activité de son esprit ! Elle sait mieux agir que cela. Qui jamais a entendu parler d'une femme prenant la vie comme elle doit être prise ? Au lieu de la supporter comme un ennui inévitable, seulement rachetable par sa brièveté, elle marche à travers elle comme si c'était une cérémonie pompeuse ou une procession. Elle s'habille pour elle, elle sourit pour elle, elle grimace et gesticule pour elle. Elle pousse ses voisins et lutte pour avoir une meilleure place dans la marche fatale ; elle coudoie et se démène, elle foule aux pieds et se pavane, à seule fin de faire le plus de misère qu'elle peut. Elle se lève de bonne heure et se couche tard, et est bruyante et remuante, et tapageuse et impitoyable. Elle traîne son époux sur le sac de laine ou le pousse dans le Parlement; elle le pousse la tête la première vers la chère machine paresseuse du gouvernement, et le frappe et le soufflette pour le lancer dans les roues, les manivelles, les vis et les poulies, jusqu'à ce que quelqu'un, pour l'amour de son repos, le fasse le quelque chose qu'elle voulait qu'il fût. Voilà pourquoi des hommes incapables occupent quelquefois des places élevées et viennent interposer leurs pauvres intelligences embrouillées entre les affaires et les gens capables de les faire, produisant une confusion universelle dans la chétive innocence de leur incapacité haut placée. Les hommes carrés sont poussés dans des trous ronds par leurs femmes. Le potentat d'Orient, qui a dit que les femmes se trouvent au fond de tous les malheurs, aurait dû aller un peu plus loin, et voir pourquoi il en est ainsi : c'est parce que les femmes ne sont jamais *paresseuses*. Elles ne savent pas ce que c'est que d'être en repos. Elles sont Sémiramis, Cléopâtre, Jeanne d'Arc, Elisabeth ou Catherine II, et se vautrent dans les batailles, les meurtres, les cris et le désespoir. Si elles ne peuvent agiter l'univers et jouer à la balle avec les hémisphères, elles changent en montagnes de guerre et en tourments les taupinières de leur intérieur domestique, et soulèveront des tempêtes sociales dans les tasses à thé de leur ménage. Empêchez-les de pérorer sur l'indépendance des nations et les injustices de l'humanité, et elles chercheront querelle à mistress Jones sur la forme d'un manteau ou le caractère d'une méchante servante. Les appeler le sexe faible, c'est articuler une hideuse plaisanterie ; elles sont le sexe le plus fort, le plus bruyant, le plus persévérant, le plus tyrannique. Elles demandent la liberté de penser, la variété des occupations ; les ont-elles ? Qu'on les leur laisse. Laissez-les être jurisconsultes, docteurs, prédicateurs, professeurs, soldats, législateurs, — ce qu'elles voudront, — mais qu'elles soient tranquilles — si elles peuvent. »

M. Audley passa ses mains dans les masses luxuriantes et droites de sa chevelure noire qu'il releva dans son désespoir.

« Je déteste les femmes, pensa-t-il dans un accès de misanthropie : ce sont des créatures entreprenantes, éhontées, abominables, inventées pour l'ennui et la désolation de leurs supérieurs. Voyez l'affaire du pauvre George ! Elle est entièrement l'ouvrage d'une femme,

du commencement à la fin. Il épouse une femme, et
son père l'abandonne sans le sou et sans profession.
Il apprend la mort de cette femme, et son cœur se
brise, — son cœur bon, honnête, humain, valant un
million des perfides blocs d'égoïsme et de calculs in-
téressés qui s'agitent dans la poitrine des femmes. Il
va à la maison d'une femme, et on ne le revoit plus
vivant. Et maintenant je me trouve moi-même acculé
dans un coin par une autre femme à l'existence de
laquelle je n'avais jamais songé jusqu'à ce jour. Et....
et puis, rumina M. Audley presque d'une manière
déplacée, il y a encore Alicia; c'est un autre ennui.
Elle voudrait que je me mariasse avec elle, je le comprends, et elle me le fera faire, j'ose le dire, avant que
d'en finir avec moi; mais j'aimerais beaucoup mieux
ne pas en venir là, quoiqu'elle soit une chère, pétulante et généreuse personne : heureux soit son pauvre petit cœur ! »

Robert paya sa note et récompensa généreusement
le garçon. Le jeune avocat était très-porté à distri-
buer son confortable petit revenu entre les gens qui
le servaient, car il étendait son indifférence à toutes
choses dans l'univers, même en matière de livres, de
shillings et de pence. Peut-être en cela était-il presque
une exception, car vous pouvez souvent remarquer
que le philosophe qui parle de la vie comme d'une il-
lusion creuse est extrêmement difficile dans le place-
ment de son argent, et reconnaît la nature palpable
des obligations de l'Inde, des certificats espagnols et
des inscriptions égyptiennes, — pour contraster avec
la pénible incertitude d'un moi ou d'un non-moi en
métaphysique.

Les commodes petites chambres de Fig-Tree Court,
avec leur arrangement et leur calme, semblèrent lugubres à Robert Audley par cette soirée particulière.
Il n'avait nulle inclination pour les nouvelles fran-

çaises, quoiqu'il y eût un paquet de romans non coupés, comiques ou à sentiment, commandés un mois auparavant, et qui attendaient son bon plaisir sur une des tables. Il prit sa pipe favorite d'écume et se laissa tomber en soupirant dans son fauteuil favori.

« C'est confortable, mais cela me semble diablement solitaire ce soir. Si le pauvre George était assis en face de moi, ou.... ou si même la sœur de George.... elle lui ressemble extraordinairement.... l'existence pourrait être un peu plus supportable. Mais quand un garçon a vécu avec lui-même pendant huit ou dix ans, il commence à être en mauvaise compagnie. »

Il partit bientôt d'un éclat de rire bruyant, comme il finissait sa pipe.

« Quelle singulière idée de penser à la sœur de George, pensa-t-il. Quel absurde idiot je fais. »

Le jour suivant, la poste lui apporta une lettre écrite d'une main ferme, mais féminine, qui lui était étrangère. Il trouva le petit paquet posé sur la table à déjeuner à côté du petit pain français chaud enveloppé dans une serviette par les mains soigneuses et tant soit peu sales de mistress Maloney. Il considéra l'enveloppe pendant quelques minutes avant de l'ouvrir, — avec quelque étonnement de son correspondant, car la lettre portait le timbre de la poste de Grange Heath, et il savait qu'il n'y avait qu'une seule personne qu'il pût présumer avec vraisemblance lui écrire de l'obscur village, mais, avec cette paresseuse rêverie qui faisait partie de son caractère :

« De Clara Talboys, murmura-t-il à voix basse, comme il examinait les lettres de son nom nettement formées sur l'adresse ; oui, de Clara Talboys, très-positivement : je reconnais la ressemblance de sa main féminine avec l'écriture de son pauvre frère, plus nette que la sienne et plus décidée, mais la même, la même. »

Il retourna la lettre et examina le cachet qui portait les armoiries de famille de son ami.

« Je me demande ce qu'elle peut me dire? pensat-il, c'est une longue lettre, j'en suis sûr; elle appartient à l'espèce de femme qui écrit une longue lettre..., une lettre dans laquelle elle me presse de marcher, d'aller en avant, de sortir hors de moi-même, je n'en doute nullement. Mais on ne peut empêcher cela.... c'est ainsi. »

Il déchira l'enveloppe avec un soupir de résignation.

Elle ne contenait rien que deux lettres de George et quelques mots écrits sur le dessus :

« Je vous envoie les lettres, faites-moi le plaisir de les conserver et de me les renvoyer. — C. T. »

La lettre écrite de Liverpool ne disait rien de la vie de celui qui l'écrivait, excepté sa détermination soudaine de partir pour le Nouveau-Monde afin de reconquérir la fortune qu'il avait dissipée dans l'ancien. La lettre, écrite presque immédiatement après le mariage de George contenait une description complète de sa femme, — une description telle que pouvait seulement la faire un homme après trois semaines d'un mariage d'amour, — une description où chaque trait était minutieusement enregistré, chaque forme gracieuse ou chaque beauté de physionomie passionnément soulignées, chaque agrément de manières amoureusement dépeint.

Robert Audley lut les lettres trois fois avant de les déposer.

« Si George avait pu savoir à quel dessein pouvait servir cette description quand il l'écrivait, pensa le jeune avocat, pour sûr sa main serait tombée paralysée par l'horreur et aurait été impuissante à former une seule syllabe de ces tendres expressions. »

FIN DU TOME PREMIER

TABLE DES MATIÈRES

FIN DE LA TABLE

COULOMMIERS. — Typogr. A. MOUSSIN